致青春 125

折月亮

（下）

竹已　著

高寶書版集團

目錄
CONTENTS

第二十二章　重逢

是以前去過的那家咖啡廳，裝潢依舊，不知道是巧合還是什麼，傅識則走到他們坐過的那個位子。

「妳坐這，我去拿菜單。」傅識則幫她拉開椅子，從前臺那拿了個黑色小本，遞給雲厘。她翻了翻，可選擇的並不多：「我要可可牛奶吧。」

傅識則：「甜點還抹茶千層？」

雲厘點點頭。

他從容地將菜單闔上，走到前檯點單，雲厘盯著他的背影，見他如此坦然，心神有些恍惚。

分手後總會有那樣一段消化期。

在這段時期，你會反覆質疑分手的決定是否過於草率，反覆回想種種細節以期有不同的結果，反覆回憶戀愛中的甜蜜並備受折磨。

你渴望失而復得，又恐懼患得患失。

在這段消化期，雲厘回想起許多細節，她意識到，哦，原來他是很喜歡她的。而隨著日子逐漸過去，他沒有來找她，她也意識到，哦，原來他也並非那麼需要她。

慢慢的，就只剩一種結果了。

而她也接受了這種結果。

傅識則回來後，拉開椅子坐下。他的手搭在座椅把手上，上肩靠著椅背。

起初，兩人都沒看對方。

默了半晌，不約而同抬眸看向彼此。

雲厘在桌下他看不見的地方緊張地玩了下手指，她努力讓自己看起來如他一般輕鬆閒散：「你變了很多……」

上次碰面她過於拘謹，她其實一直很想問——

「你過得怎麼樣？」

這一年半她雖沒有主動打探，但她確實想過無數次，最好是，他能過得好一點。

就算沒有她，她也希望他能過得好一點。

傅識則看著雲厘，她留長了髮，燙捲了也染了髮，用藍白髮帶輕別著，露出光潔筆直的肩，說起話來慢吞吞的，語調溫柔。

他笑了笑：「還行吧，生活都回歸正軌了。」

兩人還沒說上幾句話，一個男生走到他們面前，和傅識則打了聲招呼。

男生自來熟，親切地問道：「學長，這是你女朋友嗎？真漂亮啊。」他揚起臉向雲厘自我介紹，「我和學長一起參加無人機比賽。」

雲厘心裡一緊，朝對方點點頭。

傅識則看著雲厘，沒回答。

男生看了這桌的空位一眼，笑嘻嘻道：「我能坐這嗎？」

傅識則笑了聲，輕推了他一把：「去旁邊。」

等男生走後，傅識則和她說道：「抱歉，他們比較喜歡開玩笑。」

「沒事。」雲厘力求讓自己看起來毫不在乎：「經常有人這麼開我玩笑。」

「……」

傅識則拿咖啡杯的手一頓。

聽起來像是她經常和男生出去，雲厘覺得引起了歧義，又補充道：「就是和雲野一起的時候。」

聽到這話，傅識則眉間一鬆，問她：「之後有什麼打算？」

「在西伏找份工作，現在這個實習應該能轉正。」雲厘雙手抱住杯子，抬眸看他，「你呢？」

「可能出國當個博士後吧。」

「……」雲厘的手收緊了點，「你一個人去嗎？」

傅識則微揚眉：「不然和誰？」

「我也不知道……」她窘道，「感覺一個人出國不容易。」

「沒有。就我一個人。」他思忖了一下，盯著她：「還沒有做決定，也可能直接留在國內。如果出國的話，就不會回來了。」

雲厘沒聽出他話語中的試探，注意力全被他的話捕獲，她整個人愣了一下，訥訥道：「不回來了？」

「嗯。」

「哦……那挺好的。」她低頭強行扯開個笑，轉移話題道：「我去年去英國交流了。」

傅識則望向她：「還好嗎？」

雲厘輕聲道：「挺好的……」她猶豫了一下，繼續道：「就是前半年不太適應。」

「和我說說。」

有不少人問過雲厘在英國的情況，她大多時候一兩句話帶過。可此刻，她還挺想，告訴他的。

好像告訴他，也沒什麼關係。

雲厘斟酌一下：「我剛過去的時候租的第一個房子……」

雲厘沒繼續講下去，停頓了一下，像是才反應過來，不好意思地解釋道：「發生了挺多的事情，在想說哪個。」

傅識則笑了聲，耐心道：「慢慢說。」

「等一下。」他起身，走到前檯帶了三塊蛋糕回來。

雲厘：「吃不完……」

傅識則：「慢慢吃吧。」他偏頭，「妳也可以慢慢說。」

「哦……」雲厘挖一口蛋糕，看著他深邃的眸，有些失神。

她連忙低下頭，中規中矩地把她出國的事情從頭到尾講了一遍，唯獨跳過那些不開心的事情。

「還挺好的。」說到後面她彎了彎唇，「我原本以為自己一個人在那邊肯定活不下去了，結果沒想到我的生存能力這麼強。」

可能覺得自己誇誇其談，雲厘的笑有些靦腆。傅識則盯著她看了一陣子，也隨著她彎了彎唇。

「妳要去我的實驗室看一看嗎？」傅識則問她，「在這棟。」

猝不及防的邀請，雲厘沒有拒絕的理由，點了點頭。

兩人剛到實驗室門口，就有個男生著急地跑到傅識則面前：「學長，完了完了，學弟把系統弄壞了！」

「……」

男生表情驚恐，動作慌張，像是發生了天大的災難。

注意到傅識則身旁的人，他定睛一看，猛然反應過來。

女的。

還是漂亮的女生。

和傅識則靠得很近。

再對上傅識則涼涼的視線，男生立馬改口：「哦，也沒多大問題。」

「……」

傅識則頓了一下，轉身和雲厘說：「下次再帶妳去。」他歪歪頭，柔聲問她：「好不好？」

雲厘心裡有點失落，面上還是笑了笑：「嗯。沒事的。」

前面的男生憋著笑，視線在她和傅識則之間來回切換。雲厘有點尷尬，匆匆說了句「我先走了」便往樓下走。沒走兩步，男生的聲音響澈五層樓。

「學長！那是你女朋友嗎？學長！你什麼時候有女朋友的？」

「不是。」

「那是學長你追的人嗎？你和我們說說啊，我們幫你一起追！」

「你好吵。」

雲厘停下腳步，男生還在嘮嘮叨叨著，傅識則的回話已經聽不清楚了。

在原處待了一兩分鐘，雲厘才繼續往下走，再次覺得自己的想法荒謬。

眼前映出平坦描灰的大馬路。

她一時之間忘了車停在哪，盯著路面發了一陣子呆。

兩人重逢，沒有任何對對方的指責、怨念，沒有對感情的不甘、異議，也沒有殘餘的愛慕、悸動。

就像久不見面卻又極為熟悉的老朋友，坐下來靜靜地談了兩三個小時。

明明應該是重逢的最好狀態。

可她為什麼會覺得難過。

雲厘鼻尖一酸。

這段插曲沒有影響雲厘的生活，回去後，她週末帶著雲野和尹雲禕去周圍玩了玩，又馬不停蹄地回歸到社畜生活。

雲厘現在的實習是在英國遠端面試的。她只投了與科系相關的職缺。最後拿到四個offer，她挑了個朝九晚五的，按部就班地實習。

再過一個月就要轉正考核了，她有點緊張。

一開始雲厘是想當全職直播主的，但這遭到雲永昌的極力反對，他希望她和大部分的人一樣常規的上班、有穩定的社交圈。

她覺得雲永昌說得也有道理，她的頻道從生活頻道逐漸轉向為娛樂型科普頻道。長時間宅在家裡做影片，久了的話自己也會與社會格格不入。

在前兩段實習中，雲厘並沒有從中得到什麼成就感。快畢業了，她和其他同學一樣，想找一份朝九晚五、同事友好、公司氣氛良好的工作，能給她多一點閒置時間做自己想做的事情。

兩點一線的生活已經足夠充實，她只有在晚上做完E站的影片，躺在床上發呆的時候，才會想起傅識則。

小學和國中的同學不少已經結婚生子，父母輩之間都認識，自從雲厘從英國回來，雲永昌和楊芳就忙著幫她相親。

雲永昌：『妳三姨介紹了一個男生啊，西伏本地人，碩士畢業兩年了，公務員。』

雲永昌：『這次妳必須去見，都二十四了，談戀愛也要兩三年。』

雲永昌：『這還是順利的，妳堂姐相了二三十個了，都沒對上眼的。』

雲厘看著這訊息，頭疼得很，拒絕了無數次了，雲永昌和楊芳依舊樂此不疲。

雲永昌：『別心高氣傲。』

他們想得很簡單，一定是因為介紹的男生不夠優秀，雲厘才不肯去。

家裡的事，雲厘只好和雲野吐槽：『太離譜了，你千萬別和爸媽說尹雲禕的事情。』

雲厘：『不然他們下次就會說，妳看妳弟才十八，就找好女朋友了。』

雲野：『……』

雲野：『妳去見見也無所謂吧，萬一遇到適合的。』

雲厘盯著這則訊息：『你到底站誰那邊。』

雲野：『站妳站妳。』

雲野傳了張圖片給她，是一個名為「偶遇助教」的小群組，裡面有二十多個人，看聊天記錄就能推斷出來是個粉絲群。

最近一則訊息是剛傳的：『助教好像生病了好可憐嗚嗚嗚怎麼辦。』

附圖是傅識則在醫院掛號處的背影。

雲野：『那個哥哥好像不舒服欸，雲厘妳要不要去慰問一下？』

雲厘：『滾。』

雲厘極度無語：『這是粉絲群組嗎？』

雲野：『yes。』

雲厘：『你不是男的嗎？』

雲野：『男人不能有偶像了？不能是粉絲了？』

雲野：『更何況我是為了妳進去的。』

雲厘：『……』

同事在群組裡提醒她處理文件，雲厘切換聊天畫面，完成工作上的事情後，她的手頓在滑鼠上。

想了片刻，雲厘和主管請了半天的假。

直到上了車往西科大校醫院開的時候，雲厘還覺得自己的行為離經叛道。

她是想做什麼？

停了車後，雲厘直接到了掛號處，有不少人在排隊，沒有傅識則的影子。

醫院並不大，她看了樓層表一眼，一樓和二樓是內外科，三樓眼科和口腔科，四樓精神心理科。

傅識則胃不太好，她先去內科轉了一圈，卻沒有看到身影。

二樓、三樓，都沒有。

雲厘往四樓走的時候，在樓梯轉彎處，看著十幾個臺階外那藍漆的精神心理科幾個大字。腳步停住了。

她想起這幾次碰面傅識則恣意隨性的笑，她希望他一切都很好。

她並不希望在這裡碰見傅識則。

她本來不該來的。

雲厘轉身，心裡驀地不適，她向下走了兩個臺階，上方傳來他倦倦的聲音：「厘厘。」

「……」

雲厘抬頭，傅識則正站在科室門前，手裡拿著病歷本，身後是肅然冰冷的背景，他垂眸看她。

雲厘站在原處，不知作何反應。

傅識則往下走，逐漸靠近雲厘，直到停在她面前，他問道：「身體不舒服嗎？」

「我來找雲野吃飯，借用一下洗手間。」雲厘迅速地胡謅了個理由，她沒忘記自己在通往四樓的樓梯上，補充道：「樓下人比較多。」

遲疑了一下，雲厘的唇緊閉著，沒有問他為什麼在這裡。

傅識則掃了她窘促的神態一眼：「我陪妳上去。」

語罷便往樓上走，停在樓梯口對面的洗手間前。

雲厘跟在他身後，進了洗手間，裡面一個人都沒有，她一點方便的想法都沒有。

不想讓傅識則察覺自己在撒謊，雲厘進了隔間，等了半分鐘，按下沖水鍵。

等她出來，傅識則站在不遠處的窗口，他遞了張紙巾給雲厘：「擦擦手。」

等她擦完手，傅識則自然接過皺成團的紙巾，扔到旁邊的垃圾桶裡。

「走吧。陪我去拿下藥？」

「哦好。」雲厘跟著他，走沒多久，直接問道：「你哪裡不舒服嗎？」

「失眠，找醫生開了點藥。」傅識則毫無芥蒂地將藥單遞給她，上面只有兩種藥。

見雲厘表情凝重，他失笑道：「妳覺得我怎麼了？」

「沒有，就是這麼久了，你的失眠還是很嚴重嗎？」

「一陣一陣的。」傅識則已經習慣了失眠的生活，安撫她道：「夢比較多。」

趁他排隊領藥的時候，雲厘上網搜尋了下這兩種藥，是很常規的安眠藥。

以現在兩人的關係，她不好深問，但得知沒有什麼太嚴重的情況，她還是鬆了口氣。

傅識則領完藥回來，看了手錶一眼，問她：「妳和雲野約幾點？」

差點忘記了她拿來搪塞的藉口，雲厘胡亂說了個時間：「五點半。」

傅識則低頭看了手錶一眼：「現在還早，去我實驗室？」

本來上次就說好了，雲厘點點頭。

「坐我的車吧。」傅識則側頭和她說，雲厘愣了一下：「我也開車來了，我們各自開過去就可以了。」

傅識則：「妳不熟悉這邊的路，這一帶人比較多，不是很好開。等一下我再送妳回來。」

校醫院附近便是食堂，路側歪歪扭扭停了不少自行車，人影綽綽。

似乎是不太好開。

傅識則偏了偏頭，示意了下旁邊的小烏龜，「車在那。」

「……」

雲厘這才意識到，原來他說的車，是電動車。

雲厘有種上當受騙的感覺。

她盯著這輛小烏龜，陷入沉默。從體型可以看出是高功率的電動車，比起汽車確實更適合在校園內穿梭騎行。小烏龜有些年頭了，上面的鐵杆幾點零星鏽跡。

傅識則沒給她反悔的餘地，心情不錯地遞給她一個嶄新的安全帽。

雲厘沒反應過來為什麼他會有一個新安全帽。

他戴好白色的安全帽，墨色的半透明擋風鏡片後他的雙眸若隱若現。

見雲厘一動也不動，傅識則垂頭，拿過她手裡的安全帽，調整了下長度，幫她戴上。

兩人的距離拉近，雲厘的眼睛往旁邊瞥就是他的手臂。幫她戴上安全帽後傅識則站在離她十公分處。

「扣得上嗎？」

「哦……」聞言，雲厘順著脖頸處摸到兩條繩子，她沒有事先熟悉卡釦的形狀，扣了兩次沒成功。

見她沒扣上，傅識則自然地俯下身子，臉在她的視線下方。

他全神貫注地盯著她的脖間，雙手在她的下巴下方拎住兩條扣帶。

雲厘盯著墨色鏡片後的眸子，期間，他向上瞟了一眼，恰好與她碰了一眼。

扣上的那一刻，他的指尖碰到雲厘，像觸電一般，傅識則的手指往後縮了一下。

他立即轉過身將車倒出來，跨到車上。他側頭，下巴指了指後座。

旁邊不少穿過的小烏龜也是載著人的，雲厘沒想太多，小心地坐上去，避免和他有身體接觸。

「手放這。」

似乎是知道她的顧慮，傅識則敲了敲車身示意她抓住，雲厘剛扶好，一陣風迎面而來，小烏龜便在道路上穿了出去。

前方是傅識則的背影。

她突然想起在EAW時玩的摩托車，過去那麼久了，心態卻意外的有些相似。

後視鏡中能看見兩個人的臉，擋風鏡片讓她看不清對方的眼睛，但她能看見傅識則彎著唇。

風吹得她的髮在空中浮起，兩側的景象迅速往後飛。

他摘掉安全帽掛在車上，往旁邊一立便下了車。雲厘沒穩住，傅識則抓住她的手臂，等她在地板上踩穩了才鬆手。

他的實驗室在三樓，有好幾間，傅識則帶著她到各個實驗室逛逛，跟她講了講自己日常的工作，每天的生活是單調的宿舍、實驗室兩點一線。

雲厘沒有受過系統的研究訓練，傅識則說得雲淡風輕，她聽得一頭霧水，但他說的話比平時多，也蠻好的。

最後去的地方是他的辦公室，剛到門口，雲厘便聽到裡頭嘈雜的討論聲。

「我靠，我看見學長帶了個女生來我們實驗室！」

「哪個學長？」

說話的人砸了砸嘴：「我只有一個學長。」

隨後是幾人不可思議的呼聲。

「漂亮嗎？」

「我們學院的嗎？哪個實驗室的？」

雲厘聽著裡面一句跟一句，問他：「我們還要進去嗎？」

大概是隔音不好，裡面的聲音戛然而止，咚咚幾聲幾人紛紛坐下。

雲厘更尷尬了。

「妳不想進去了嗎？」傅識則反問她。

這話問得，好像她是那個心裡有鬼的人。

可能是她自己想太多，甚至在傅識則的眼中看出一絲笑意。雲厘不想留下這樣的印象，坦蕩道：「進去看看吧。」

傅識則刷開了門。能看出座位比較擁擠，房間裡有四五個人，好在座位之間有隔板。

傅識則：「我平時都在辦公室，妳有什麼事可以來這找我。」

雲厘心裡想著，應該不會有什麼事。

他的位子在最裡面，桌面整齊有序，所有東西擺放得一絲不苟。

雲厘望向桌角，怔了怔，是個紙燈球，露營的時候她教傅識則摺的。這個更複雜一些，有鏤空的圖案以及加裝了燈束。

留意到她的視線，傅識則把紙燈球拿給她：「是不是還進步挺多的？」

紙燈球摺得很完整，細節做得很好，看得出來製作的人很熟練。雲厘心裡想著事情，將它放回原位。

傅識則看她絲毫不感興趣的樣子，默了一下，將紙燈球再度拿起，放在她面前。

傅識則：「給妳？」

雲厘：「啊？」

傅識則：「妳覺得好看嗎？」

雲厘如實道：「挺好看的。」

「妳喜歡就帶回去吧。」他面不改色說道，還補上一句：「我經常摺。」

顯得這是件微不足道的事。

雲厘覺得他莫名執著，勉強收下道：「哦……謝謝。」

他輕「嗯」了聲。

辦公室裡的另外幾人沒發出聲音，安靜得讓雲厘以為只有他們兩個在。

因為有其他人在，雲厘不好意思在辦公室裡久待。兩人剛帶上門，辦公室裡便爆發出一陣唏噓聲。

「是學長手機背景上的那個女生吧？」

「我感覺是。」

雲厘的腳步一滯，傅識則就站在身邊，她不敢多想，硬著頭皮往外走，當作沒聽到他們的八卦。

傅識則用小烏龜將她載回校醫院，一路上，雲厘想著剛才他學弟們的玩笑話。

應該只是分手時……懶得換吧。

幾分鐘就到了。

雲厘下了車，望向他，許久，說了句，「謝謝。」

傅識則看著她的眼神很柔和，雲厘頂不住這個目光，快速鑽進車裡。

他看著她扣上安全帶，頭朝兩側觀察路況，餘光瞥見傅識則還在原處看她，她遲疑了一下，低下頭直接倒車離開。

傅識則回實驗室的時候，同門的學弟已經迫不及待。幾個人平時都是吃飯時間一到就直接跑路，今天硬是等到他回來。

他剛進門，幾人全部站起來，虎視眈眈地盯著他。

「……」

「學長，那球不是你的寶貝嗎。」實驗室的學弟林井然過來調侃道，上次他伸手拿一下那個球，傅識則直接將他的手撥開了。

「你還——我經常摺。」林井然模仿他的語氣，「學長，你這樣追人太不明顯了，小心人家當真。」

「……」傅識則看向他，笑了聲，「所以呢？」

「學長，我覺得你應該考慮一下，換種追人的方式。」林井然過去勾他的肩，「應該沒有人能扛得住你的告白吧？直接告白就行了。」

傅識則搖搖頭：「現在告白，可能會被刪好友。」

林井然不太認同：「哪有人敢刪你好友啊。」

傅識則不在意道：「嗯。她刪過兩次。」

「……那你還追啊？」林井然意外到不行，在他們的眼中像傅識則這種天之驕子，在愛情上應當是一帆風順的。

「嗯。」傅識則應了聲，見幾個人都盯著他，他皺皺眉，「怎麼？」

「沒，只是覺得學長你太慘了。」林井然忍不住，「學長，追你的人那麼多，你沒必要……刪你兩次了，這也太任性了……」

「她任性點無所謂。」傅識則隨意道，拉開椅子坐下。

林井然是傅識則的小粉絲，為他打抱不平：「學長，你是不是有點戀愛腦？」

傅識則沒想過有人會這麼形容自己，沒吭聲。

其餘人見他開始工作了，作鳥獸散。

傅識則盯著螢幕上的共用文件，是學弟正在寫的一篇英文論文，有三四個人同時在線上編輯。

敲了幾個字。

想起今日碰到她脖子的那一刻，已經許久沒離她這麼近了。日思夜想的人在自己面前，今天好幾次，他都差點脫口而出復合的話。

傅識則出了下神，沒注意敲在文件裡的字。

「學長，你開錯文件啦。」旁邊的學弟看不下去了，提醒他。

傅識則回過神，才發現自己在共用的英文文件裡敲了好幾個「厘厘」，幾個中文字在其中格外明顯。

聽到實驗室裡其他人在壓著聲音偷笑，應該是認同剛才林井然說的話。

他逐字刪掉。

戀愛腦就戀愛腦吧。

回家後，雲厘把那個紙燈球帶回房間，她不想過於重視別人隨手給的禮物，就顯得，她好像還沒放下。

雲厘找了個安全的空架子把它收起來，沒再動它。

她坐回在床邊，踢了踢腿，回想著今天兩人的接觸。

他今天離她很近，近到雲厘能看清楚他淡淡的唇紋。

雲厘不想自作多情，也不想重蹈覆轍。

在前一段戀愛中，她在反覆的搖擺和猜忌中奄奄一息。

傅識則如果沒有給出明確的訊號，她不想再去猜了。

但如果他給出了明確的訊號呢？

雲厘沒想過這種可能性，她的腦海空白了一下。

她想像不出自己會是什麼反應。

側身倒在床上，她拿過手機。

還是別想這些了。

上了一週的班，雲厘好不容易熬到週五，調休半天。在家裡躺沒多久，雲野傳來一則訊息──『雲厘，我被蟲子咬了，在校醫院。』

嚇得雲厘從床上跳起來。

整個事件很簡單，西伏的夏日氣溫高，蚊蟲多。雲野上課的教室在一樓，莫名被蟲子咬了一口，紅腫一大片。

恰好這門課是「控制工程基礎」，傅識則作為助教，就直接載著他到校醫院了。

沒想到再次見面還是在校醫院，雲厘匆忙和傅識則打了聲招呼，便直接進了診間。

護士正在幫雲野消毒。

「你不是沒什麼事嗎，怎麼喊上……」雲厘湊到雲野旁邊，小聲道：「你喊他幹什麼？」

受了傷還被懷疑居心不良，雲野和她大眼瞪小眼，許久，才說：「他自己要送我來的。」

「誰知道呢，可能是想見妳吧。」雲野的語氣中不無諷刺，對雲厘毫不關心的態度不滿。

「行。」雲厘不和病號計較，蹙著眉問他：「哪裡被咬了？」

「手，還有背。」雲野坐在那任人宰割了幾分鐘，被咬的地方很不舒服，他皺緊眉頭，閉著眼睛。

雲厘直接撩起他的衣服看了一眼，背上紅了一大片，傷口只有一個綠豆大的點，看起來怪嚇人的。

「好啦。」雲厘忽略了病號的不滿，用手摸了摸他的腦袋，哄道：「等護士姐姐幫你上好藥就不難受了。」

雲野無語至極：「妳幹什麼，這裡這麼多人。」

「……」

被當成三歲小孩對待，雲野別開臉，忍而不發。餘光瞥見雲厘擔憂的神態，他朝她擺擺手：「妳去外面等著啦。」

「麻煩您了。」雲厘客氣地和護士說了聲，出去外頭，傅識則正靠著牆。

「今天謝謝你送雲野到醫院，剩下的事情我來處理就可以了。」雲厘話裡暗示著他可以走了。

傅識則搖了搖頭：「我現在沒什麼事。」

雲厘：「你不用回教室嗎？」

傅識則：「不用。」他思索一下，又說：「雲野在課上出事，我還是陪著妳吧。」

雲厘找了個位子坐下，見傅識則還站著，她頓了一下，輕拍了拍身旁的座位：「你坐這？」

幾乎是雲厘開口的那一刻，傅識則便動了，靠著她坐下。

「……」

兩人沒什麼話說，雲厘百無聊賴地靠著椅背，看著面前來來往往的人。

眼前恰好有幾個護士推著一個病床，那病人極為痛苦地捂住腹部呻吟，額上布滿青筋，手將床單抓得變形。沒過多久，病人極為痛苦地慘叫起來。

聲音讓雲厘聽得害怕。

傅識則用手抵在她右耳旁，沒觸碰到她，卻真實地削弱了那人的聲音。

「別聽。」

雲厘頓時有點緊張，他的手離她只有不到一公分的距離。她偷看傅識則一眼，他看著前方，神態是令人極為安心的淡然。

病人很快被推到遠處的病房裡，傅識則將手收回，兩人又恢復平靜。

「那個……」雲厘想起來他以前經常胃疼，問他：「你的胃現在好點了嗎？」

「嗯。」

「是吃藥了？」

「做了個手術。」

他的語氣平平淡淡的，像是很普通的手術。

「什麼手術？」

「胃穿孔。」

「……」

雲厘對胃穿孔並非沒有概念。知道傅識則胃不舒服的時候，她上網查了各種與腸胃有關的疾病，胃穿孔是比較嚴重的併發症，發病很急，疼得折磨人。

她默了一下，問道：「會很疼嗎？」

傅識則思索了一下，漫不經心道：「有點疼，不太記得了。」

聽他的意思不算太嚴重，雲厘繼續問：「那你當時住院了？」

「住了幾個月吧。」傅識則瞥了她一眼，「已經好了。」

示意她不要胡亂操心。

雲厘心裡堵了一下，雲野當時做完手術，保守起見也才在醫院待了不到十天。

氣氛沉重了點。

雲厘擔憂道：「你現在恢復得怎麼樣了？什麼時候做的手術？」

「還可以吧。」傅識則只回答了第一個問題。

雲厘默了一下，心裡怪怪的，又說不出具體原因。她憑著直覺又問了一次：「什麼時候做的手術啊？」

「……」

「去年，具體時間不記得了。」

電光火石之間，雲厘莫名想起他失聯的那兩天，猶豫了一下，才問：「三月份？」

「沒有。」傅識則不想她對此存在心理負擔，平靜地說謊：「下半年做的。」

雲厘沒有懷疑他話的真實性，半晌，才小聲叮囑道：「你腸胃不太好，飲食要規律點，不能吃太燙的，也不能吃太涼的。」

「嗯。」

「不要喝那麼多咖啡了。」

「嗯。」

「也不要抽菸喝酒了。」

「早戒了。」

「還有……」雲厘還想說什麼，對上他的視線，裡面有些說不出的意味，她一怔，覺得自己說太多了，閉上了嘴。

雲野上好藥了，他在門後聽著兩人在外頭的絮語，猶豫了半天該不該這個時候出去。

出去吧，好像不太好。

不出去吧……

護士覺得他嬌氣，連門都等著別人開，翻了個白眼，幫他拉開了門。

雲野一低頭，雲厘和傅識則坐在椅子上，兩人說著話，頭側向對方，不自覺靠得近。

留意到門打開，雲厘騰地起了身，像被人撞破了祕密，表情尷尬。

傅識則慢慢地起身，問他：「好點了？」

「嗯。我還好。」雲野此刻只想趕緊從這離開，轉頭和雲厘說：「我沒事了，我要去圖書館了，你們慢慢聊。」

「你別想了，爸媽在家等著呢，媽都急死了。」雲厘見雲野要跑，直接扯住他的衣服，念叨道：「雲野，你都十八歲的人了，見到蟲子不會躲一下嗎？」

「靠，我連蟲子本體都沒見到。」雲野被雲厘拽到門口，他正想發火，對上雲厘斂了的笑，閉上了嘴巴。

雲野的手慘不忍睹，雲厘著急著回家。她已經邁出校醫院門口了，又折返和傅識則道謝：「今天麻煩你了，之後我請你吃飯。」

傅識則「嗯」了聲，雲厘正打算和他告別，他卻忽然問道：「之後是什麼時候？」

「……」

此刻，雲厘感覺自己像是碰到了多年未見的老同學。

大家禮節性地客氣道「有空聚一下啊」，而中間有一個不識相的驀地問：「有空是什麼時候？」

雲厘被問了個措手不及，敷衍道：「我再和你約？」

「嗯。」他像是沒聽出雲厘的敷衍，抬眸和雲野說：「你回去好好休息，這週的課有不懂的，傳訊息給我。」

對上他的視線，雲野點點頭。

上車後，雲野在坐墊上扭了扭，找了個舒服的姿勢靠著。

想起了今天傅識則載他去校醫院的路上，兩人的交談——

「雲野？」

「啊？」

「你還好嗎？」

「沒什麼事。」

「嗯。」

過了一下。

「雲野？」

「啊？」

「你覺得，我和你姐還有機會嗎？」

「……」

雲野半天不敢出聲，怕兩邊都得罪。

以前，三人相處的時候，他常常注意到傅識則會時不時看雲厘，眉間的冷漠鬆掉，只餘情愫。

雖然自己是個大燈泡，但能親眼看見，有人這麼喜歡雲厘，雲野還是蠻開心的。

而雲厘給的分手理由是傅識則沒那麼喜歡她。

他當時想勸雲厘不要衝動，但那個中午，雲厘坐在床邊，強撐著冷靜，卻一直用手背擦著滾出的淚水。

但是，顯然沒有。

雲野覺得，那就分開了吧。如果雲厘能更開心的話。

過去一年多，和他視訊時，雲厘時不時會發呆。他說起自己和尹雲禕的事情時，她也會沉默。

剛才他出門時，雲厘和傅識則坐在長椅上，看著對方的眼神，以及被他撞破時兩人不言而喻的緊張。

比他和尹雲禕還純情。

心裡想了一大堆事情，雲野望向雲厘：「姐，妳要幫我謝謝那個哥哥。今天如果不是他及時送妳弟到醫院，妳弟可能就在教室裡毒發身亡了。」

雲厘有些無語，斜了他一眼：「他不是助教嗎？」

言下之意助教照顧一下課堂上生病的小同學，再正常不過的事情。

「助教也沒有義務送我去醫院。」雲野皺眉表示不同意，「反正妳幫我感謝一下別人，爸媽不是從小就教我們學會感恩嗎？」

趁停車的空檔，雲厘掐了下雲野：「你為什麼不自己去？我只是和他客氣一下，你自己去。」

「停停停——」雲野的詭計沒得逞，但也沒放棄：「別人可能會說我故意和助教搞好關係拿分啦。」

他面不改色地說道：「萬一有人檢舉我了，我和哥哥就會雙雙失去學位了。」

有這麼嚴重嗎？

雲厘愣了下，雲野在她眼前晃了晃自己手上的紅腫，一臉不可置信地問她：「妳真的是我姐嗎？」

「……」

雲厘只好說道：「知道了。」

回家後，楊芳和雲永昌正坐立不安地等候著，一見到雲野，楊芳抱著他開始抽抽噎噎。

雲厘回房間，揉了揉眼睛。

還要幫雲野答謝傅識則。

她上網查了些小禮品，覺得傅識則不太需要這些東西。起身去拿了根冰棒，雲野已經精神抖擻，在看NBA比賽。

「對了，我之前幫妳搶了票。」雲野目不轉睛地盯著電視，從書包邊邊摸出張演出票丟到沙發上。

雲厘拿起票，時間是在一個月後，地點是西科大體育館。她晃了晃：「只搶到一張，沒辦法和尹雲禕去了？」

「我就是對妳好一點。」雲野沒被戳破的惱羞成怒，淡定地圓了過去。

雲厘走回房門了，雲野才說道：「幫我拿根冰棒。」

「……」

「我是病號。」

「……」

去冰箱拿了根冰棒給他，雲厘一直看著這張票，想了想，拍了張照傳給傅識則。

幾乎是秒回。

F：『妳想一起去？』

雲厘解釋道：『沒，謝謝你送雲野到校醫院，雲野搶到了一張票，給你？』

簡而言之，是雲野搶的，她也沒有約他的打算。

F：『我比較務實。』

F：『還是請吃飯吧。』

「……」

看來這張票不值錢。

雲厘把票放到一旁。老實地翻了翻各種網路評價，稍好點的餐廳都有這個標籤——

#情侶必去。

但凡出現這四個字，雲厘直接跳過。她說不出具體的原因，似乎選了有這個標籤的餐廳，就代表她居心叵測心懷不軌。

挑了一陣子也沒找到適合的，雲匣將難題丟回給傅識則：『好。你想吃什麼？』

傅識則：『宵夜可以嗎？西科大旁邊有一家。』

過了幾秒，傅識則再傳來一則：『我白天比較忙。』

他特地解釋為什麼選擇約吃宵夜。

雲匣沒有抵觸情緒，她剛好也需要送雲野回學校。

兩人約定週日晚上十點去吃宵夜。

週末在家寫了兩天文案，雲匣總有些心不在焉，以往的全神貫注像是被什麼東西入侵了一般。

偶爾會冒出那個畫面，寬鬆的白色襯衫鼓了些風，無風時衣物貼在他的腰上，他帥氣清爽地從車上下來，摘掉安全帽，抬眸看她。

她的文案斷了思緒，就像啪的一聲筆斷了芯續不上去，她慌不擇路繼續，試圖告訴自己從未想過。

她不去想這個畫面出現的原因。

也不願意承認。

臨近出發時間了，雲匣在桌前遲疑一下，默默地坐到梳妝檯前，仔細地化了個妝。

手鏈、耳飾、項鍊，雲匣刻意沒有選擇過於張揚的。用捲髮棒弄了簡單的造型，雲匣在衣櫃前挑挑揀揀。

雲野一個小時前已經在客廳裡等了，每隔十分鐘催雲厘一次，等得不耐煩了，他衝過去叩門：「雲厘，妳好了沒？」

雲厘猛然打開門，走到門口換鞋。

雲野瞅著她：「哦，要和哥哥吃飯，妳特地打扮了？」

「怎麼可能。」雲厘瞪了他一眼，有點被戳穿的不自然：「你別胡說。」

「挺好看的。」雲野手插口袋裡，先下了樓，只留下這一句話。

上車了，雲厘才欲蓋彌彰道：「我平時不也是這麼出門的嗎？」

「哦。」

雲厘繼續道：「這麼久沒見了，我不能落了風頭，對不對？」

「哦。」

「總之，我沒有特別為他打扮，懂了嗎？」

「哦。」

雲野懶洋洋地配合著她的自欺欺人，還不忘記盯著她正色道：「雲厘，我相信妳。」

「……」

快到學校了，雲厘才意識到雲野受傷期間尹雲禕都沒出現：「你們吵架了？你受傷了尹雲禕怎麼沒來找你？」

雲野露出不屑的表情：「我剛和她說這件事。我們才不會吵架。」

雲厘嗆回去：「你們不是什麼事情都商量的嗎？」

「一碼事歸一碼事，沒必要讓她平白無故擔心，又不是多大的事。」雲野舉起手臂，扭轉到自己能看清的角度，紅腫已經消得差不多了：「這樣她看到就不會太難過了。」

「……」

將雲野丟在宿舍樓下，雲厘離門口不遠，能看見尹雲禕站在那，眼睛明顯紅腫。

雲野見她哭了，在那手舞足蹈展示自己沒什麼事。

她在車裡看了一陣子，尹雲禕沒多久便被雲野逗笑了。

雲厘倒了車，往約定好的北門開去。傅識則事先和她說了將車停在學校內，宵夜店在小巷裡頭的院子，車子開不進去。

她停好車，北門距離她幾十公尺，兩根護欄外汽車川流不息，燈火通明。她朝旁邊看了一眼，傅識則站在路邊，倚著小烏龜，垂頭看著手機。

在原處停頓一下，察覺到她的出現，傅識則抬頭望向她。

雲厘堪堪避開他的視線，慢慢地走到他跟前。

「要騎小烏龜去嗎？」

「嗯。幾分鐘就到了。」傅識則垂眸看她。

見了幾次面了，雲厘仍無法長時間與他對視。偶爾凝眸望他，上揚的眼尾明媚動人。她將頭髮綁起，脖頸又白又直。

這幾眼讓傅識則有些思緒不寧。他解了小烏龜的鎖，雲厘自覺地坐在他身後。風拂過時帶來清新的甜味。

出大門時，傅識則的注意力不太集中，沒留意地上的減速帶。車子顛了顛，雲厘沒坐穩，柔軟的手在他的腰間抓了一下。

雲厘立刻將手縮了回去，窘得不行，「不好意思。」

傅識則平靜地說了聲「沒事」，被她碰到的地方卻像著了火般，熱意從那一處漫延到全身。

到店後，他先讓雲厘下車，自己以極慢的速度停車和鎖車。他在黑暗處待了一兩分鐘，等體溫恢復正常後，才走到雲厘旁邊。

宵夜店煙火味極濃，院落裡簡單搭了兩個藍色棚子，支了幾口大鍋。一半的位子是露天的，座無虛席，多數是西科大的學生，黯淡的小巷因此朝氣蓬勃。

雲厘感覺自己像是回到了大一大二的時期。那時候她還會偶爾和室友到學校旁邊的燒烤店點些烤肉串和炒粉條。

兩人找了個位子坐下。

第二十三章　月亮

已經有兩年多沒到路邊攤吃宵夜，雲厘坐在塑膠椅上，菜單是張簡單的護貝紅紙。

「想吃什麼？」傅識則問她。

雲厘沒有太多想法，她本身吃得不多，今天來的主要目的就是買個單。

「你點。」雲厘把菜單推回給他，「你比較熟悉。」

傅識則到棚裡點了些東西，回來坐下後，手機不停震動，他看了一眼，直接放回口袋裡。

「不接嗎？」雲厘問他。

傅識則：「是傅正初。」

「沒和妳說過。」傅識則說道，「他研究所考到妳的母校了。」

「……」

「妳想見嗎？」傅識則問她。

分手後，傅正初關心過幾次。

雲厘因為和傅識則分手的原因，常常不能自如地回覆，甚至放一旁不回訊息。

久而久之，兩人也不再聯絡。

在等傅正初來的途中，雲厘心中不斷重組著語言。

傅識則見她緊張兮兮，若有所思地問：「和我見面前，妳也這麼緊張？」

「……」

一到關鍵問題，雲厘的理智便回來了，她喝了口水壓驚：「還好。」

傅識則：「那，和傅正初見面很緊張？」

從他的提問中聽出了意見，雲厘不自覺地解釋道：「沒有，就是之前他來找我，我沒怎麼回訊息，就不太好意思。」

「……」

雲厘想起面前的人被自己刪了兩次，她好像也沒覺得不好意思。

似乎越解釋越不對，雲厘乾脆閉上了嘴。

這一下雲厘直接將傅正初的事拋到九霄雲外。

眼前的人神情沒有變化，雲厘卻覺得氣壓瞬間下降。

她不知道怎麼調節氣氛，好在沒過幾分鐘，傅正初騎著小烏龜出現。

他依舊頂著張張率真單純的臉，杏眼見到她滿是欣喜。

「厘厘姐！」傅正初剛把車停下，便隔空喚她。

他快步坐到她身旁：「好久沒見到妳了，去年小舅說妳出國了，妳是回國工作了嗎？」

雲厘見到他，也彎彎唇：「對，我現在在西伏實習。」

傅正初和她聊了聊各種瑣事，雲厘才得知，她的室友唐琳還在追傅正初。唐琳正在找西伏的工作，打算近水樓臺先得月。

他們聊得酣暢，傅識則無話，靜靜地坐在一旁聽他們講。董素盡數下肚，傅識則起身去加菜。

見傅識則的背影消失了，雲厘才問傅正初：「你什麼時候知道我出國的啊？」

「去年厘厘姐妳剛走的時候，我問小舅，他就這麼說的。」

「……」

當時雲厘出國的消息並沒有告訴很多人。

雲厘想了一下，想進一步問他傅識則手術的事情，見他回來，只能作罷。

傅識則看起來輕鬆，幾乎不說話。幾人的相處模式彷若回到最初認識的時候，全靠傅正初一個人帶動全場。

吃完宵夜，傅正初自己騎小烏龜回宿舍。

雲厘有心事，不太關注外界，卻也能感覺到小烏龜比來時慢了很多，問道：「車子壞了嗎？」

傅識則淡定道：「快沒電了。」

夜間北門關了，傅識則需要繞學校外圈才能從正面繞進去。

西伏進入秋季，氣溫漸降，風中漂浮著桂花的氣味。一路無人，小烏龜在大路上晃悠悠地前行，遠處望不見盡頭。

她有一瞬間的錯覺。

希望這條路沒有盡頭。

坐在他身後，鼻間縈繞秋日桂花的清香，她感受著身前的溫度，壓抑、塵封在心房深處的情愫，再度不受控地冒出。

直到車子停下，雲厘才意識到時間的流逝。

她從小烏龜上下去，傅識則輕扶她一把，又鬆開。

雲厘抬眸看他。光印在他白淨的臉上，透亮且不存在絲毫瑕疵，他眉間洗去往日的疏離和漠然。

兩人默了許久。

雲厘才輕聲道：「好夢。」

傅識則怔了下，彎了下唇：「妳也是。好夢。」

回家後，已經凌晨了。

客廳明亮，雲厘剛進門，便看見環胸臭著臉坐在沙發上的雲永昌。

她鎖上門。

雲永昌冷冷道：「妳昨天沒去？」

他說的是相親，雲厘拒絕了幾次，見雲永昌不鬆口，她乾脆放任不管。

「哦我不知道昨天要見面。」雲厘脫了鞋，走到自己房間門口：「不過，知道了我也不會去。」

雲永昌：「……」

雲永昌惱火道：「妳都二十四了，性格又內向，不去相親之後怎麼結婚？」

這些話雲厘不知道聽了多少遍，自己的右耳已經起繭了。

見她一點反應都沒，雲永昌氣道：「以前妳硬是要和那個南蕪的在一起，不聽我的非要留在那邊，最後還不是一拍兩散，我和妳媽介紹的都是……」

這話戳了雲厘一下，她直接關上門，任他在外頭念叨。

雲厘沒有爭辯的欲望，她明天還要上班，疲倦地坐在梳妝檯前卸妝。

「這個丫頭為什麼都不理解當爸的當媽的，自己能做好我們還會這麼操心嗎？」

雲永昌還在客廳喋喋不休，雲厘一陣煩躁，想回過頭去吵一架。

將卸妝棉貼在眼周，她打消了吵架的念頭。

對著不講理的雲永昌，無論是永無止境的爭吵或者是服從都不能解決問題。

她需要做的是讓自己在經濟和生活上獨立，買間房子搬出去。

趴在床上待了一下，客廳裡安靜後，雲厘才起身。她的心不是麻木的，被雲永昌這麼說了也很不好受。

這個時間也無法找誰吐槽。

雲厘起身，將傅識則給的那個紙燈球取出，點亮。而後關了房間的燈。

光透過鏤空的紙球印到牆上，房間的六面布滿星星，雲厘旋轉紙球，那點點星光便慢悠悠地晃動。

她的心情好了許多。

幾天後便是轉正答辯了，雲厘花了幾天時間整理實習期間的工作，中規中矩地做了個報告。轉正的結果幾週後出。

期間，雲厘沒有忘記投簡歷。

她白天實習，晚上回去練習題目，等她總結的時候才發現，從七月份到現在，她已經投了三十多家公司了。

陸陸續續拿到面試通知，雲厘也沒時間為失敗的面試傷春悲秋，總結經驗後便快速轉戰另一輪。她的履歷還算漂亮，臨場應變能力有長進但依舊普通，只能靠沒日沒夜的實習和面試來彌補自己的不足。

最後一個面試結果出來時，雲厘長吁了一口氣。

「我感覺整個人都被掏空了。」雲厘躺床上和鄧初琦打電話，她讀的是一年半的碩士，明年就要回國了，現在也在找工作。

『果然，我沒看錯妳。』鄧初琦一聽她的經歷，震驚無比，『太他媽勵志了。』

「……」

鄧初琦問道：『不過妳不是比較喜歡當直播主嗎？妳爸還是不同意？』

「也想看看有沒有適合的工作嘛。」雲厘笑了笑，「其實我也沒想到能拿到這麼多offer，我爸還覺得我能找到一份工作就不錯了。」

雲永昌一直覺得雲厘面試受挫鐵定會一蹶不振，最後還要靠他的關係找工作。

雲永昌對她下的定義，讓雲厘曾經一度也這麼認定自己。

鄧初琦冷不防問道：『妳和夏夏小舅怎麼樣了？』

「啊……」

『沒有再發展了嗎？妳不覺得，你們很有緣嗎？兩人就像被緊緊綁在一起！』鄧初琦越說越激動。

「不會有發展的。」雲厘嘀咕道：「我們都好一陣子沒聯絡了。」

也不算沒聯絡，雲野週末回家不是忘了帶書就是忘了帶作業，她每次送過去都能見到傅識則。

傅識則都會帶杯可可牛奶給她。

雲厘覺得反常。

有個苗頭冒出來，她又把它壓制下去。

她不想對傅識則的行為有過多的解讀，畢竟他本就很會照顧人。

和鄧初琦再聊了兩句，雲厘瞥見桌面那張演出票，恰好可以犒勞自己。她換了身衣服，化了個淡妝出門。

地圖上能看見西科大附近水泄不通，車子不便進校。

她搭了輛車到西科大。

在寢室樓下守了幾分鐘，傅識則才等到一輛拉風的藍車出現。

「阿則。」徐青宋將墨鏡勾到鼻樑中部，露出一雙桃花眼，「好久不見了。」

他瀟灑地將車倒入停車位，輕哼著音樂。

自從傅識則回西科大後，兩人見面的機會並不多。偶爾徐青宋有事到西伏，才會聚一聚。

徐青宋跟著傅識則到了他的寢室，是單人房，房間裡簡單的一張床、書桌和衣櫃。

傅識則拉開抽屜，將裡面的兩張演出票拿出來。徐青宋掃了抽屜一眼，放著幾盒安眠藥。

他毫不生分地拿起藥晃了晃，問他：「失眠好點沒？」

「嗯。」

徐青宋拿起票看了一眼，挑挑眉：「今晚的？約了誰？」

傅識則看著他。

徐青宋意外地指了指自己：「我？」他笑了：「我怎麼不知道？」

「嗯。」傅識則從冰箱裡拿了瓶冷水給他，「厘厘也會去。」

聽到熟悉的名字，徐青宋朝他的方向偏偏頭，似乎這樣能聽得更清楚些：「雲厘？」

「嗯。」

「……」他沉吟一下，又笑道，「你不是說要拿到學位後再找她嗎？」

這是傅識則原本的打算。

離校的這兩年他從身到心都毀得一塌糊塗。

傅識則不喜歡給空口無憑的承諾。

他原本打算博士畢業後去找雲厘，無論她在哪個地方，他都會去找她。

「碰見了。」傅識則言簡意賅。

徐青宋摸了摸下巴，問道：「她對你是什麼態度？」

「走吧。」傅識則沒回答，而是催促他去體育館。

「不是六點半才開始。」徐青宋不願意動。

現在才四點出頭。

徐青宋剛下飛機便到分公司開了車過來，此刻只想找個地方休息。

見傅識則開了門等他，他認命地起身。

兩人在樓下的便利商店買了些麵包。

在體育館外頭等了半小時，徐青宋倍感無奈。

「就在這等？」徐青宋找了個舒適的位置靠著，調侃道：「為什麼不直接約她？」

傅識則默了一下，回答道：「可能會拒絕。」

太過在乎了。

他不確定雲厘拒絕的機率，不想冒這個風險。

「我本來是來找你吃飯的。變成在這守兔子了。」徐青宋的語氣不正經，好奇道：「你不和我說說？」

他是臨時到西伏的，傅識則不得不和別人多要一張票。

傅識則看他：「說什麼？」

徐青宋雙眸含笑：「她知道你想復合嗎？」

傅識則想了想：「應該還不知道。」

兩人等到體育館的安保系統架好，人員陸續進場，以及拒絕了雙位數要聯絡方式的人後，才瞥見那抹影子。

雲厘下車後看了眼時間，還有二十分鐘。

她走到檢票口附近，便看見傅識則和徐青宋站在那說話。

兩人在人群中格外顯眼。

徐青宋率先望了她一眼，禮貌地點點頭。

雲厘愣在原處，進退不得，直到傅識則也望向她。

「好巧。」雲厘硬著頭皮主動迎上去，「原來你也有票。」

「一起坐嗎？」傅識則問她。

「欸……」雲厘看了票一眼：「沒有指定座位嗎？」

「沒有。」

幾人過了安檢，找了相連的座位。

雲厘坐在傅識則左邊，徐青宋在右邊，自覺地透明化，只負責在雲厘看向他的時候笑一笑。

是全國巡迴的交響樂演出，徐青宋靠著椅子，心不在焉地聽著。場地內光線不明。他側頭，見旁邊兩個人不約而同坐得直直的，似乎是因為他的存在，兩人有些拘謹，沒有說話。

徐青宋心裡失笑，自覺的起身去了躺洗手間。

他去外頭晃了一圈，才慢悠悠地從最後一排往回走。站在不遠處，能看見傅識則的臉偏向雲厘。

在他走後兩人的相處的相處自然了很多，雲厘抬眸和傅識則說話。現場的音樂聲抵消了人聲。

因為雲厘聽不清楚，傅識則說話時會拉近與她的距離。

從徐青宋的角度看過去便像在親她的耳朵一樣。

他還是別回去了。

雲厘提分手的那天，徐青宋恰好在病床旁。

傅識則因疼痛而休克，加急做了手術，從麻醉中醒來時他神智遲鈍。推回病房後，徐青宋坐在一旁，看著他手背的留置針，鼻間的輸氧管，因為疼痛四肢不由自主的移動，心裡說不出的滋味。

讓徐青宋印象深刻的是，傅識則做完手術後坐不起來，只能舉著手機一遍遍打電話給雲厘。

而最後一通電話，雲厘和他提了分手。

手機漏音，徐青宋聽得一清二楚。

傅識則的臉上毫無血色。

徐青宋是看著他被推出手術室的。剛做完手術的時候，傅識則的臉色都好看一點。

而那一刻的他，就像是被抽空了一般。

絕望中帶著一絲困惑、不解。

明白，卻也不明白，為什麼自己被拋棄了。

事後徐青宋得知，傅識則沒有告訴雲厘自己胃穿孔的事情，因為雲厘的弟弟也生了重病。

很正常的決定，如果是徐青宋，也會這麼做。

畢竟雲厘在西伏，過於擔心傅識則的病情，不知她精神上是否能夠承受。

傅識則覺得分手的原因，是雲厘喜歡以前的自己。

他鮮少經歷挫折，未曾體會世間涼薄，這也註定了他的喜歡純粹而熱烈。

他做了很簡單和單純的決定，出院後他立即聯絡導師辦了返校，日日夜夜在實驗室裡熬著。

徐青宋再一次見到傅識則的時候，有一瞬間的錯覺，以為他變回以前的模樣了。

直至人煙散盡。

兩人找了個酒吧坐下，傅識則又恢復了一貫的冷漠。

與外界毫無聯絡，也毫無聯絡的欲望。

徐青宋才意識到。

哦，原來他一直沒有變。

那在人前猛烈搖曳的燭火，在人後，無聲的熄滅。

只是所有人都以為他變了。

入座後，雲厘轉頭看了徐青宋一眼。對方沒有太大變化，一身服貼的海藍色印花襯衫，正悠哉地看著臺上的表演。

她的視線移到傅識則身上。

他們又見面了。

她坐直身體，等待著開場。

餘光瞥見徐青宋離席，雲厘主動開口問傅識則：「你還會回EAW嗎？」

「沒回去過。」傅識則雙手撐在膝蓋上，側頭：「怎麼了？」

「看到徐總想起來，很久沒玩VR遊戲了。」

說著這句話，雲厘才想起至今她玩的所有VR遊戲，都有傅識則在身邊陪伴。

她心裡一滯。傅識則默了一下，抬睫望她：「妳想去嗎？」

雲厘在這句話裡聽出了邀約的意味，她握握掌心，長長地輕「嗯」了聲。

說完後，她盯著前方，隨著眾演奏家就位及場館內悠揚的音樂響起，她聽到他應了聲。

「那我陪妳去。」

雲厘彎彎唇角，覺得自己太張揚，又掩飾性地斂了笑。她心裡暗暗地想，出了面試結果後來犒勞自己，是個很正確的選擇。

她雖然沒有什麼音樂細胞，欣賞不了這些優美或磅礴的樂曲，甚至睏意上頭。

但來這裡，傅識則偶爾會靠近她，和她講每一首曲目的創作者和故事。

對她而言，好好的一場演出變成傅識則的專場。

他的聲音懶散，在背景樂中卻很突出，偶爾幾個字音被樂聲吞掉。

雲厘不自覺地拉近與他的距離，想聽得更清楚一點。

她沒留意兩人的間距，反應過來時，耳廓上有溫熱的觸感。

「……」

她碰到什麼？

像觸電一般，雲厘捂住自己的右耳，往旁邊一退，尷尬地轉頭。

傅識則看起來也愣了一下。

「碰到哪了嗎？」雲厘不大確定是不是她的錯覺，兩人看起來還是離得挺遠的，她好像太大驚小怪了。

「……」

感覺自己占了他的便宜。

雲厘迫切地想對此進行解釋，她咽了咽口水：「我剛才聽不太清楚你說了什麼。」

兩人現在這種關係，或多或少雲厘都該對此表些態，否則像她騷擾了她，糾結半晌，她回頭道：「所以靠近了點。」

「沒事，好像是我親到妳了。」

「……」

雲厘不知道他是怎麼正經地說出這樣的話，說完這句，傅識則還規規矩矩說道：「抱歉。」

「……」

這個插曲發生後，雲厘有意識地保持自己和傅識則的距離。他卻像忘了方才發生的事情，又貼近她的右耳：「沒事。」

在剛才發生的前提下，此刻的動作曖昧了許多。

傅識則沒有退回去的意思，只說道：「我也想讓妳聽清楚。」

昏暗中，雲厘的右耳紅透，傅識則笑了聲：「放心。我會保持距離的。」

這話是讓雲厘別擔心剛才的意外會再度出現。

明明是她的耳朵貼到他唇上了，她才是應該保持距離的那個。

雲厘回憶著那觸感，偷瞄了傅識則一眼。他正看著舞臺上，他的唇薄而柔軟，顏色稍淺，光線變化時添加了極致的誘惑力。

她的臉更紅了，覺得整張臉都是熱氣。

越來越難忍內心的悸動，雲厘藉著去洗手間的理由離開座位。

進洗手間後，雲厘盯著鏡中的自己，唇角的口紅有些掉色。

雲厘低眸洗了洗手，從包裡拿出口紅。

她頓了頓，有種在約會的感覺。

無論之前是怎麼想的，再一次見面，她還是難以避免的，被傅識則吸引。

待瘋狂跳動的心平復下來後，雲厘才從洗手間出去。

找不到回去的方向，她只好繞著長廊行走。長廊與館內風格鮮明，簡約大方。長廊空無一人，外牆由透明玻璃砌成。

雲厘看著幽黑的天穹，拿出手機。

雲厘：『七七，我在一個演出碰到傅識則了。』

鄧初琦：『「碰」到嗎？』

雲厘：『真的是碰到。還有徐青宋，感覺和妳說的一樣。』

雲厘：『挺有緣的。』

正當她轉身準備回去時，轉角處出現徐青宋的身影。

他似乎在想事情，漫步到雲厘附近了，才發現她的存在。

之前徐青宋說去洗手間才離席的，但他來的方向和洗手間是相反的。

更像是無所事事地在體育館裡亂晃。

雲厘還覺得奇怪他怎麼一直沒回來，心裡瞬間明白他在幫她和傅識則創造機會。

碰見雲厘，徐青宋也不覺得尷尬，落落大方道：「出來透氣？」

「嗯。」

即便是和傅識則在一起的時候，雲釐和徐青宋也不算親近。

雲釐像木偶杵了一下，便想回去傅識則身邊待著。

「聽說妳剛從國外回來？」徐青宋問道：「在找工作了？」

雲釐：「嗯，基本確定了。」

「你們分手多久了？」徐青宋的話題突變，但問話時沒有任何逼人的氣勢。

雲釐霎時沒反應過來，遲鈍道：「一年半了。」

事實上，徐青宋應該知道他們分手的時間。

徐青宋不是那種說三道四的人，有些事情傅識則沒有和雲釐說，他也不打算自以為是的和對方講。

他漫不經心道：「我們四點多就在這裡了，在這等人。」

雲釐愣了下：「那人來了嗎？」

場內除了他們三個之外，也沒有認識的人。

徐青宋看著她。

她好像，突然理解了他的提示。

她回想起上一次見到徐青宋，是雲釐從西伏回南蕪的時候，她已經提了離職，到EAW收拾自己的個人物品。

彼時，她在EAW的休息室碰見徐青宋，對方問她：「考慮清楚了嗎？」

雲釐以為是問離職的事情，她給了個合適的理由：「嗯。要回學校做實驗。」

徐青宋喝了口咖啡，補充了一句：「和阿則分手的事情。」

他深邃的眼中似乎包含其他含義。

當時她仍在分手的負面情緒無法抽離，而傅識則也一直沒聯絡她。

她只「嗯」了聲。

徐青宋若有所思地看著她，沒多問。

一瞬間，她感覺全世界都知道他們分手的消息。她不想再被人提及這個問題，只想儘快離開。

在她打開門時，徐青宋說了一句——「阿則是個重感情的人。」

回傅識則身邊後，雲厘沒有提起遇到徐青宋的事情，她看著傅識則的側臉，想起過去一年多的生活。

初至英國的那天下著淅淅瀝瀝的雨，潮氣鋪面，沿途的建築風格與西伏和南蕪大相徑庭。來到這座陌生的城市，雲厘搬進提前約好的房子。

有人將她拉進當地的南蕪校友會，會長在雲厘剛搬過去時幫了她不少忙，後來邀請她參加聚會，雲厘不好意思拒絕。

當時有十幾個人，她不善社交，坐在角落裡不出聲。會長試圖讓她融入團體，後來屢次讓她參與聚會。

雲厘難以迅速和人建立友誼，不太願意去。

住了不到一個月，租的房子出了問題，房東硬是說房裡的洗手間是雲厘弄壞的，要她賠償兩千英鎊。雲厘焦頭爛額地處理這件事情，談到錢，原先熱情的房東便像換了個人似的，強勢又冷酷。

現實給雲厘潑了盆冷水。

她沒有告訴家裡這件事，後來報了警，房東鬆了口，只讓她賠償一小部分。隻身在言語不通的城市，受了委屈，她不想被雲永昌諷刺一通，鄧初琦因為初到實驗室太忙，她幾乎沒有傾訴的對象。

偶爾和粉絲聊起，粉絲會逗她笑，但事實上，大多數的事情她沒有告訴他們。

那一天，她收拾東西時，翻到和傅識則的合照。是當時夾在筆記本裡，無意間帶來的。她恍惚地切著水果，一不留神，在手上劃了個不小的傷口。忙不迭地找出醫藥箱，見流了許多血，雲厘垂著眸，用優碘消毒、上藥、包紮。

接下來幾天，她做飯、洗漱、洗澡都很不方便。

用右手清洗水果的時候，雲厘盯著洗手池裡的水。

久違的，她想起之前那次摔跤時，手擦破了。傅識則一個十指不沾陽春水的人，對著食譜一道一道學著做。

她那時候只覺得幸福，從沒深究傅識則的行為後面代表著什麼。

在這裡，沒有人如他每次都在她的右耳說話，沒有人如他關注和照顧她的起居，沒有人在她出事時陪伴她。

相處的種種細節在腦海中浮現。

雲厘意識到，傅識則是很喜歡她的。

她無法否認自己內心的孤獨感，尤其每當她想起傅識則之後。

也許是為了排解這種孤獨，她開始參加聚會，頻率不高，漸漸的，她與幾個留學生成為了朋友。

偶然的一次談話，有人問她：「雲厘，妳談過戀愛嗎？」

雲厘如實回答：「談過一次。」

幾人聽了極感興趣，纏著雲厘講整個戀愛的過程。

當時雲厘還未走出這段感情，不願多提。其餘人卻不依不饒，雲厘只好把戀愛過程講了個大概。

其實她不願意提，就像心裡的傷口被反覆撕開一般。

但那一刻，她想起了自己屢次試圖問傅識則的過去，她問得模模糊糊，卻因為對方沒有像她期望的那樣交付，而將其視為隔閡。

等到面對類似場景時，她也不願意提傷心的事情。後知後覺地意識到，即使是情侶，有的話依舊難以開口。

如果當初她能夠再耐心一些就好了。

她的分手被他們熱議，幾人爭先恐後發表自己對於戀愛的看法，但大多都是站在她的立場說的。

直到最後有個剛被分了手的男生醉醺醺道：「我覺得妳前男友有點慘，畢竟他也沒有提分手，更何況他不是去陪床了，冷戰也是妳想像的……」

「女生怎麼那麼難搞，分手了，妳前任問了原因，妳還怪他分得乾脆，還因此死心。」男生說完後開始流眼淚，「我太不理解了，我明明付出了很多啊，為什麼她一定要說我不夠喜歡她啊，說分手就分手，我們的感情就那麼容易放棄嗎？」

其餘人壓住他，和雲厘解釋說男生剛失戀，喝多了，讓雲厘別往心裡去。雲厘抿著唇沒說話。

男生第二天清醒了，傳訊息不停地和雲厘道歉：『我昨晚真的真的是喝多了，亂說的，妳不要放在心上，真的抱歉。』

『沒關係的。』

只是那麼一瞬間，雲厘看清了自己心底逃避了很久的想法。

『你說的是實話。』

這段感情中，她是有問題的。

分手時，有太多壓抑的情緒上湧，雲厘總覺得看不見希望，提出了分開。

她腦子一熱，沒想過他會同意。

像是在查案一樣，她總是在尋找傅識則不喜歡自己的證據，將傅識則的同意視為他不夠喜歡她的印證。

然後，她放棄了兩個人的感情。

她的性格敏感，會對傅識則的行為過分解讀。

在後來很長的一段時間，雲厘強迫著自己去改變性格中最負性的一面，她更關注自己做了什麼，而不是去在意別人的評價和看法；她積極主動和周圍的人溝通，而非因為別人的一言一行胡思亂想。

她覺得，這麼做了，假如有一天，真的有機會再見到傅識則的話，她不會因為自己的敏感而傷害到他。

又是聚會。

上次哭著控訴前女友分手的男生說起自己復合了，是女生主動提出的，並和他反思了自己的問題。

「雲厘，妳沒考慮過找妳前任談一談嗎？」

聚會結束，男生私底下問雲厘。

雲厘只是笑了笑：「如果有見面的那一天，再說吧。」

雲厘不是沒有這麼想過，她想找到他，開誠布公地談一談，如果他還喜歡她，他們便能夠繼續在一起。

可現實情況是，他們談過一次戀愛，並且分手了。

她意識到自己的性格過於敏感，又生性卑微，很難維持穩定的關係。傅識則性格內斂，也無法打破這個僵局。

她不想因為同樣的原因再次分手，又傷害到雙方。

更何況，過了那麼長時間了，傅識則大概已經不喜歡她了吧。她也不認為，自己能讓傅識則一直喜歡。

兩人一直沒有跟對方聯絡，就像澈澈底底的陌生人。

復合不過是兩句話。

正如當初開始談戀愛一樣。

維持感情卻很難。

再度見到傅識則，雲厘覺得他過得很好，也希望他能過得很好。

兩人都是這個世界中的一粒沙子，在萬千之中有了觸碰。隨即各自歸於塵土，是很常見的事情。

然而，徐青宋明白地告訴她，傅識則是很重感情的人。

所以一年半了，他從來沒有忘記過她。

如果是這樣的話，雲厘也不想否認自己的內心了。

她從來沒有放下過他。

演出結束，觀眾紛紛退場。雲厘和傅識則到了門口，徐青宋事先打了個招呼趕下一場的飯局。

體育館外汽車堵成長龍，汽車不斷按喇叭。

雲厘打開叫車軟體。

傅識則瞥了一眼，問她：「我送妳出去？這裡叫不到車。」

雲厘往外看了看，路上的車幾乎不動，她點點頭。

「在這裡等一下。」傅識則說完便打算自己去騎車。

雲厘不知怎的就跟在他身邊：「我和你一起去。」

小烏龜停在體育館後側，坐他的車好像已經是稀鬆平常的事情。

傅識則解了車鎖，拿起安全帽把玩了一下，抬眸問她：「現在還早，去兜兜？」

雲厘沒像平時那麼糾結，輕聲道：「好。」

傅識則載著她到了西科大擴建的部分，樓面修繕了大部分。

整個擴建區荒無人煙。

因為對傅識則的信任，雲厘沒感到害怕，只覺得像是闖入一片他常去的祕境。

小烏龜的速度飛快，風不斷地竄進她的衣物，吹得她的眼睜不開，幾分鐘後停到一棟橙色建築前。

「我帶妳去個地方。」

傅識則說完便往裡頭走，這棟大樓已經修建得差不多，但尚未啟用。

坐電梯到十四樓後，四周漆黑無光，雲厘跟在他身後。

直到走到一間空教室，空氣中仍瀰漫裝潢的氣味，教室連著寬敞的天臺，天臺門上了鎖。

傅識則打開窗，幫雲厘放了張椅子：「我先過去。等一下妳踩椅子上去，我在對面接住妳。」

他直接翻了過去，平穩地落在地面上。

雲厘和他的視線對上，磨蹭了一下，她踩在椅子上，慢慢地站在窗臺上。

窗臺有一公尺高，她猶豫一下。

像是知道她的顧慮，傅識則朝她伸手。

雲厘握住，待她往下跳，他用另一隻手扶住她的手臂。

穩穩落地。

眼前是他的胸膛，雲厘差點靠上去。她小退了一步，慢慢地將手收回。

天臺比樓道內光線充足。

兩人趴在欄杆上放了下風，遠處天空遼闊，鬧市繁華。

晚風輕拂他額前的碎髮，他把臉枕在手上：「我一個人的時候挺喜歡來這裡的。」

他的眼眸很乾淨，夜闌下愈顯柔和。

「現在是兩個人。」雲厘望著遠處的風景，應道。

須臾，他沒應。

雲厘回頭，傅識則正看著她，目光接觸的瞬間，她不好意思地收回去。

是兩個人了。

傅識則看著雲厘小巧的臉埋在手臂內，雙眸倒映遠處光影。

兩人在天臺靜靜地待著，直到遠處的城區由喧囂變為寂靜。

雲厘也不知道為什麼，每一次她都能和傅識則什麼也不做，像兩塊石頭般待那麼久。

回到樓下後，雲厘掏出手機。

雲厘：「我叫個車直接回去吧，你也早點回宿舍休息。」

現在已經接近十點了，她不好耽誤傅識則太多時間。

傅識則隨她掏出手機，問她：「還住以前那？」

雲厘「嗯」了聲，在她下單前，傅識則直接叫了車。沒過幾分鐘有人接了單，司機開到他們面前。

雲厘沒有推脫，也沒有問原因。

不那麼抗拒自己內心真實的想法後，雲厘覺得，一切似乎好受了一點。

傅識則打開車門，雲厘鑽進去，轉頭想和他道別。

剛坐正身子，卻發現傅識則也跟著坐了進來。

雲厘：？

「送妳回去。」他瞥她一眼，淡聲道。

兩人一路無話。

這是雲厘極為熟悉的路。眸中斂入沿途的告示牌、商店、燈光，她甚至能想起兩年前將傅識則從機場送到西科大時，一切都與現在相同。

許多次，她都是開著這條路來找傅識則的。

此刻有機會觀察這段路，雲厘才意識到，她其實很喜歡這段路。因為每次開過這段路，她就可以見到傅識則。她用餘光偷看身旁的人，他安靜地坐著。就如以往他們在一起的時候，總是默默地陪在她的身邊。

車很快到了社區門口，傅識則隨著她一起下車，兩人安靜地走到樓下。西伏種植的大多是常青樹，枝繁葉茂。即是秋天了，夜間仍可聞見微弱的蟬鳴，告知季節的更替。

雲厘耳邊蟬鳴不絕，擾得她的心緒也極不安寧，她抬頭看傅識則，對方也在看她。

她輕聲道：「我上去了。」

傅識則點點頭。

等雲厘走到門口，聽到身後他的聲音：「厘厘。」

她腳步一頓，回頭，他在暗處，雲厘看不清五官，卻將他的聲音聽得清清楚楚。

「好夢，厘厘。」

到家後，楊芳和雲永昌正在看電視，播的是一部都市情感片。雲厘聽楊芳講過，大概是男女主年少時因種種原因錯過，在經歷了不同的人生後變成了雙方最討厭的人。

雲厘忍不住聯想到自己身上。

但和傅識則分開至今，雲厘知道，自己從未討厭過他。

倒是可能有點討厭自己。

她打開冰箱拿了瓶牛奶，液體汩汩倒入杯中。她想著和傅識則的事情，耳邊電視裡浮誇的臺詞離得很遠。

拿著牛奶回了房間，雲厘關了燈，打開那個紙燈球。星狀的光影晃動時，雲厘回想起傅識則剛才的話。

——「好夢，厘厘。」

她想起自己的糾結，糾結這個糾結那個。

糾結他這個行為是不是不夠喜歡自己，糾結分手後他為什麼不來找自己，糾結會不會再度因為她的性格兩人重蹈覆轍。

但此刻，或者更早的時候，當她和他在校園裡穿梭，當桂花香提醒起她在南蕪的初識，她有強烈的念頭，想忘卻兩人過去的矛盾和煩惱。

再次和他在一起。

這個念頭，即便遭遇了分手的衝擊，即便她如何欺騙自己，也在她的心底，從未消失過。

更何況，她現在知道了，他對她還有感情。

她過去一年努力做出的改變，教會自己勇敢、自信、強大，不是為了讓自己在愛的面前退縮和迴避。

雲厘翻出壓在櫃子底部的筆記本，裡面夾著他們的合照。雲厘用手摩挲了下，想起很久以前在球場上，傅識則坐在她的右側。

正如今夜的相伴。

雲厘倏然坐起來，打開自己和傅識則的聊天室，她抿著唇輸入文字。

他先傳來了訊息。

F：『我想見妳。』

幾秒後——

F：『在樓下。』

距離雲厘上樓已經半小時了，她沒回訊息，穿著拖鞋就往樓下走。

傅識則還在原先的地方，聽到腳步聲，抬眸，兩人的視線交匯。

她慢慢地挪到他的面前。

兩人站在樹底下，她低頭，留意到傅識則手裡拿著兩瓶巧克力牛奶，是她最常喝的牌子。

他神態自然地幫她拆開吸管：「我剛才去超市逛了逛。」

雲厘下意識接過，才發覺，牛奶溫熱，包裝濕漉漉的，不知道他在哪找熱水浸泡過。

「你怎麼加熱的？」雲厘抱著牛奶，喝熱的比較好，但每一次，她自己都懶得加熱。

傅識則卻每次都記得。

「對面找了個餐館，點了份湯。」傅識則往社區門口望了眼，「讓他們給開水。」

是熟悉的甜味，她已經一年沒喝過了。

「那個……」雲厘靠在他旁邊，握了握掌心，鼓起勇氣問他：「你今天在體育館，是在等我嗎？」

傅識則：「嗯。」

他側頭，思忖許久，送雲厘到樓下時，他原本打算折返回宿舍。路過商店時，看見擺在門口的巧克力牛奶。

就像所有的事物都與她有關，他無意識地走了進去。

手上擺弄著那兩盒牛奶，他一直在想，什麼時候開口。在今晚之前，他還有百般猶豫，但當兩人在天臺上靜默地陪伴對方那麼久。

他只覺得，好像片刻的猶豫都不該有，片刻的時間也不願再等。

雲厘剛想繼續開口，傅識則的視線移回她臉上，停頓了好幾秒，彷若下定決心：「厘厘。」

他一字一句慢慢道：「可以重新在一起嗎？」

雲厘醞釀許久的話還未說出口，她沒想到傅識則如此直白。

怔怔地看了他好一陣子，雲厘才被頭頂的蟬鳴拉回思緒。

黑暗中，雲厘能聽到彼此的呼吸聲，她不受控地捏了捏掌心，問他：「我可不可以問一件事情？」

在說開之前，她想搞清楚一件事情。

記憶中，所有細節都指向了，傅識則確實很喜歡她。在隻身徘徊在劍橋的日子裡，她無數次在回憶中佐證了這一點。

只有這件事，她一直沒想明白。

雲厘提起了分手時發生的事情：「雲野生病的時候，你有兩三天沒回我訊息。」

「上次沒說實話。」傅識則默一下，眸色暗沉，「那天剛做完胃穿孔的手術，在那之前發高燒，醒過來就在醫院了。」

「不想妳擔心，我想出了院再到西伏來。」

完全沒想過是這個原因。雲厘甚至想問傅正初，是不是因為他們分手了，他難過了，才生了這麼重的病。

雲厘還清晰地記得，那時候她在醫院，晃眼的白燈，她忽略了他播來的十幾通電話，她情緒崩潰，忍無可忍脫口而出的分手。

她記得，她因為傅識則沒有到西伏，覺得傅識則沒那麼喜歡她。

她沒想過他可能也很不好。

雲厘喉間發澀：「那我提分手的時候，你怎麼沒和我說……」

「這是妳給我的。」傅識則從錢包中拿出那個紙摺的月亮，他經常取出來看，邊邊角角已經有些破碎。

——見到你，我就像見到了月亮。

燈光下，他的臉龐瘦削而寂寥，眼周暈染點疲倦的灰影。

「可妳見到我的時候，我已經不是月亮了。」

「那個時候，我沒有資格挽留。」

所以他回去讀博士，想變回以前她喜歡的那個模樣。

這是他能為她，也願意為她做的事情。

對傅識則而言，在那兩年出現之前，他不知道，自己的人生能渾渾噩噩成那個樣子。

傅識則自己不在乎學歷和學位，但他沒有資格要求雲厘和這麼頹喪的他在一起。

雲永昌的反對並不是沒有道理，自己的女兒積極求學，他希望她能找一個相當的人。或至少是，一個認真生活的人。

傅識則從口袋裡拿出 Unique 戰隊的月亮型徽章，遞給她。黑暗中，雲厘能感覺到他的惴惴不安。

「我變回原本的模樣了。」

雲厘怔怔地看著徽章，眼睛一澀。

她沒有忘記，那時候雲永昌到南蕪後，兩人的關係白熱化。她沒有忘記，他到七里香都後，第一個反應是將她攬到懷裡。然後回憶進入刺痛的階段，兩人僵硬地看著彼此，氣氛沉重得令人窒息。

——「妳想我回學校，變回以前的模樣？」

——「對。」

——「我知道了。」

所以他同意分手，隻身一人回到學校，完成當時的諾言。

這是雲厘從來沒有想過的原因。

她不覺得，如果傅識則變回去就好了。也沒想過，她放在自己身上那些自卑敏感的情緒，會同樣出現在傅識則的身上。

「你是不是覺得，我是因為我爸說的話，才和你分手的？你是因為這個，才同意分手的嗎？」雲厘喃喃道，她低下了雙眸，張了張口。

「我一直沒有和你說過，我和你在一起的時候挺自卑的。所以我總是患得患失，你稍微沒做什麼，或者沒說什麼，我就覺得你不是那麼喜歡我。」

這麼久以來，雲厘始終覺得這些話難以開口。

「當時我一直聯絡不上你，我以為你因為我爸，就不想和我在一起了。」雲厘輕聲道：「然後那時候雲野做手術，我想你在我身邊。」

「當時尹雲禕坐飛機過來了，坐在醫院走道上要等雲野做完手術，我看到以後，就覺得很崩潰。」

「我不知道你生病了。我當時覺得……你不是很喜歡我。」

「分手以後，你沒找我，我覺得可能你一直想分手。」她的思緒回到出國前那無數個日夜，她一直看著手機，想著，也許傅識則會找她的。

「後來我去交流，其實不是像上次和你說的一樣，我在國外沒有過得那麼好。我不會社交，外語也不好，當時租的第一個房子，房東想誆錢。」

「我報了警，但是我英語不好，就說不過。我最後沒賠什麼錢，但是房東說得很難聽，我當時，不知道能和誰說。」

「我一個人在那邊生活，才想起很多我們在一起的細節，才想起來，其實你是很喜歡我的。」

「我本來想找你，可是，我覺得我不好。」

直到這裡，雲厘都控制著自己的語氣平靜。

時隔一年半，她固執了那麼久，終於才在此刻說出了那句話——「我不想分手。」

「我當時只是說氣話，可我真的沒有想過，要和你分開。」雲厘喉間哽咽。

「我後悔了好久。」

「可我又好擔心，我這樣的性格，找了你之後，重新在一起了，又因為我的性格，我們兩個會再分開。」

最後一句話，她聲音很弱：「這一年，我有努力改變，我有努力去社交，去融入其他人，去學會溝通，我有變好。」

「我已經努力了，我不想再分開了。」

傅識則闔了闔眼，將她拉到自己懷裡。

「厘厘。」

傅識則以為，她主動提分手，對她而言，傷害不會那麼大。他以為，她不會那麼難過。

可她這一年多，一個人在外頭熬著，他看她的直播，但她即便不開心，也是強撐笑臉和粉絲聊天。

他不敢去想，她的性格本來就比較內向，在異國被逼到報警，報警後也只能挨著別人的罵。

他也不敢去想，明明不是她的問題，她卻要逼著自己去做各種事情，來減輕自己的負罪感。

如果他多問一句就好了。

可當時，他連多問一句的勇氣都沒有。

「對不起，如果當時我主動和你說這些事情……而不是自己胡思亂想……」雲厘這一年多沒流過眼淚，逼著自己遇到任何事情都要強大。

可此刻，無盡的愧疚吞沒了她，她紅著眼睛，聲音顫抖。

「我們就不會分開。」

他們不會分開一年半之久，兩人獨自療傷。

如果當時她沒有那麼衝動、心口不一，如果她當時聽進徐青宋的話，如果她和其他人多問一下傅識則的情況，而不是固執地認為他不喜歡她，兩個人也不至於這麼受傷。

傅識則不用在病上獨自度過那一個月冰冷的夜晚，不用隻身回到西科大，只是因為她說希望他變回以前的模樣。

她沒想過，她的意氣用事，會讓兩個人這一年半都過得不好。

「厘厘。」傅識則拭去她眼角的淚水，「我不怪妳。」

在無數個暗暗顫抖的夜晚中，他都未曾怪罪過她。

兩人在一起的時光，他對雲厘的感情簡單熱忱，雲厘對他的情感同樣真摯純粹。

那種美好，不會讓傅識則對這段感情，以及對感情中的她抱有怪責。

傅識則輕吻了下她的唇角。

像以往無數次一般，傅識則貼近她的右耳，一字一句，鄭重篤定地告訴她。

「厘厘。」

「我們不會再分開了。」

雲厘聽清楚這夜裡鳴個不停的知了，還有他的話語。她聽出他話語中的承諾，像柔和的波浪將她推上海灘，而她抬頭的時候，近在咫尺的眉眼，她看見的是他眸中熟悉的情愫。

那鬱鬱的一年半，終於煙消雲散了。

第二十四章　勇敢

傅識則將她圈到自己身前，雲厘湊近他的上衣聞了聞。

「你是特別挑這個味道的嗎？」

傅識則側頭：「嗯。」

是青橙的味道。雲厘能回憶起來，她在七里香都買的洗衣精便是這個味道。後來搬到江南苑，發覺他也買了同樣的。

時至今日，他還在用青橙味的。

就好像，一切都和以前一樣，未曾改變。

彼此的心意也是。

雲厘心裡一熱，不自覺道：「你怎麼這麼純情。」

傅識則聽了這話，輕笑了聲，一陣溫熱的觸感緊貼她的額頭，他問：「包括這個？」

「嗯。」雲厘睜大眼睛看著他，他比她高一個頭，此刻半倚樹幹，雲厘抬頭便能碰到他的下巴。

雲厘直勾勾地盯著他，慢慢湊近，傅識則完全不抵抗的模樣，注視著她。

直到兩人的唇瓣輕貼一下。

她彎起眼角笑：「不包括這個。」

他隨著她笑，忽然靜下來，垂著眼瞼，摩挲她的臉頰。

像是在輕撫世間最珍貴的寶物。

雲厘看著他眸中的情意，不受控地濕了眼眶。

他們都一度認為，這段感情一去不覆返。

失而復得的時刻，沒有想像中外露的欣喜若狂，反倒是來自心底深處的震撼與珍惜。因為曾經失去過，知道失去的痛苦，重獲的時候便分外擔心，這一切可能只是虛幻。

帶著眷戀和依賴，傅識則緊緊抱住雲厘。

貼緊他的身體時，雲厘能感受到腹部的接觸。

想起他在醫院的事情，她閉了閉眼，稍微拉開了點二人的距離，手覆在他的腹部上。

「不疼。」傅識則試圖讓她別對那件事抱有愧疚，「真的，我都不記得了。」

「嗯……」

「以前好像有個人說過要熬粥給我。」傅識則話中有一絲無奈，「但我一次都沒喝過。」

「那些食材好像還在江南苑？」雲厘走時沒有清理之前買的東西，確實，她鑽研了一整個假期，結果一次都沒做成。

傅識則：「下次一起回去。」

雲厘已經一年沒回南蕪了，她怔了下，點點頭。

躺到床上，雲厘仍覺得今天像是活在夢裡，她拿出傅識則給她的月亮徽章，金屬材質摸起來冰涼，她卻從中感受到他的熾熱。

雲厘把徽章放到枕頭底下。

第二天是週六，雲厘剛醒便收到傅識則的訊息，他六點就醒了，傳了訊息給她。另一則訊息是雲野傳的，他上午要回家。

車子快到教學大樓時，雲厘看見尹雲褘和雲野，兩人間隔了點距離，正在交談，看起來不甚愉快。

見到車來了，雲野直接上了車。

雲厘瞅了還在樓梯間裡的尹雲褘一眼，她似乎想跟上，卻只是抿著唇轉身走了。

「……」

上次誰說自己不會吵架的？

越看雲野的表情，雲厘越覺得奇怪：「你們幹什麼？」

雲野悶悶道：「不講道理。」

「誰？」

雲野不吭聲。

「到底怎麼了？」

雲野瞅了她一眼：「吵架了，妳看不出來？」

雲厘現在沒有挖苦他的心思，默了一下，才說道：「我通常不管你的事。」

「下車吧，去和尹雲褘說清楚，你們兩個熬了那麼久才上同一所大學，不要傷害到彼此。」雲厘憑著自己的經驗諄諄教誨，將汽車解了鎖，「我等一下再來接你。」

雲野沒動，雲厘卻留意到他一直沒扣安全帶，明顯是不打算直接走的。

「去說清楚。」她推了推雲野。

雲野拉開車門，往尹雲褘離開的方向跑去。看著他的背影，雲厘想起自己和傅識則分開的這一年半，掉頭便往控制學院開去。

傅識則埋頭改論文，聽到門口輕輕的叩門聲，旋即，林井然拖腔帶調道：「學長，找你的。」

見到雲厘，傅識則有點意外，起身走到外頭。

「怎麼沒說要過來？」

「突然想見你。」雲厘也說不出緣由，看雲野和尹雲褘鬧彆扭，就覺得，自己其實很想和傅識則待在一起，便順從內心來找他。

「你現在忙嗎？」雲厘問他，「如果你不忙，你載我去逛逛。」

「忙。」傅識則如實道。

雲厘感覺自己像是被拒絕了。

傅識則好笑地揉揉她的腦袋：「不過妳更重要。」他轉身回辦公室，「我去拿鑰匙。」

傅識則自然地幫她戴好安全帽，雲厘有樣學樣，拿起他的安全帽幫他扣好。

見到一旁停著的小烏龜。她這才反應過來，問：「為什麼你有兩個安全帽？」

「早就幫妳準備好了。」傅識則隨意道。

所有雲厘會出現的場景，傅識則早已備好兩人需要的東西。

雲厘上車後，還保留著原先的習慣，小心地抓住車身上的鐵杆。

風打在臉上，飄來了他的聲音：「手。」

「哦。」她順從地用手環著他的腰，這麼抱著的時候，她才注意到傅識則的腰還是那麼纖瘦，她不自覺地用了點力，緊緊地抱住他。

「我們去那裡吧。」雲厘見到旁邊的體育館，「這個時間是不是沒活動？」

傅識則思忖了下她問這個的動機，若有所思地「嗯」了聲。

雲厘已經熟悉這個體育館的構造，進了場館後，她往上看，發現高層有外凸的觀眾席看臺，每一處只有幾個位子。

拉著傅識則到觀眾席，他環胸倚著牆，好整以暇地問她：「怎麼來這？」

「啊？」雲厘愣了下，她也沒想太多，就想找個安靜點的地方兩個人待著。

「就來坐一坐。」她還沒坐上椅子，便被傅識則一把撈過去，他摟著她的腰，貼近她問道：「妳跑到我那，讓我載妳到一個沒有人的地方。」

「你上次也把我載到荒無人煙的地方。」雲厘理所當然地回應道，她太久沒談戀愛，察覺不出此時旖旎的氣氛。

「厘厘。」傅識則對著個呆瓜也不覺得煞了風景，「上次還不是男女朋友。」

她抬眸，對上他的眼，傅識則摩挲了下她的眼角，下移托住她的臉頰。雲厘感受到那冰涼的手，傅識則靠近了點，鼻樑輕觸，她看著那雙眸子，不自覺地沉浸進去。

好幾秒，他輕聲道：「可以嗎？」

「……」雲厘怎麼記得，以前他是沒問過的。

第二次談戀愛後他反而還禮貌地問一下，雲厘反問：「如果我說不可以呢？」

「哦。」傅識則眸中帶點笑，「那我就當只聽見『可以』兩個字了。」

「……」

雲厘沒有傅識則這麼磨蹭，她主動湊上去，在他的唇角碰了下，剛往後縮，他便托住她的後腦，帶點侵略性地覆上她的唇，輕而易舉地將舌尖探向她的。

他的動作親暱不顯粗暴，手指穿過她的髮絲。

這一刻等待了許久，也想像了許久，傅識則撩著她的舌，將她引導到自己這邊，雲厘只覺得呼吸被身前男人的氣息占滿，她真實感受到他此刻的存在，只覺得全身都要融化。

「夠了嗎？」火熱了幾分鐘，傅識則貼在她耳邊曖昧道，熱氣撲在她耳尖。

這話顯得，她才是那個欲求不滿的人，雲厘紅著臉點點頭。

傅識則摸摸她的唇角，繼續道：「到我了。」

親暱了片刻，兩人才坐回觀眾席上。此刻場館內沒人，舞臺像是蒙了層灰。

雲厘抬頭，才發現角落裡的攝影機鏡頭，正對準他們的位置，她茫然道：「哦……那個是監視器嗎？」

傅識則順著她的目光看過去：「應該是。」

雲厘一僵：「那我們剛才被人看見了？」

「可能吧。」他不太在意的模樣，托著雲厘下巴又親了一下，「讓他們看多一次。」

「……」

雲厘還是很介意攝影機的存在，趕緊拉開了兩人的距離。在座位上待了好一陣子，雲厘才想起和他說：「我剛才去接雲野，他和尹雲禕好像吵架了。」

傅識則望向她，等她下文。

「我看尹雲禕在樓梯間，雲野什麼都沒說就上車了。」

雲厘鮮少見到雲野和尹雲禕鬧矛盾的時候，她繼續說：「我想到我們的事情，我讓雲野下車去和尹雲禕談清楚。」

「然後就來找我了？」傅識則接上。

雲厘點點頭。

這一年半的時光，她覺得很可惜，明明該是兩人陪伴著彼此。

「我們以後什麼事，都和對方商量。」雲厘笑道，「好嗎？」

未來的路還很漫長。

「嗯。」

再接到雲野時，已經是七點了。雲厘在女生宿舍園區接他，應該是送尹雲禕回去了。

見他上車後表情輕鬆，雲厘問道：「為什麼吵架？」

雲野雙手枕在頭後，瞟了她一眼：「妳不要管。」

雲厘也懶得理他：「好，我不管。」

雲厘沒有直接回家，而是開到超市，買了些煲粥用的食材用品。

雲野手插口袋跟在她身旁，見車裡各式各樣的東西，他沒有問的興致，只想快點回家。

實驗室裡的人最近有些困惑，自己的學長像轉了性，以前早六晚十二，現在早六晚五，甚至不到五點便不見他的影子。

林井然篤定傅識則追人去了，而且追人之路異常艱辛。

整個實驗室，除了傅識則之外，其餘幾人都做不到早起。醒來滑滑手機，買個早餐晃到實驗室，便已經十點了。

林井然在傅識則的桌面上看見一個粉色的圓筒保溫盒。

他不禁在小群組裡吐槽：『嘖，學長也太少女了，果然有戀愛的想法了，人就會變啊。』

到吃飯時間了，林井然掛在傅識則座位的隔板上，問他：「學長，吃飯嗎？」

「嗯。」

傅識則敲了敲鍵盤，見林井然還在等，他把那個粉紅的保溫盒拿到自己面前，拆開，裡面的青菜排骨粥冒著熱氣。

飯盒旋轉了一下，林井然才留意到上面的便條紙，畫了個愛心和月亮。

「靠，學長，你談戀愛了？嫂子送的？」

「嗯。」

這是雲釐第一次送午飯給傅識則，上次說要回南蕪後再做。今早傅識則到實驗室沒多久，雲釐便打了電話給他。

下樓就看見她提著這個飯盒。

因為要開會，傅識則接過後後她待了一下便回了實驗室。

傅識則不是在意別人看法的人，此刻見林井然一臉羨慕。莫名其妙的，他因此也感到心情愉快。

他複述了一下：「對，女朋友送的。」

「……」

傅識則舀了一口，想起雲釐，忍不住彎了彎唇。旁邊的林井然看得一臉茫然，雖然說傅識則一直是挺溫和隨性的人。

但笑起來總是疏離有距離感的，他還第一次見傅識則露出這樣的笑容。

林井然不禁心想，學長還是比較好哄的。

以前傅識則能全神貫注在實驗室待一整天，和雲釐談戀愛後，他變得容易分神。

之前和雲釐說過，他工作起來會比較集中，可能來不及回訊息，雲釐因此只在吃飯時間傳訊息給他。

喝著粥，他滑了下手機，兩人的聊天記錄還停留八點雲厘剛睡醒的時候，他往下翻。發現兩年前傅正初建的那個羽毛球群組又將他拉了進去。

傅正初：『厘厘姐，去犬舍擼狗嗎？』

傅正初：『（網址）。』

雲厘：『是唐琳說的那個嗎？』

傅正初：『對。』

傅識則看了眼時間，是早上十點，再切回自己和雲厘的聊天畫面，八點。

鮮會滋生的不悅逐漸侵蝕他的心頭，傅識則望了林井然一眼，問：「你談過戀愛嗎？」

「啊？談過啊。」林井然很容易便推斷出來傅識則遇到了戀愛上的難題，「學長，你是想知道什麼？」

「平時的訊息、溝通頻繁嗎？」

「嗯，無聊時就拿起手機來傳個貼圖。尤其是剛談戀愛的時候，恨不得每天都黏在一起。」林井然陷入回憶中，但還是不忘提醒傅識則：「不過啊，每對情侶的相處方式不同，學長你們就找自己最舒服的相處方式就好了。」

最舒服的？

傅識則再看了看自己和雲厘的聊天記錄，兩人傳給對方的訊息不多。

他望向林井然：「你傳一些梗圖、貼圖給我。」

「學長，這些圖是情侶之間常用的，這個貼圖比較閃啊。你一開始別用，可能會嚇到別人，你可以先從這個溫和點的開始。然後同一個貼圖可以連續傳幾個，會讓人覺得情感比較強烈。」

平日在實驗室裡幾乎都是傅識則指導學弟、學妹們做實驗寫文章。難得有可以幫到傅識則的地方，林井然費盡九牛二虎之力搜了一大堆給他。

傅識則一一儲存，抬眸和他說了聲：「謝謝。」

他的手指上下滑動，按照林井然說的，先傳個從桌底鑽出來的貓咪刷存在感。

沒多久。

雲厘：『（疑惑）。』

傅識則將這個貼圖傳了三遍。

雲厘：『（疑惑）。』

雲厘完全不清楚他只是想刷一下存在感。

覺得林井然說的不準，傅識則思索了一下，選了另一個貼圖。

傅識則：『（想你）。』

傅識則：『（想你）。』

傅識則：『（想你）。』

等了一下，雲厘回了。

『（想你）。』

將手機放到旁邊，傅識則動了動滑鼠解鎖電腦螢幕，沒敲幾個字，想起雲厘的回應，他支著臉，不受控地彎起唇角。

出發去接傅正初之前，雲厘和傅識則先在食堂解決了晚飯。

已經十月底，西伏仍舊熱得人發慌，一簇簇學生仍穿著清涼，拿著冰棒在校園內行走。

雲厘額上沁出了汗，看著迎面而來的女生手上的冰棒，舔了舔唇。

「想吃？」傅識則側頭問她，雲厘點點頭。

「等我一下。」

身旁是便利商店，雲厘在玻璃門外駐足。見他付了款後，還和收銀檯的女生說了兩句話，女生笑意盎然地將甜筒遞給他。

傅識則出門後將甜筒遞給雲厘，霜淇淋堆得很高，她默默地接過。

留意到她有些悶悶不樂，傅識則牽住她的手，問道：「我買錯口味了？」

「不是。」

雲厘本來不想說，憋一下就過去。

但想起上一次兩人鬧那麼大矛盾主要原因就是雙方的溝通問題，她想了想，小聲嘀咕道：「你剛才和那個女生說了好幾句話。」

通常傅識則是不會和別的女生講多餘的話的。

剛才那個收銀員膚色白皙，明眸皓齒，越想她越鬱悶，連手裡的霜淇淋都不想吃了。

傅識則在一旁失笑，問她：「知道我說什麼嗎？」

雲厘沒說話。

傅識則的手臂直接勾住她的脖子，將她往自己的方向拉，雲厘的後腦輕磕到他的鎖骨。在大馬路上，兩人動作親暱，雲厘有些不好意思。

傅識則湊近她耳朵：「我和她說，幫我把女朋友的霜淇淋弄多一點。」

意識到自己誤會他，同時因為他在耳邊說話，雲厘低下頭，加快了吃霜淇淋的速度。

傅識則笑了笑，懶懶地說了一聲：「醋缸。」

日光差點將她曬化，雲厘臉上熱得不行，她想抓緊上車，傅識則卻不樂意，勾住她的脖子在路上慢悠悠地走。

雲厘只好身體前傾，強行加快了傅識則的速度。

鑽進車後，她立即刻開了冷氣，燥熱的空氣逐漸降溫。

「我們先去接傅正初，唐琳和他待在一起。」雲厘提前和唐琳打了通電話，她在西伏理工附近工作。

傅識則對唐琳沒什麼印象，「嗯」了聲。他冷不防和雲厘說：「今天學弟說，談戀愛要找到兩人舒服的相處方式。」

雲厘本來還吃著霜淇淋，聽到這話後動作一頓，無措道：「你是覺得現在不舒服嗎？」

「嗯。」傅識則應了聲。

雲厘呆呆地咬了兩口霜淇淋，思忖了一下。

她抬眸，輕聲問：「為什麼？」

難道是因為她剛才發了脾氣嗎？

傅識則看著她，見她神色緊張，他俯身向前，輕推開她拿著霜淇淋的手，貼上她的唇。

隨著舌尖深入，甜味由濃轉淡，他托住雲厘的後腦。她一時間覺得日光晃眼，唇上的力度由淺入深，還伴有淡淡的刺痛感，呼吸被全部攫取。

傅識則鬆開後，雲厘輕喘著望向他，他用手指拭去沾在唇角的霜淇淋，慢慢道：「待在一起的時間太少了。」

所以他總覺得不知足與不舒服。

想和她有更多的時間待在一起。

雲厘回過神，看著車窗外，車就停在大路旁，沿途有不少學生，方才親得火熱，她完全沒注意到。

雲厘此刻只想找塊面罩把自己的臉擋住。

瞪了傅識則一下，他全然沒有心理負擔，還提醒她：「融化了。」

融化成水的霜淇淋流到了甜筒脆皮的底部，正要滴落到車上。

雲厘連忙打開車門，將甜筒舉到外面，小聲道：「你下次不能這樣，要吃完才能親，容易弄髒車子。」

「嗯，知道了。」傅識則懶散地應了聲。

雲厘瞅他一眼，見傅識則一直盯著自己，她不明所以：「怎麼了？」

他輕聲催促道：「快點吃。」

「……」

「怎麼傅正初喊上我們了？」車子開到西伏理工大學了，傅識則才問起雲厘今天去犬舍的事情。

「唔，唐琳是我室友，她在追傅正初，就一起出來玩了。」雲厘解釋道，「可能傅正初不太好意思和唐琳單獨待在一起。」

她想了想，又說道：「也可能是想撮合我們。」

雲厘還記得吃燒烤的那個夜晚，傅正初已經將傅識則拉回群組裡。

傅識則視線轉到路中央，傅正初和一個高高瘦瘦的女生站在路旁，雲厘停了車，女生率先鑽到後座。

「雲厘，我上次見妳都是一年多前了，沒想到這次還是因為傅正初見面。」唐琳一進來便趴到座椅靠背上，往旁邊瞟，見到和傅正初五官有些相似的傅識則，她驚愕道：「妳和妳男朋友都到西伏了？」

雲厘應了聲，唐琳有些沮喪地坐回座位，不客氣地戳了戳傅正初：「你看我室友，和你小舅都已經談了兩年了，你就不能讓我們的戀愛早點開始。」

傅正初沒吭聲，往旁邊挪了點，唐琳當沒看見，往他那邊湊了點。

犬舍是唐琳父母的朋友開的，離西伏理工大學僅有十幾分鐘車程。店主事先知道他們的到來，預留了位子。

店內有四分之一的空間是吧檯，幾人坐下後，店員將菜單遞給他們。

幾人點了單後，傅識則指了指菜單上的紅茶。

傅正初連忙叫停：「他不用，倒杯水給他就可以。」中斷的動作和話語十分自然，像是這個場景已經做過許多次。

傅識則：「……」

傅正初轉頭跟雲厘解釋道：「之前小舅動手術後，外公外婆就說不能讓他喝茶、咖啡這一類刺激性的東西。」

「哦……」雲厘應了聲。

明明身為女朋友，這些事情卻是傅正初來提醒她。

之前傅識則反覆和她強調自己的胃沒問題了，雲厘心裡有說不出的感受，從旁邊拿了個柯基抱枕，玩了一下。

傅識則覺察到她若隱若現的低落，輕勾了勾她的手指。

這手指一勾看得傅正初一臉茫然，他卡頓道：「欸，厘厘姐、小舅，你們……」

傅識則沒理，和雲厘說道：「去逗逗狗。」

犬舍裡放了幾隻柯基在咖啡區，傅識則蹲下，摸了摸牠的腦袋，柯基享受地揚起頭，讓他摸牠的脖子。

雲厘想起了初次去加班酒吧時，在宵夜店對面，傅識則戳著魚蛋逗弄路邊的流浪犬。

比起那時，現在他的氣質溫潤，瘦削的脊背卻無緣無故讓她想起當時的畫面。

雲厘遲疑了一下，走到傅正初旁邊，唐琳被老闆拉去敘舊了。

她沒有什麼頭緒，傅正初迅速接受他們已經復合的消息，支著椅子晃了晃腿，感慨了一聲：「厘厘姐，該在一起的人還是會在一起的。」

「那你和唐琳呢？」雲厘勾了勾唇角，反問道，傅正初瞬間面上發熱，支吾半天沒給出答案。

閒聊沒多久，雲厘問他：「傅正初，之前你小舅胃穿孔的手術很嚴重嗎？他沒和我說細節。」

「當時小舅的外婆去世，小舅可能太難過了，燒了好幾天，沒吃東西，所以比較嚴重。」見雲厘愣了半晌，傅正初安慰她道：「厘厘姐，妳別太擔心了。現在應該差不多好了，只是不能吃刺激性的東西。」

「嗯。」雲厘笑了笑，目光停留在傅識則身上。

雲厘心裡像放了幾塊沉甸甸的石頭，她挪到他旁邊，傅識則見她來了，將柯基朝她推了推，想讓她摸摸。

撫著柯基的脖子，漸漸地，她的手往旁邊移，牽住傅識則的一根手指，隨後覆蓋住他的手背。

「你現在開心嗎？」雲厘問他。

傅識則反握住她的手，在她的掌心撓了撓：「嗯。」

雲厘緊繃的神經鬆弛了許多。

過去的事情她無法改變，但至少，在以後的日子裡，雲厘可以一直陪在他的身邊。

臨走前，雲厘注意到咖啡廳有一堵心願牆。她在林林總總的便利貼前停留許久，拿上一張紙，工工整整地寫下自己的願望。

「你也寫一個心願。」她遞了紙和筆給身旁還在逗狗的人。

傅識則對這個不感興趣，直起身子想看雲厘寫了什麼。她連忙拉住他，話中帶了點警告：「不許看。」

「行。」傅識則瞥她一眼，「那妳也不看我的？」

「不看。」雲厘和他離了點距離，示意自己絕不會偷看，她歪歪腦袋，說：「等我們的願望都實現了，再一起回來。」

傅識則垂眸，主動將自己的便利貼給她：「妳可以看我的。」

「我不看。」雲厘知道他是想看自己的，她先走到門口，盯著傅識則，眼裡充滿了警告。

總之就是告訴他，別偷看她的。

傅識則有些無奈，找了個高處，將便利貼貼了上去。

將傅正初和唐琳送回去後，雲厘見他們下車時，唐琳還拽著傅正初王前面走，傅正初一臉不願意，卻還是順從地跟著。

兩人應該快成了。

第二天是週五，雲厘按照慣例到學校接雲野回家。兩人進了家門後，分別往房間走，卻被雲永昌喊住。

雲厘回過頭，沙發上除了雲永昌和楊芳之外，還坐著尹昱呈，對方朝她溫和地笑了笑。她愣了一下，以為是尹雲褘和雲野又出了什麼事，放了包後連忙到客廳坐下。

雲永昌：「小尹，我雖然沒什麼文化，但還是對教出來的孩子很滿意的。」

尹昱呈：「叔叔您謙虛了。」

雲厘聽得一頭霧水，朝旁邊默不作聲的雲野擠眉弄眼。

雲永昌：「厘厘，去洗點水果。」

趁著這個機會，雲厘將雲野拉到廚房去，從冰箱裡拿了點水果，她小聲問道：「你不是還沒告白嗎？這麼快就要和尹雲褘定下來了？」

雲野茫然地回答道：「沒有吧……」

「看來未來弟妹家教很嚴啊，雲野，你要做好心理準備，你們談戀愛大概和直接結婚差不多。」雲厘用手肘捅了捅雲野：「說不定你告白的時候，老爸會幫你擺個十桌八桌的。」

「……」

雲野幾乎沒進行任何自我鬥爭，認命地點點頭：「也不是不可以。」
雲厘笑道：「想得美，你追她那麼久了，沒想到最大的功勞是尹雲褘父母。」
雲野掏出手機傳訊息給尹雲褘：『歪歪，妳哥是不是到西伏了？』
尹雲褘：『嗯，他說來西伏相親，我爸媽幫他牽的線。』
雲野眨了眨眼，望向一旁哼歌的雲厘，一時語噎。
他還沒做好心理準備把這個噩耗告訴雲厘。
雲厘恰好切完水果，見他一臉便秘的模樣，斜了他一眼：「你幹什麼？」
「呃……」
雲厘無所事事地湊來看他的螢幕。
看到尹雲褘的回覆，她的表情瞬間僵滯。
姐弟倆配合著將砧板上的瓜皮收拾到垃圾桶裡。
一陣暴風雨前的安靜後，雲厘扯過雲野的領子，壓低了聲音：「你實話實說，你到底知不知道這事？」
這實在是太他媽離譜了。
雲厘想了千萬種可能，萬萬沒想到是這種。
雲野：「我靠，我怎麼可能知道。」
雲厘懷疑地看著他，已經將他視為共犯：「你上次和尹雲褘吵架是不是因為這事？」
雲野：「妳的事情不可能撼動我和她的感情，ＯＫ？妳趕緊想想怎麼應對歪歪她哥吧。」

「厘厘，水果切好了沒？」雲永昌在客廳裡催促。

雲厘捏捏果盤的邊緣，一陣火竄上心頭，她和雲永昌強調了不只一次，之前雲永昌還收斂一些，這一次直接把別人從南蕪𡡉到了西伏。

其他人就算了，這次竟然是尹雲禕的哥哥，這情況讓雲野也很為難。

雲厘將果盤端出去，雲永昌讓出了自己的位子，讓她坐到尹昱呈旁邊。

有外人在，雲厘再不悅也只能壓在心裡，面上推辭道：「我的工作還沒做完，現在著急做，你們慢慢聊。」

說完，她不等雲永昌再說話，直接轉身回房。

在房間生了下悶氣，雲厘聽見大門開了又關的聲音，猜尹昱呈走了。

雲永昌在客廳嚷嚷：「雲厘。」

雲厘沒有回應。

隨後聽見走道「咚咚咚」的腳步聲，雲永昌把房門打開：「我怎麼教妳的，妳怎麼這麼沒禮貌。」

「別人還帶了禮物過來的，妳這是什麼態度。」雲永昌沉著臉，雲厘才瞥見客廳桌上的水果和茶葉。

「爸，要不然下次你找來的人，你去和他過吧？」雲厘忍無可忍，壓著怒氣道：「我不只一次和你說了，我不想相親，我也不需要相親。」

「妳這個性格怎麼不需要，妳知不知道他學歷好工作好，是我們西伏人，而且別人一點都不嫌棄妳耳朵聽不見。」

「爸！」雲野聽到這句話後忍不住喊了一聲，雲永昌僵了一下，知道自己說錯話了，不自然道：「對方條件……」

雲厘面無表情地打斷他：「對方條件好，你女兒單耳失聰，配不上。」她忍住冒上來的淚意，冷靜道：「你別再安排了，這次我不讓你難做人，我自己去和他說清楚。」

走到門口，她的腳步慢下來，話裡有些哽咽：「爸，下次你考慮一下我的感受，可以嗎？」

雲永昌沒說話，等雲厘帶上門後，他才回過神，和雲野嘟囔道：「當爸的當媽的也是為了自己的孩子，我們就想幫妳姐找個好點的家庭，不會瞧不起她，以後她過去了不會受委屈。」

「爸，你和姐道個歉吧，你這麼說話誰受得了啊。」雲野語氣不佳，平日裡雲厘和雲永昌拌拌嘴都是小事情，已經很久沒說過這麼過分的話了。

一對子女都不支持自己，雲永昌表情灰暗，動了動唇：「我把你們養這麼大……」

雲野聽得厭煩，直接回房間。

雲厘小跑到樓下，尹昱呈剛走到社區門口。

她快步追上，對方聽到腳步聲，似乎等了許久，回過頭。

他如釋重負，朝雲厘笑了笑。

雲厘沒有遲疑：「我和傅識則還在談戀愛，沒告訴我爸。」

尹昱呈的笑容僵了一下，表情一言難盡。

尹昱呈原以為追出來的雲厘是對他有意思，畢竟他的各項條件都不差，兩人認識也有兩年了。

這次是父母介紹的，尹昱呈看見對方的資訊，一方面是曾經動過心的人，另一方面雲厘性格好，挺適合一起生活，他才特地來西伏拜訪她們家。

雲永昌也十分坦誠，對家裡的情況沒有絲毫隱瞞，兩個家庭的結合會是好的結果。

年近三十，他的相親之路怎麼會這麼艱難。

「我之前和我爸說得很清楚了，他就是不聽我的。」雲厘看起來很為難，她無奈又抱歉地看向他：「希望這件事不要影響到雲野和雲禕他們，我把你的機票錢和酒店錢給你。」

直到這個時候，雲厘考慮的都是自己的弟弟，而不是千里迢迢前來的他的感受。

一字一句都像在割尹昱呈的心，他在相親市場上也算是受歡迎，只是他不喜歡對方功利的因為硬體條件而來。

他只是想談一場單純的校園戀愛，卻頻頻在雲厘身上吃癟。

哦，這麼說來以前他參加比賽，只要有傅識則在，他都拿不了第一。

可能是輸慣了，這次的對象還是傅識則，他好像沒那麼難以接受。

尹昱呈迅速調整表情，為自己留了點尊嚴，表現得毫不在乎：「沒關係，我都相了二十多次了，就當我過來看看妹妹吧。」

雲永昌這波極限操作讓雲厘處於萬分尷尬的境地，她面露歉意。

「我先去找雲禕了，別放心上。」他意有所指道：「以後一樣是一家人。」

送走尹昱呈後，雲厘卸下心頭的負擔。

想起剛才發生的事情，雲厘一陣窒息，有種雲永昌要包辦她人生的既視感。

回家大概又要對上雲永昌那張臭臉，已經出門了，她一不做二不休搭了車到西科大。

等她到學院大樓樓下時，傅識則已經將小烏龜停在路旁，正在等她。

雲厘嫻熟地坐到小烏龜後面，抱住他的腰：「我們要不要去旁邊？有一家遊戲店。」

傅識則瞟了她一眼，大晚上跑出來打遊戲不符合雲厘的作風，但他沒多問，直接騎到店旁。

兩人開了一個小隔間，只有一張雙人沙發和螢幕。

塞了個搖桿給他，雲厘隨便開了個遊戲，她按按鍵很急促很用力，就像在發洩心中的情緒一樣。

玩了幾局，傅識則放下搖桿，側頭問她：「怎麼大晚上跑過來？」

雲厘悶悶地撥弄一下搖桿，含糊道：「想你了。」

「哦。」他明顯沒相信這個理由。傅識則並不著急，耐心地幫她開了新遊戲，再陪她玩了兩局。

傅識則的問題就像開了個頭，雲厘想起雲永昌這段時間的做法，從她回國開始就不停地介紹相親對象，在她明確拒絕的情況下還約對方到外頭的餐館，雲厘沒到場還要受到指責。

這次更加荒唐，直接把人請到家裡。

那下一次呢，還會有怎樣過分的事情。

雲厘越想越鬱悶，低著頭向傅識則敘說：「我爸有點離譜，把雲野的大舅哥叫到家裡和我相親了。」

「……」

「走之前和他吵了一架。」想起雲永昌說的話，雲厘語氣低落了點，「其實我也理解，他這麼著急的原因。」

雲厘訥訥道，「我爸一直覺得我挺內向的，性格又很倔。小時候我經常被欺負，我都罵回去了，但是我爸始終覺得，這些是不成熟的表現。」

在雲厘小時候，無論她遇到什麼事情，雲永昌都會一改沉默寡言的本性，為了她和對方爭吵。

也因此，當雲永昌被親戚數落的時候，雲厘也毫不忌憚地挺身而出。

這種關係不知道是從什麼時候開始改變的。

雲厘沒有忘記雲永昌對她的好，也正是因為如此，此刻她才倍感難過。

「其實這麼多年我都在努力，想告訴他，我是有點內向，但不代表我不能和別人相處，不代表我不能照顧好自己，不能為自己做決定。」

雲厘從小在雲永昌的打壓下長大，她努力地對抗這一切，無論是到南理工讀研究所，還是到英國交流，這些經歷都增添了她的視野。

她覺得，自己已經做得足夠好了，也找回了久違的信心。

可她在骨子裡還是自卑的。

外界給她的自信，一旦回家就會被全數擊潰。

她的努力永遠無法換來雲永昌的信任，就像永遠有個人跟在她背後告訴她：「妳做再多也沒有用。」

「我不知道怎麼讓我爸認可我。」雲厘垂著腦袋：「他今天和我說，尹昱呈不介意我一隻耳朵聽不見。」

「就好像在他看來，這就是我全部的價值。」

這樣的事情每發生一次，她就不禁思考，自己是不是真的這麼差勁。才會讓她的爸爸，一直這樣看不起她。

雲厘最後幾個字幾乎是咬著牙說出來的。她回憶起小時候的雲永昌，極大的委屈湧上心頭。

她覺得雲永昌是愛她的。

所以才更希望得到他的認可。

「厘厘。」傅識則抬起她的臉，認真地看向她：「不要因為別人說的話，而懷疑自己。」

他頓了一下，「任何時候都不要懷疑自己的能力。」

「妳很獨立，也很要強，妳想做的事情，都做到了。」傅識則摸摸她的髮絲，他平時說話沒有太多的情緒，此刻，卻充滿著不容質疑。

她是他眼裡閃閃發光的寶物。

不應該因為任何人的質疑，而失去光彩。

「這世界上有各式各樣的人，每個人的觀念不同，父母有自己的想法，這些想法並非盡善盡美，甚至很多時候是令人難以接受的。」他語氣平緩，在她耳邊低語。

「但父母是父母，我們是我們。」

「而且，叔叔是認可妳的，所以當初，才會極力反對我們在一起。」明明這件事是在說他的不是，傅識則說起來卻毫不芥蒂。

他是覺得自己女兒足夠好，因此，才要找相當的人。

「那是他不瞭解你，冥頑不化。」雲厘拉了拉他的衣領，「你不要在意他當時的反應。」

「我不在意。」傅識則將她拉近自己，「我只在意現在。」

隔間內只有螢幕的光線，照著他薄薄的下唇，雲厘抬頭淺淺親了他一下。

這一次，傅識則沒有旖旎的意思，親暱而安撫地回了一下。

就像在告訴她，他會一直在她的身旁。

雲厘的心情好了許多，想到以後傅識則還要和雲永昌見面，又有點緊張地問道：「你會不會害怕我爸啊？會不會覺得我爸很專制啊？」

「不敢說未來岳父的壞話。」傅識則重新拿起遊戲搖桿，打開新的遊戲玩了一下。

螢幕上的遊戲刺激，雲厘這次玩得很投入。旁邊的傅識則動了動，忽然把遊戲搖桿放下。

默了片刻，傅識則開口：「妳今天去相親了。」

雲厘：「……」

傅識則：「可能還會有下一次？」

雲厘一陣緊張：「今天是個意外，應該……」想想自己老爸的脾性，她的話一頓。她也說不準會不會有下一次。

傅識則抬眸看她：「我也很久沒見妳父親了。」

雲厘聽到這話一滯，她對上次的事情還存有心理陰影：「你不介意上一次我爸……」

「當時我的狀態確實很不好。」傅識則坦白道，「我不會怪妳父親的，他是在自己的能力範圍內保護自己的女兒。」

他說這話時雲淡風輕，絲毫看不出埋怨或者其他情緒。

連雲厘自己對此事都抱有埋怨。

「但如果他的保護傷害到妳了，」傅識則頓了下，聲線驀然低沉，唇在她的右耳蹭了蹭，「我就想早點把妳帶回家。」

他絲毫不隱藏自己的意圖。

「那你要看我同不同意。」雲厘笑道，「就算以後我爸同意了，我還不一定同意呢。」

兩人光顧著聊天，遊戲螢幕進入待機畫面。

見雲厘也沒多想玩，傅識則起了身，輕輕地拉起她。雲厘還沒站穩，聽到頭頂上他的聲音道：「走吧，去我家坐一下。」

直到到宿舍樓下，雲厘才知道傅識則說的家是什麼東西。

她瞟了宿舍長一眼：「我能進去嗎？」

傅識則直接拉過她：「嗯，我住單人房。」

話音剛落，兩對小情侶依偎著彼此進了宿舍，宿舍長甚至沒抬眼，彷若這件事情再正常不過。

雲厘有點擔心上去後會不會發生什麼事情。

見她神情猶豫，傅識則笑了聲：「真的只是坐一下，想到哪裡去了。」

「你都知道我在想什麼了。」雲厘被他這麼一說，有幾分羞赧，但又不甘示弱：「說明你和我想的是一樣的東西。」

傅識則本來也不是臉皮薄的人，「嗯」了聲後，故作繾綣地反問她：「不行？」

「……」

兩人先到了宿舍旁的便利商店，傅識則拿了兩罐牛奶，放微波爐裡加熱。期間，雲厘瞥見收銀檯旁的架子上花花綠綠的盒子，連忙收回目光。

幫她開了牛奶，傅識則才帶著她上樓。寢室比較老舊，沒有電梯，雲厘跟著他爬樓梯上了五樓。

和當初江南苑的屋子一樣，傅識則的寢室收拾得一絲不苟。除了桌上放了幾本書之外，沒有其餘的東西。

他從小冰箱裡拿了塊芒果千層蛋糕，放在桌上：「學弟今天去商場，我讓他幫忙帶了一塊。」

傅識則還記得林井然幾人出門前，說要去西伏最紅的甜點店。等他們離開後，他傳訊息讓林井然幫忙帶一塊。

林井然明知故問：『學長，你平時不是都不要嗎？』

好像沒有什麼特殊理由。

只是想看見類似此刻的，雲厘一口一口乖巧地吃掉他特別帶給她的東西。

注意到他的視線，雲厘用手背蹭了蹭臉頰：「我弄到臉上了？」

「沒有。」傅識則坐到她身旁。

雲厘挖了一勺，遞給他：「你要不要吃一點？」

「妳吃。」傅識則將勺子推回去，雲厘「哦」了聲，又含了兩口，忽然發現他直直地看著她。

傅識則：「還是吃一點吧。」

雲厘又「哦」了聲，剛抬起勺子，被傅識則輕撥開手。

他往前靠，在她的唇上咬了兩下，力道不輕不重，又眷戀地停留了一下，舌尖在她的唇瓣上一點點滑過。

他沒有深入，退回原本的位置。雲厘愣愣的，將勺子放回蛋糕盒裡。

幾坪大的空間逼仄，雲厘看了老舊的白熾燈一眼，問他：「一個人住在這個單人房，會不會覺得很壓抑啊？」

傅識則思考她這個問題的動機，緩緩反問道：「妳要搬過來和我一起？」

「……」

這狹小的空間只有他們，說什麼都不太正常。

雲厘指著他那張窄得無比的床，是標準的宿舍床：「這張床，才這麼大！」

傅識則側頭：「沒說睡同一張床。」

第二十五章　珍惜

他頓了頓：「如果妳想的話，也可以接受。」

「……」

傅識則的臉皮之厚刷新了雲厘對他的認識，她往旁邊一騰：「我沒有。」

芒果千層不大，盡數下肚後，雲厘又重新思考了下這個可能性。

「我和我爸可能會經常鬧僵，所以我有在認真考慮。因為那種時候，我應該會希望你在我的身邊。」

「嗯，我會在的。」

他言簡意賅，玩了玩她的髮。

雲厘揚了揚唇，站起來打量這個小房間：「那我睡哪？」

傅識則直接答道：「妳睡床上，我打個地鋪。」

「拿什麼打地鋪？」雲厘沒在屋裡頭看到其他被褥，這個小房間的空餘地方不足以再放多一套。

「妳分床被子給我。」傅識則提了個方案。

雲厘看著他的身子，直接排除掉這個選擇：「你身體不是不太好嗎，我怕你打地鋪著涼。」

「……」

看出她盯著自己的身子，傅識則不動聲色地喝了口水，放下水杯後，直接撈住雲厘的腰。兩人原先都坐在床邊，此刻雲厘貼上他的身體一側，和往日不同，他用了點力，扣住她的五指陷進她的腰部。

她一抬頭，便撞到他的下巴，對上他那雙深邃幽黑的眸子，雲厘腦子一白。腰間的力道越來越大。

知道這樣下去會發生什麼，她還是直勾勾地盯著對方，微張的唇帶了些蠱惑。

傅識則輕聲道：「就算我身體不好，床也留給妳。」

雖然他口裡百般順從她的話，手上的動作卻像是反覆和她證明——妳放心，我身體很好。

待到快十一點，傅識則送雲厘回到社區樓下。走到鐵門附近，傅識則從口袋裡拿出一朵紙折的紅玫瑰，小小的，放在手心。

雲厘愣了一下：「給我的？」

他垂著頭，幾縷柔軟的髮絲略微垂在眼前，沉吟一下，他應道：「沒有，摺得怎麼樣？」

見他嘴硬，雲厘十分硬氣地評價道：「還好。」

「那我放回去。」語罷，傅識則將紙玫瑰往口袋裡放，雲厘連忙抓住他的手：「別壓壞了。」

雲厘摸著那順滑的紙張：「你在辦公室怎麼有時間摺這個？」

「想起妳的時候幹不了活，就摺一摺。」傅識則隨口應道。

雲厘歪歪腦袋，問他：「那你只摺了一朵？」

「……」

「一朵也行。」不等他回話，她揚起唇角，紙玫瑰虛握在手中，放在胸口，倒退著往裡走，兩人的視線始終接觸，直到她的雙眸消失在門的夾縫中。

雲厘到家時，將近十二點了。她踢掉鞋子，客廳的燈仍大亮，雲永昌坐在餐桌前，楊芳已經睡了。

桌上擺著兩盤結成糰的炒粉條，能看出放了有些時間。

「來吃點。」雲永昌語氣生硬，起身把炒粉條拿到廚房。

雲厘聽到微波爐的聲音，心裡不太情願，但她或多或少在雲永昌等她吃宵夜的行為中讀出了示弱的含義。

將隨身物品放回房間，她懨懨地到餐桌前坐下。

雲野聽到動靜，也從房間裡出來，他只穿了件背心和短睡褲，盤腿坐在凳子上，打量著她的神情。

雲野：「妳去哪了？沒回我訊息。」

雲厘睨他：「幹什麼？」

和傳識則待在一起的時候，她幾乎不看手機。打開一看，才發現雲野傳了十幾則訊息給她。

她點開聊天室，沒往上翻就直接返回。

雲野擔心她一個晚上，此刻有些窩火：「妳都不看完我的訊息？」

「現在沒心情。」雲厘將手機蓋到桌上：「吃完宵夜我再回房間好好品鑑你傳的東西。」

「……」

她話剛落，雲永昌拿著熱好的炒粉條出來，雲厘去拿了碗筷，三個人的氣氛沉寂。

父女倆面無表情地吃著桌上的炒粉條，雲野像個局外人。

氣氛一片安靜，這在雲家並不是個好現象、沉默了幾分鐘，雲永昌的話中帶了點自己不被理解的控訴：「我這麼做也是為了妳好。」

雲野沒想到自己的老爸在餐桌待了一個晚上，就憋出這句引戰的話來。

兩代人的思想差得太遠，雲野的寒毛豎了起來，踢了踢雲厘，示意她別一氣之下說出衝動的話。

雲厘表情不善地瞪了他一眼，還是控制著自己語氣的平靜：「我知道。」

「那妳就應該知道爸爸這麼做全是為了妳著想。妳這個脾氣和性格，去別人家受委屈了又倔著不說……」

她其實嘗試過很多次，讓雲永昌相信，她是有能力保護自己和照顧自己的。

雲厘抬起頭，沒有在雲永昌那張黝黑乾燥的臉上看見預期中的貶低。

更多的，她看見了雲永昌的拒絕退讓。其實傅識則說得很對，雲永昌有觀念上的狹隘，但他的初衷從不是壞的。

比起相信她，他更願意相信自己有能力保護女兒。

雲厘默了一下，說道：「我已經在談戀愛了，你不要叫我去和別人相親了，這不好。」

雲野瞪大眼睛，桌下又踢了雲厘一腳，雲厘毫不留情地踢回去。

雲永昌並不吃驚，本性全露，開始查家底：「什麼人？」

雲厘淡定地吃了口粉條：「雲野課上的助教，西科大的博士，快畢業了。」

雲永昌看向雲野：「是真的？」

「……」

似乎覺得雲厘說的話沒有可信度，雲永昌直接問雲野「你打過交道吧，人怎麼樣？」

「挺好的……」雲野目光怪異地看了雲厘一眼。

「妳早點和我說，我就不用請小尹來了，也不用和他說妳的事。」雲永昌覺得今天自己說的話不對，但試了半天都表達不清楚自己的意思。

自我反思了幾秒，他又恢復一貫霸道的作風：「帶回家給我看看。」

雲厘桌下踢了雲野一下。

雲野立馬抬頭：「爸，你別管這麼多啦，萬一把她男朋友嚇走怎麼辦。」

「而且我們那個助教很厲害的，大學時就是西科大的，每年都拿獎，比賽經常拿一等獎，對人很好，脾氣也很好。」雲野交代了雲永昌喜歡聽的點。

雲永昌表情緩和了點，但仍舊挑剌道：「這男孩這麼優秀，以前沒交過女朋友嗎？」

雲野愣了下，看看雲厘，脫口而出：「沒和別人談過戀愛。」

雲厘瞅了他一眼。

這措辭可真厲害。

以前沒和別人談過戀愛。

因為只和她談過。

見雲厘沒有說話的欲望，雲永昌沒有繼續逼她。吃完宵夜後，她回房間躺在床上，傳訊息給傅識則：『到了嗎？』

幾秒後，傅識則回了則語音訊息，一個『嗯』字。

清淡的嗓音並非戛然而止，字的尾音拖了一拍，像是睏倦得不行，又打起精神回她訊息。

雲厘的心情瞬間明朗：『明天我沒什麼事情。』

事實上，週末兩天她都沒什麼事，可以和傅識則出去玩。

傅識則的語氣有點淡淡的遺憾：『明天我要寫博士論文。』

雲厘手一頓：『那好吧。』

手機再度震了震，雲厘還有點小失落，卻聽到他道：『但我旁邊有個空座位。』

她心裡一鬆，拿上衣服去洗了個澡。

回來才發現傅識則在上則訊息後又傳來一則：『不來嗎？』

似乎是因為她沒回，不那麼篤定地又邀請了一次。

雲厘擦了擦自己的髮，在燈光下轉動著那朵紙玫瑰，回覆道：『好。』

翻身倒在床上，雲厘用手擋住光線，睏意襲來。迷糊中，她想起雲永昌上次對傅識則甩的臉色，不禁驚醒過來。

挪開手便看見鑽到房間裡來的雲野。

「妳怎麼談戀愛了都不和我說？」雲野聲音幽怨，「我之前還……」

「還什麼？」雲厘對他的不滿不屑一顧，抓住他的腦袋揉了兩下。

「沒什麼……妳別老是碰我頭髮。」他不高興地撥開她的手，雲厘見自己被嫌棄，直接倒頭就睡。

見她眉尾平平，眉間鬆弛，這戀愛應該談得挺開心的。

那告不告訴他其實也無所謂。

雲野在雲厘的書桌前坐了一下，起身在屋裡來回踱了幾步，又在她書架前翻了翻。

雲厘極度睏倦，催促道：「有屁快放。」

「我想秋學期考完試後，發展一下和歪歪的關係。」雲野眼神四處遊蕩，手指在褲縫線上輕敲，看得出不太自然。

發展一下關係，這麼含蓄的話也只有雲野說得出來。

雲厘：「哦。」

雲野：「妳不發表一下看法嗎？」

雲厘一臉疑惑：「你不是打著同學的名號在談戀愛嗎？終於願意負責任了？」

雲野：「……」

有事相求，雲野忍氣吞聲：「妳能不能讓妳男朋友借無人機給我？」

「你不是有他好友？」雲匣將被子蓋到了身上，趕人的意味十足，耐心而溫柔地勸道：「雲野你已經是成年人了，不要什麼事情都讓你姐出面。」

雲野支吾道：「妳說話方便點，讓他借我一臺酷點的唄。」

雲匣乾脆不理他，雲野在一旁杵了一下，推了推被窩中的她。

她已經睡著了。

「……」

雲野頓了頓，關了燈，自己拿了手機。他大概和傅識則表達自己想做的事情，明明是深夜了，他卻毫無睡意，滿腦子想著告白的事情。

坐立不安熬了半小時，傅識則才回訊息。

『我送你一臺。』

上慣了早八，雲野習慣性地七點鐘起床，路過廚房，裡面有個人身影來回走動。

雲野：「妳怎麼起那麼早？」

雲匣：「準備午飯。」

廚房的窗戶朝陽，光影暈得雲匣的身形模糊。雲野打著哈欠，抓了抓頭髮：「不是才早上？」

「熬粥，快的話也要好幾個小時。」

「哦，對了。」雲野邊刷牙邊走到廚房，「我今天要去找姐夫。」

雲厘：？

雲厘：「你這次改口，也挺快的啊。」

和上一次一樣。

「……」雲野不好意思說傅識則要送他無人機的事情。

雲野：「昨天我自己問了姐夫，我今天去找他拿無人機。」

雲厘皺眉：「你從我房間走的時候不是很晚了嗎？」

雲野看了手機一眼：「那時兩點多吧，姐夫也還沒睡。」

「快去刷牙。」雲厘將他從廚房趕出去，用勺子拌著砂鍋裡的米粥，劃出的圓弧不過一秒便消失，她怔怔地看了一下。

兩人在一起至今，傅識則在她面前的狀態都很好。

和同學朋友相處時泰然自若，雲厘也不想去竭力追問他的過往。

前一段戀愛中，她問過幾次，傅識則似乎不太願意說，就像她不願被人提及自己分手的事情。

她覺得所有的事情，待時機成熟，傅識則都會和她說的。

他沒有主動說，可能他自己還未消化好。

雲永昌和楊芳也起床了，已經習慣雲厘一大早起來忙碌，沒有多問。

雲野陪著父母安安靜靜吃了早飯，兩個長輩的目光始終在雲匣身上瞟來瞟去。

許久，楊芳柔聲問道：「匣匣，妳爸爸說妳交男朋友了，請人家來家裡吃個飯吧……」

「我問問他吧。」雲匣應了幾句。

雲野換了衣服，剛打算出門，便看見雲匣提了兩個保溫袋：「等一下要野餐？」

「嗯，午飯。」雲匣隨口應道。

雲野傲嬌道：「哦，不想吃。」

「誰說給你了。」雲匣將保溫袋塞雲野手裡，「我送你過去，等等你拿完無人機，自己回家。」

「……」

車停在控制學院，雲野跟著雲匣上樓，傅識則開了門，辦公室內窗簾大開，他的身影沐浴在日光中，神色平靜，帶點柔和。

「姐夫。」雲野喊了一聲。

傅識則將他位子旁的長櫃打開，裡面放了好幾架無人機：「挑一個吧。」

雲野眼睛發光，湊上去，他不是貪小便宜的人：「我借來用一下就還回來。」

「沒事。」傅識則倚在一旁，「放這裡也是浪費。」

聽到他這麼說，雲野也不忸怩。

不好意思拿新的，他直接拿了最舊的那架，看起來已經有些年代了，上面印著掉了些漆字母U。

雲野：「我拿這個可以嗎？」

傅識則頓了下，表情微動，但隨即，仍是平靜地點了點頭。

「走吧。」傅識則從桌上拿起鴨舌帽，直接戴在雲厘頭上，鴨舌帽偏大，擋住雲厘的視線。

他站在她身後，手指偶爾貼到她的枕骨，默默地替她調好鬆緊。

室外日麗風清，西科大的大草坪處間或有野餐的學生。他們找了塊樹蔭處，傅識則側頭告訴雲野怎麼操縱無人機。

身形頎長的兩人站在一起，傅識則穿著寬鬆的白襯衫，看過去和雲野差不多的少年氣。

雲野想得很簡單，用無人機載著明信片送給教學大樓上的尹雲褘。明信片對於他們而言具有重要含義，當初兩人在寄明信片的過程互相明白心意。

這個告白的過程雖不算驚天動地。

不過，雲野想了想，尹雲褘應該會喜歡的。

傅識則教了雲野基本操作後，便和雲厘在樹下乘涼。

找到獨處的機會，雲厘才問道：「雲野今天和我說你昨天兩點多還醒著……」

白日裡他看起來精神不錯。

正常得不會讓人懷疑他有任何問題。

不過雲厘聽別人說過博士畢業的那一年壓力會非常大，失眠是常有的事情。

傅識則：「是有點睡不著。」

雲厘沒有問，等著他的下一句，傅識則玩了玩搖桿，隨口道：「可能寫博士論文壓力太大了吧。」

「哦……要不要我幫你改博士論文？」雲厘覺得自己也沒其他能做的事情。

但轉念一想，她只是普通學校的小碩士，試圖幫一個TOP院校的博士改畢業論文，好像不自量力了點。

憋了半天，雲厘又說道：「我可以幫你畫圖。」

見他沒什麼反應，雲厘繼續道：「或者幫你檢查資料？」

「幫你排版？」

「再不然，我幫你檢查錯別字也可以。」

雲厘還補充了條件：「只要你的論文不是英文的。」

傅識則聽她說了半天，側頭問她：「妳自己的寫完了？」

「……」

雲厘很誠實：「雖然我每次打開畢業論文，半天都擠不出幾個字，在電腦前能發一天的呆。」

「但我沒因此失眠。」她點明自己的優勢。

雲厘不覺得自己打腫臉充胖子，幾個月後才交碩士論文，她現在吃得好睡得好，狀態比傅識則好很多。

傳識則對她目前的情況有數，反問道：「不用我幫妳？」

雲匣正色道：「先把你的寫完。」

她淡定地補充：「你就能全力幫我了。」

傳識則靠著樹幹，仰起頭，瞳仁朝著她的方向：「怎麼感覺我要寫兩篇？」

「不對。」雲厘靠著他的肩膀，「明明是我們一起寫。」

雲野試飛了沒多久，便自覺不當這個大燈泡，收拾東西回家。雲厘把車鑰匙給了他，不顧他的強烈反對，給車貼上了實習車標誌。

來過控制學院許多次，這是雲厘首次和傅識則實驗室的人打交道。

幾個男生見到她都有些靦腆，她不自然地坐到傅識則的旁邊，座位不小，拉張椅子足以容下兩人。

傅識則倒了杯水，試了試溫度便放到雲厘面前。隨即便自己開了一個文件，專心致志地開始寫東西。

傅識則給了她一臺筆電，讓她用來自己辦公，她下載幾篇碩士論文看了幾眼，剛專心不久，注意力就被周圍來來往往的人分散開。

不自覺便看向旁邊的傅識則。

雲厘第一次感受到，自己確實交了個學霸男朋友。

中途好幾次其他人起身裝水，還有其他實驗室的人過來討論問題，雲厘和他們視線對上，笑了笑便不太自然地低下頭。

傅識則卻恍若未聞，眼中倒映著螢幕上的文字。

受他影響，雲厘定下心學了一個小時。隨後便忍不住看向那閃了很久的訊息提示。

是傅識則的帳號。

她點開，有個實驗室的小群組，間隔有新訊息彈出。

『我靠！學長帶女朋友來了。』

『學長有女朋友了，我們終於有活路了！』

『靠，拍個照啊，沒圖沒真相。』

『不行，太明顯了，他女朋友就坐他旁邊。』

『嫂子超漂亮，坐在那像個女明星一樣。』

看到這句，雲厘臉微微泛紅。

『你別光說，拍照啊！』

『你們自己過來看啊，你們就假裝來拿東西或者討論問題。』

「……」

她才意識到，剛才那些人，都是來看她的。

得知這個事後，雲厘如坐針氈，每有新的人進來她都會繃緊身子。傅識則忽然偏頭看她，問她：「怎麼？」

「……」

雲厘的嘴巴像被縫住了，她朝傅識則晃了晃手機，傳訊息：『感覺在這裡不太方便……』

傅識則：『不太方便。』

雲厘回覆的話還沒打完，他又傳來一句——『做什麼？』

將兩則訊息連起來讀，雲厘往後一靠，幽幽地看向傅識則。

『那我們去隔壁空房間？』

連著前面的背景，整個故事有了曖昧的意味，雲厘心裡糾結了一下。

同意的話就好像主動在說：我今天不是來陪你好好讀書的。

倒像是有別的意圖。

傅識則直接起身，在後面的櫃子拿了臺實驗室的筆電。他站在座位旁，目光帶點調侃。

雲厘慢吞吞地起了身，抱著筆電跟在他身後。

不想引起人注意，她還特別保持兩人間距一公尺。

傅識則停下腳步，想起什麼似的，側身牽起她的手，雲厘試圖掙脫，卻被他牽得緊緊的。

他牽著她繼續往外走。

雲厘知道這裡的門隔音不好，一路上都沒說話。傅識則帶她進一個小實驗室，入口放了操作臺，還有個辦公桌和單人沙發。

室內無窗，帶點潮味，傅識則開了換氣扇，機器老舊，扇葉錚錚作響。

雲厘剛將筆電放在操作臺上，驀然被他抵到門上。

她的脖頸直直地貼著冰涼的門，身前卻是他溫熱的軀幹，他靠近她的右耳：「現在方便了？」

聲音淹沒在換氣扇的雜訊中，卻如雷雨在她耳邊響起。

雲厘本便覺得房間內悶熱，此刻更是感覺熱氣直接滲到了頭頂。

她舔了舔下唇，盯著他點漆的眸，他的唇離她的僅半公分不到，雲厘最終還是別過頭，用手背擋住自己的唇。

她紅著臉道：「去寫論文。」

傅識則順從地鬆開她，打開筆電坐下，他瞟了雲厘兩眼，用鼻音催促她坐到自己面前。

雲厘提心吊膽了一路，她拉了張椅子坐到他旁邊，撐著椅面，動了動唇，小聲問：「我們這麼明白張膽地走出來，你學弟會不會說你不務正業啊，會不會說你色欲薰心？」

傅識則偏偏頭：「可能會吧。」

「那怎麼辦。」雲厘長「啊」了一聲，眼角下垂。

「沒關係。」傅識則不在意道：「他們說的是實話。」

「……」

這種時候，雲厘只覺得傅識則語出驚人，關鍵他還面不紅心不跳的。

她比他正經，顧慮得不少：「要不然我以後還是不來了，我不想別人說你不好。」

雲厘覺得這種事情極其容易一傳十十傳百，容易引起別人對傅識則的非議。

她知道傅識則不在乎別人的眼光，但她愛惜他的羽毛。

見她謹慎較真的模樣，傅識則問道：「粥也不送了？」

「還送，這樣我早上還能和你見一面。」雲厘想起工作的事情，「我打算去優聖的子公司，對面可能會讓我提前入職，這樣的話我們見面的機會就更有限了。」

雲厘規劃了下：「在那之前，我會常來找你的。」

「在那之前，不要在意別人的看法。」傅識則上臂搭在沙發扶手上，玩了玩她的髮，隨意道：「在那之後，也不必。」

雲厘猶豫一下：「我在你身邊，會不會影響你辦公啊？」

「剛剛不會。」傅識則回頭和她說道，「妳不在的時候，我要看妳有沒有傳訊息給我，容易打斷工作。」

她在的話，傅識則反而不容易分心。

距離交博士論文全稿沒有幾個月了，他以前沒有這個念頭。

但想到身邊的人會喜歡，他還是想拿個全國優秀畢業論文的。

「不過。」傅識則將筆電放到一旁，把她拉到單人沙發的另外一角，「現在有一點。」

氣氛驟然曖昧。

傅識則在她的唇上咬了兩下：「只有我們，沒辦法讀書。」

午間分食了她帶來的粥後，傅識則有些犯睏。雲厘因為日常起得晚，平時沒有午睡的習慣。

可能是因為昨晚睡得晚，傅識則在沙發上，不過幾秒便進入睡眠。

雲厘的視線從手機移開的時候，他已經睡著了。

她起身，不發出一絲動靜地拉上窗簾。

簾布遮光率不高，憑藉透過的光線仍能看清楚他的五官。

雲厘坐在他身前的小椅子上，觀察著他的神情。

傅識則雙目緊闔著，眉間緊鎖，微抿的唇似乎意味著正處於不佳的夢境。

她伸手撫了撫他的眉間，他蒼白的臉終於有些放鬆。

雲厘靜靜地看著他的睡顏，他似是陷入了很深的睡眠，放鬆地倚著靠墊。

桌面上的手機亮了一下，是新動態提示，桌面背景依舊是他們的合照。

雲厘幫手機解了鎖，滑到聊天軟體，他置頂了她的視窗，備註依舊是雲厘厘三個字。

打開視窗，雲厘往上滑，怔了一下。

在他們重逢的那天，傅識則傳了則訊息給她：『厘厘。』

再往上翻，每一天，傅識則都會傳一則訊息給她，只有「厘厘」兩個字。

對話框前都是紅色的圓圈，以及系統提示的不是對方的好友。

幾乎不敢相信，雲厘繼續往上翻，手指滑動了許多次，卻一直沒有翻到盡頭。

屋內安靜得只有他的呼吸聲，雲厘不知疲倦地向上滑，直到聊天記錄回到他們分手那段時間。

她垂下頭，看向旁邊睡著的人，心中極度難受。直到他設定的鬧鐘響了，雲厘按掉。

傅識則稍微舒展了一下身子，自然地把雲厘拉到自己身上。

雲厘聲音澀然：「你之前每天都會傳訊息給我？」

傅識則懶洋洋地「嗯」了聲。

雲厘的手抓緊了衣擺：「可是我不是刪了你嗎……」

傅識則支著自己的髮，合理猜測道：「妳可能會偷偷加回我。」

他的語氣很輕鬆：「就像上一次一樣。」

在那一年半的日夜裡，他每天都抱著希望。

可能下一次，畫面上給他的回應不是那冷冰的提示、不是那刺目的紅色。

雲厘看向他：「為什麼你沒有直接來找我？」

直至離開南蕪，雲厘心底深處都抱著不切實際的期待。

只要他能來找她，僅憑這多一步的喜歡，兩人都能不計前嫌，可以繼續走下去。

她在英國的時候，想起相處的細節，會告訴自己，傅識則是很喜歡自己的。只不過，分手之後，他不再需要她，也不是非她不可。

就這麼錯過了一年半。

她寧可這一切如她所想，她寧可傅識則迅速走出這段感情，回到正常的生活軌跡。

至少這樣，傅識則會過得比真實發生的情況更好。

「之前和妳說過了。」傅識則身子稍微坐正了點，「我想變回以前的模樣，再去找妳。」

他那時還未做到，也不確定自己能否做到。

傅識則身體前傾，手覆在她的髮上，摸摸她的額角：「只是我不想排除另一種可能——

妳回來找我了。」

默了半晌，雲厘輕聲道：「我希望我當時回去找你了。」

雲厘心中對這件事情是存在愧疚的，一想到傅識則當時的狀態，她就覺得喘不上氣。

她也往前傾了點，握住他的手指：「你想起那段時間的事情，不會難過嗎？」

傅識則直接道：「我不會去想那些事情。」他環住她的腰，將臉埋進她的後頸，是甜甜的沐浴乳氣味。

雲厘感受到他柔軟的唇貼在自己的脖頸上，他輕聲呢喃：「我的閒置時間都用來想妳了。」

雲厘發現，自己和傅識則的情緒狀態經常處於不同的頻道，提起兩人分手的事情，她總是難過、自責。而傅識則——

他根本不會想這件事情。

想了，可能只是腦袋裡飄過一下，繼續想別的事情。

所以，即便她發現了一件在她看來，很悲傷的事情——單向傳訊息一年半，在傅識則看來，似乎不算什麼。

他好像完全不計較自己的得失。

也正因為如此，除了內疚的情緒之外，雲厘還感覺到心疼。

她認真道：「你現在真的清楚了嗎？我一開始在南蕪見到你、喜歡你，並沒有想過你以前的事情。」

雲厘想讓他知道，她從頭到尾喜歡的僅僅是眼前的這個人。

「我不需要你變成什麼樣子的人。」

「嗯。」傅識則像是聽進去了，繼續打開了筆電，久久地，才繼續說道——「但我想給妳更好的生活。」

回家後，雲厘在門口發現幾個空的快遞箱，她敲了敲雲野的門。房門開了一條縫，露出那個和她九分像的眼睛。

雲野還沒來得及辨認人，雲厘便一把推開了門。

雲厘：「鬼鬼祟祟在幹什麼？」

這粗暴的動作讓雲野根本不需要分辨來人，他頭皮一緊，往後讓了讓，讓雲厘進門。

房間洋溢著甜味，地上零散擺放著乾花，形狀擺了一半，雲野的手機正開著E站上的告白教學。

雲厘：「……」

雲野有些窘，但還是硬著頭皮，語氣不善問她：「進來幹什麼？」

雲厘坐到他床上，和床呈九十度躺下，她用手臂擋住光線。

雲野踢了踢她的小腿：「沒事妳就出去。」

雲厘：「我待一下，不打擾你。」

雲野瞅她一眼，見她沒動靜，便勉強道：「好吧。」

雲野坐回地板上，將手機調到靜音，繼續播放告白教學。手機螢幕小，他又開了快轉，要專注看才能識別出字幕內容。

一分鐘後，雲厘翻了個身。

她嘆了口氣：「雲野，我覺得好內疚。」

雲野：「……」

雲野：「妳能不能等我弄完……」話未完，見雲厘幽幽地盯著他，他噤了聲，將手機蓋上，盤腿坐到雲厘面前。

「說吧。」

雲厘從傅識則的視角，將分手和復合的事情和雲野描述了一遍。

說完後，她坐在旁邊，等雲野說話。

雲野：「說完了？」

雲厘：「嗯。」

雲野：「那妳出去吧。」

雲厘：？

雲野極度不理解，之前尹雲禕和他吵架，說他過於理性，她和他傾訴，他的反應是提出方案一到方案N，而非和她共情。

尹雲禕說，他只要安靜地聽完，忍住他本能性地剖析問題，就可以了。

現在雲野聽完雲厘講話，雲厘又不開心地看著他。

在兩個不同性格的女人之間，雲野沒有活路：「妳想要我說什麼？」

雲厘糾結道：「我覺得你姐夫不應該喜歡我這麼久，我好像沒什麼好的。知道他傳了一年半的訊息給我以後，我內疚到現在。」

見她的態度都要低到塵土裡了，雲野不爽地皺眉：「誰這麼和妳說的。」他不假思索直接道：「妳自己比比吧，長相、性格、學歷，妳哪個差了？」

雲野補充了一條：「而且，妳在姐夫面前還是比較講道理的。」

見雲厘沉默著沒說話，雲野繼續道：「姐，妳沒有想過嗎？這世界上有種人就是這樣的，他們愛上一個人以後，就不會輕易改變的。」

雲野和傅識則接觸的機會不多。

但可能因為都為男性，他還挺能理解傅識則的。

在他眼裡他是個很單純的人，無論對事還是對人。

雲野確信道：「我覺得姐夫是這樣的人。」

「而且姐夫比較幸運，遇到的人是妳，而不是分手之後就把他忘得一乾二淨的人。」雲野學她躺到床上，雙手抱著腦後：「姐，妳已經失去過一次了。比起內疚，妳現在更多的情緒難道不該是珍惜嗎？」

雲厘沒說話，倏然起身回了房間。她坐到床上，又點亮了那個紙球燈。

內疚的情緒依舊存在，但有了新的情緒來替代——珍惜。

晚上十一點鐘，傅識則剛幫林井然改完文章，解鎖小烏龜，手機震動了一下。

他打開訊息，雲厘傳訊息給他：『阿則。』

不似南蕪，西伏的秋天溫度適中，常颳大風，傅識則的衣服被吹得膨起，他往下壓了壓。

林井然騎到旁邊，聲音伴隨著巨大的風噪：「學長，風好大，還不走嗎？」

傅識則簡短道：「先走。回個訊息。」

「學長你被吃得死死的，路上騎車可別看手機啊。」林井然打趣他一聲，便先行離開。

視線回到手機螢幕上，還是那則訊息，傅識則坐到小烏龜上，腿支著地面，他回了個疑問的貼圖。

雲厘：『我要回覆那一年半的訊息。』

雲厘：『每天回覆一次。』

傅識則想了想：『欠了一年半，有利息嗎？』

雲厘：『你想要什麼利息？』

傅識則垂眸：『不多。』

他慢慢地輸入：『每天多兩個字。』

傳送後，雲厘久久沒有回應。

他將手機滑到口袋裡，熟練地將車倒出來，騎過一個下坡後，再走直線便到宿舍樓下，傅識則停好車，將鑰匙放進口袋裡。

手機震了下。

他拿出來，螢幕上是她的臉，小巧細嫩，眸光盈盈地注視著鏡頭，唇角輕揚。滑開後，仍是兩人最後的聊天畫面。

雲厘厘：『愛你。』

雲厘的工作選擇了優聖科技子公司的遊戲開發職位。回覆ＨＲ郵件後，翌日清早雲厘收到了添加好友的訊息。

『妳好，我是張妍忻。昨天ＨＲ說妳已經確定要來這邊上班了，組長打算請新入職的同事吃飯，妳方便的話就一起來？』

對方將雲厘拉進群組，直接傳了時間地址，定在今天中午，在西科大附近的商城內。

雲厘不太想去，但已經被拉到群組內，讓她的拒絕增加了一重阻礙。她糾結了一下，還是給了肯定的回覆。

她仔仔細細化了個日常妝，送了粥給傅識則後，便驅車到商場。

雲厘提前到了包廂，桌旁已經坐了六七個人，加上她只有兩個女生。幾個人和雲厘打了招呼，她坐到女生旁邊，默默聽著他們聊天。

已到約定的時間。

沒多久，一個男人姍姍來遲，坐到她的身邊，和她客氣地打了聲招呼。

雲厘回應了聲，直到餐桌上熱絡開，她才透過隻言片語察覺到旁邊的男人是組長。

男人叫周迢，看起來年紀不大，長相方正，氣質沉著穩重。

他進行了簡單的自我介紹後，便順時針讓新老成員自我介紹。

雲厘是第一個，她說了自己的名字和畢業時間，沒有多言。

其餘人自我介紹的內容較為豐富，涉及自己的興趣、愛好和個性，整個組的氣氛活躍輕鬆。

恰好輪到另一位男生發言，他是西科大工業設計班出身的。

話音一落，老員工打趣道：「你還是組長的校友，都是學神級的人物。」

雲厘望向周迢，他笑了笑。

飯局過半，桌上新老員工大多已經熟絡。

雲厘不主動說話，但也不像以前一樣為避免和其他人溝通，而選擇在聚會中低頭玩手機。

她安靜地坐在角落，一一回答別人對她的提問。

簡單的對話，能感覺到同組員工人都還不錯。

餐桌的話題逐漸轉移到為什麼做遊戲開發上，周迢作為領頭人，率先開了口：「其實我讀書時是搞硬體的，後來機緣巧合，才進入了遊戲行業。」

他往後輕靠著椅子，也許是口袋裡的東西卡得不適，他拿出鑰匙串放在桌上。

就在雲厘的面前，鑰匙串上有個縮小版的月亮型徽章，她盯著，能確定就是 Unique 戰隊的徽章。

察覺到她的目光，周迢拿起鑰匙串：「其實也和這個有關吧，我大學參加了一個戰隊。」

戰隊一詞一出，引起桌上連番起鬨，連連誇讚周迢的厲害。

周迢不在意地擺擺手：「那時的事很難忘，但結局不太好。」

雲厘聽到這裡，身體一陣繃直。

他晃了晃鑰匙串：「一開始我們是做無人機競速的，後來參加無人機設計賽，都拿了全國第一，再後來就出國比賽了。」

周迢陷入回憶中，眼中滿是緬懷：「當時我們整個隊的願望就是把所有的獎盃拿下來。所有人比賽拿獎保送研究所。」

周迢的聲音頓了頓：「後來隊伍裡有人出了事，隊長還因此休學了，整個隊伍就直接散了。」他有些感傷，「那時候要畢業了，秋招時工作找的是無人機巨頭。這事發生後，我心裡覺得挺不好受的，所以春招重新找了份工作，轉行了。」

周迢說完這些話後，空氣瞬間靜滯。

「那個隊長休學……是因為做了什麼嗎？」雲厘突然問道。

周迢搖搖頭：「出事的那個隊友和我們隊長是穿一條褲子長大的兄弟，可能受不了這個打擊吧。」

「越說越偏了啊。大家今天可是來一起聚會的，我起了個壞頭，自罰一杯。」覺得場面過於凝重，周迢自己打了圓場，倒了一杯紅酒，一口飲盡。

而後，他盯著雲厘想了想她的名字，爽朗地笑道：「雲厘，妳說說看自己為什麼來這個行業吧。」

雲厘回過神來，幾句話帶過了在ＥＡＷ時玩的ＶＲ遊戲，結合自己的科系就投了這個方向的職缺。

等其他人講完，她起身去洗手間。

淡白的光面瓷磚隱約倒映她的身影，雲厘停在洗手檯前，看著自己的臉，逐漸地與腦海中傳識則的臉重疊起來。

她之前想過他休學的可能原因，讀博士壓力大、厭學、導師人品不行，甚至，她還想過他長得這麼好，是不是受過欺負。

他最終回去了，雲厘也就沒有繼續追問。

將心比心，如果她休學了，她不會想讓別人知道這件事。

雲厘沒想過，他提過的那個去世的朋友，和他的休學是有關係的。

洗了洗手，雲厘失神地用紙巾擦了擦手，她加快腳步走回包廂，聚餐已經結束了，同事成群結隊地離開。

雲厘看向周迢的位子，已經沒了人影。

她緩步走回車上，打開聚餐群組。

在餐桌上不方便，雲厘試圖私底下和周迢詢問當年發生的事情。

群組內沒有找到備註是周迢的帳號，雲厘只能傳訊息給昨天聯絡她的張妍忻。

『您好，請問能和您要一下周組長的帳號嗎？』

在車裡等了一陣子，對方沒有回她。

雲厘駕著車回去。

在家裡等了許久，張妍忻都沒有回覆她。雲厘打了個電話過去，對方也沒有接。

她尋思今天自己應該沒有得罪對方。

雲厘打了個電話給傅正初：「傅正初，我想問你一件事。」

傅正初聽她語氣嚴肅，不禁也有些緊張：『厘厘姐，怎麼了嗎？』

「你小舅有個從小到大的朋友去世了，你知道原因嗎？」雲厘卡頓道：「我不想直接問你小舅。」

她怕提到這個話題後他會受到刺激或傷害。

傅正初：『我爸媽之前和我說過是意外去世了，沒有和我說具體情況，還讓我在小舅面前不要提。』

雲厘一下子有些茫然：「那你知道你小舅當時……」

她沒繼續往下問，因為她不確定傅正初是否知道傅識則休學的事情。

見她沒說話，傅正初猜測了下她的問題，主動回答道：『之前小舅狀態不是很好。厘厘姐妳也看到他那時候都不喜歡說話的，就回南蕪待了好長一段時間。』

傅正初停頓了一下，繼續道：『但小舅現在挺好的，那件事情已經過去了很久了，厘厘姐妳不要太擔心。』

「好。」和傅正初繼續聊了兩句，雲厘便掛了電話。

她不確定是不是自己多疑了。

傅識則在雲厘面前幾乎沒有保留全數袒露，唯獨談及那個人，他卻很迴避。

畢竟，很多時候，回憶是很傷人的。

雲厘此刻回憶起他那些故作輕鬆的語氣、強逞的笑容。

她在裡面感受到受傷。

他被傷得很深，全然不願意回顧這段往事。

她上網找了下 Unique 戰隊獲得的獎項，在某一個新聞找到了全隊成員的名稱。

傅識則（隊長）、江淵、周迢……

在網路上搜尋江淵和西伏科技大學，雲厘卻沒有得到更多的消息。

她伏在電腦前，原已經和傅識則說好今日不見面，她仍是拿起鑰匙出了門。

見到那走來的挺拔身影，臉上的神情輕鬆自若。

坐到副駕駛座後，傅識則留意到她的心事重重，偏了偏頭：「怎麼了？」

「沒。」雲厘沒有提今天發生的事情，傅識則瞟了她握得緊緊的方向盤一眼沉吟了下，問：「今天吃飯不順利嗎？」

這件事他遲早會知道，雲厘故作鎮定地提到：「沒，我在的那個組的組長好像是你同學，他鑰匙扣上有個 Unique 的小徽章。」

傅識則目光微定，默了默，問她：「什麼名字？」

雲厘：「周迢。」

第二十六章　江淵

傅識則的記憶進入短暫的空白，這是個極遙遠的名字，片刻，他才緩緩地「嗯」了聲。

車內的氣氛猛然變了味。

雲厘用餘光瞥傅識則，他的表情沒有太大的變化，淡淡道：「他人挺好的，妳應該會喜歡這一份工作。」

似乎是某個點被觸發，他的情緒很明顯下降了許多，表情上卻沒有外顯。雲厘望向兩側，找了校園樹林的死路開了進去。

車停在盡頭。

兩側鬱鬱蔥蔥的常青樹，風吹得樹葉颯颯作響，大片的綠葉遮蔽日光。

雲厘盯著他如一潭死水的眸子，解開自己的安全帶，往前撲過去緊緊地抱住了他。

想傳遞給他全部的力量。

雲厘後悔剛才自己提了這件事情。

原本她以為，她在這家公司工作，傅識則遲早有一天會知道她的組長是周迢。

與其一直隱瞞，不如一早就告知。

如果他對此存有芥蒂，她就換一份工作。

雲厘直接問道：「要不然我換份工作吧？有些 offer 我還沒拒絕。」

「沒必要。」傅識則垂眸看她，「周迢是我很久以前的朋友。他人不錯，妳和他共事，會很開心的。」

周迢是傅識則曾經最要好的朋友之一，當年江淵出事後，周迢和其他隊友聯絡過他很多次。

他都沒有回覆。

其他人都能理解。

他和江淵兩人從國中、高中、大學一直同校同班。兩人同進同出，名列前茅，關係情同兄弟。

他們都以為他是受不了江淵離世的打擊。

其實已經很久了。

他後知後覺反應過來，江淵已經離世三年多了。

「我應該早點告訴妳的，妳有知情權。」傅識則的臉色有些蒼白，雲厘抿著唇，搖了搖頭：「你不用告訴我以前發生了什麼事情，我知不知情無所謂。」

雲厘扣緊他的五指。

她希望他再也不會想起不開心的事情。

傅識則這一次卻沒有像以往那般保持沉默。

也許是他自己的內心也痛苦了許久。

也許是他也想抓住一絲希望走出來。

「失眠越來越嚴重了。」傅識則輕聲道。

因為他最近經常會夢見江淵。

陳今平的生日要來了，意味著，江淵的生日也要來了。

時隔三年多，傅識則依舊覺得，那個人應該活著。

和江淵一起到西科大上學，傅識則原以為這是少年逐夢的開始，而一切也如預期般發展。

大一下學期，江淵提議參加無人機競賽，他們和室友一起組了一支隊伍。

幾人年少氣盛，卓爾不群。

取隊名時，不約而同地想到 Unique 這個詞。

那一次，去後街吃完燒烤後，傅識則抬頭看著天上半彎的月亮，定下他們的隊徽。

沒找教授指導，他們幾人硬是熬了一個月的夜，常常摸黑離開辦公室。

但那時候從不覺得辛苦。

都是剛成年的少年，再加上十五歲的傅識則，立志要拿全國第一。

慢慢看著無人機搭起來，演算法越來越完善，試飛了無數次，最後搖搖晃晃飛起來的時候，幾人在辦公室裡歡呼。

他們互相推著到草地上。

傅識則站穩，操縱無人機在空中穿梭，逐漸縮為一個圓點，他仰起頭，跟著無人機跑，其他人歡呼著跟在身後。

他們拿了一等獎。

宣布獲獎的時候，傅識則原想保持鎮定，卻在其他的人帶動下，也不受控地笑起來。

他們拿了不只一個一等獎。

從最普通的比賽一直走到國外。

每年參賽成為他們幾個人的默契。

直到江淵自殺。

從小到大，江淵的性格一向很溫柔，在人群中往往處於聆聽者的角色。

江淵從不說自己想要什麼。

但明明他們說好了，什麼事情都要和對方說。

日子對傅識則而言都是一樣的，從小到大，他中規中矩地上學、上補習班，空閒的時間就和江淵出去玩或者鬧事。

一直到讀博士，日子也沒有特別大的變化。

兩人日常各自在實驗室待著，累了便喊上對方掛在走廊欄杆上聊天，喊對方吃飯，一起早起和晚歸。

傅識則不記得什麼時候他們之間開始脫節。

自己的導師史向哲對他重點栽培，他越來越忙，江淵喊他時，他往往無暇顧及。

只是有那麼個印象，剛把文章改完投出去，他鬆了口氣，喊上江淵去樓下咖啡廳坐著。

傅識則熬了幾天夜，疲倦得不行，扯開個笑：「總算投出去了。」

「……」

江淵看著他，沒有露出以往那種溫柔的笑，表情像是不知所措，茫然道：「我去醫院，醫生說我重度憂鬱和焦慮。」

傅識則對這兩個詞沒有什麼概念，他瞥了江淵一眼，遲疑道：「我先查一下？」

江淵點頭。

傅識則越查越覺得不對勁。

江淵這樣的人，和他在一起時都是帶著笑，甚至經常開導和安慰他，怎麼可能有憂鬱症和焦慮症。

傅識則理智道：「醫生開藥了？」

「開了好幾種。」江淵從包裡拿出藥盒，傅識則很不是滋味，將藥裝回盒子裡，「沒事的，就聽醫生的。」

江淵「嗯」了聲。

「最近發生什麼了？」

「沒有發生什麼，可能因為要投稿了，壓力很大。」江淵解釋道。

傅識則皺皺眉，確認似的問他：「這是實話？」

江淵點了點頭。

「會覺得不舒服嗎？」傅識則沒懷疑他的話，繼續問他。

江淵總算是笑了笑：「好像沒什麼感覺。」他回過神，把桌上的蛋糕推給傅識則。

「你趕緊吃點，不是剛投了文章嗎，幫你慶祝一下。」

傅識則沒覺得一切有異常。江淵確診後，在日常裡，他會有意識地多和對方一起吃飯，江淵還是整天笑著和他談天說地。

直到那天江淵母親打電話給他，說江淵在寢室裡割腕。

傅識則整個腦海都空白了，他跑下樓，騎著小烏龜到了寢室樓下，樓下是警車和救護車，圍了許多學生。

江淵的門口有很多人，老師、宿舍長、保全、醫生。

他僵在原處，腿似乎不屬於自己。

雙腿極困難地挪到了寢室門口。

江淵坐在床上，臉色慘白，醫生正在幫他纏紗布。

見到他，他冷漠地垂下眸，似乎完全不想有接觸。傅識則走到他旁邊，語氣極為難過：「哥……」

聽到這聲稱呼，江淵稍微有點觸動，苦澀地說道：「抱歉。」

因為吃藥後嗜睡，適逢江淵投稿的時間，他私自停了藥。

這次割腕的傷口沒有很深，只是淺淺的一道痕跡，他們沒有將江淵送到醫院。學校怕再出事，要求江淵休學一段時間。

江淵不願意，甚至說出了要再割腕的話語。

他的父母苦苦央求，傅識則也找了傅東升和陳今平幫忙，他才得以繼續上學。

江淵的父母拜託傅識則每天盯著他吃藥。

江淵變得十分消極，很少笑。

他經常進入恍惚的狀態，傅識則要喊他幾聲才會回過神。

吃藥一段時間後，江淵恢復正常，和傅識則的相處一如既往。

傅識則問過他幾次憂鬱症的原因，江淵都只說是畢業壓力太大。

花了兩個月的時間熬夜，傅識則趕出一篇論文，吃飯的時候主動和江淵提起道：「我那邊有一篇文章，已經送完編修了，應該可以中一區的期刊。演算法是你想的，我打算第一作著寫你的名字，通訊掛你老闆。史教授也同意了。」

江淵知道，傅識則願意把自己的工作讓給他。

還說得這麼委婉。

他心裡覺得諷刺，吃飯的動作慢慢地停了下來。

直到兩人陷入沉寂，他抬眸看了傅識則一眼：「阿則，不用的。」

「我自己可以做到的。」江淵笑了笑：「不要擔心我，你少熬點夜。」

那時候傅識則沒有察覺出他語氣裡的異常，還認為他一如往常的關心自己。

江淵的父母只有一個孩子。

在南蕪期間，傅識則去江淵家很多次，二老待他宛若親生兒子。

傅識則每天會打電話給他們，告知江淵的情況。

做這些事情，並非是由於他父母的要求。

從小，傅識則在作文、日記中都寫到自己有個哥哥。

即便沒有血緣關係，江淵對他而言，已經是真正的親人。

他不想要自己的哥哥出事。

他很害怕自己的哥哥的出事。

每天時間一到，傅識則會走到江淵的實驗室，敲敲門。

他總是看到相同的場景，椅子上掛著Unique的外套，桌上擺著他們初次參賽時的無人機。

傅識則有時候會進去，有時候就只站在門口，喊一聲：「哥。」

江淵心情好時會無奈地對他笑笑，將藥往上扔，然後接住喝水，看他展示空白的掌心，調侃道：「我已經吃了啊——」

心情不好時便沉默地含到口中。

傅識則確實盯著了。

沒有漏掉任何一次。

江淵慢慢恢復正常，只不過時常會和他說些消極的話語。

兩人的關係轉變，小時候是江淵開導他，長大了，變成他開導江淵。

那一年傅識則生日，江淵按照以往的習慣，跑到北山楓林。

那時候外婆還在世，傅識則用輪椅推著老人到外頭。

江淵在院子裡點了仙女棒，遞給老人。

老人的手拿不穩仙女棒，卻依舊很開心，咧開笑容，斷斷續續地說話：「淵淵比則則乖。」

傅識則沒有在意這些言語。

他和江淵誰乖點、好點，都無所謂。他從小和江淵在一起，從未存在攀比的念頭，他更喜歡的是兩個人一起參賽，一起拿獎。

他覺得江淵也是這麼想的。

最後的那一天。

江淵敲了敲他實驗室的門。

他當時在做實驗，俐落地拉開門，對方含笑問道：「有空？」

「在做實驗，進來嗎？」傅識則往後側了下身子。

江淵「嗯」了聲，跟著他到室內。

「帶了杯飲料給你。」江淵將飲料放到桌上。

傅識則為了這個案子熬了一段時間的夜，疲倦地「嗯」了聲。

江淵靠著操作臺，默默地在旁邊看著傅識則。

搭機器人、調程式碼、操縱，整個過程有條不紊，就像他天生就屬於這個地方。

傅識則專注的盯著機器人上的一塊小零件，說道：「我調好之後，你來試試。」

「……」

江淵沒有回應他。

傅識則抬頭，發現江淵帶來無人機，放在手中把玩。

江淵摸摸無人機上的U型字母，笑道：「第一次參加這種比賽，我也沒想過能拿第一。」

「我能想起我們上臺拿獎的時候，眼前都是閃光燈，第一次拿獎，是我人生最開心的時候。」江淵仰起頭：「那時候真的很容易知足，你記不記得那破飛機飛起來的那天，周迢都要跳樹上了，跑太快還讓樹杈把褲子刮了個大洞。」

「你問問周迢什麼想法。」傅識則還記得那些事，不住笑了聲。

「周迢要畢業了吧，我聽說他拿到了無人機巨頭的 offer，對方給了很高的薪水。」江淵喃喃道。

「嗯。」傅識則剛好把最後一個零件卡上，站直了身體，「現在 Unique 就剩你和我了。」其餘幾個人碩士畢業了，都找到了很不錯的工作。

江淵神情暗了暗：「今年還參賽嗎？」

「要不然今年你帶隊吧？」傅識則的研究事務極其繁忙，他沒有足夠的精力和時間當戰隊的隊長。

「我不行。」江淵拒絕了，「這段時間沒有你的幫忙，我才發現，憑我自己的能力，跟別人有很大的差距。」

他苦笑道：「我感覺壓力好大。阿則，我感覺這種高壓幾乎要把我壓垮了。」

「……」

「怎麼了？」傅識則皺眉問他，「上次不是說還好嗎？」

當時江淵表情平靜，只是眼角帶著極濃的疲倦。片刻，才慢慢地「嗯」了一聲。

「挺好的，但我想要更好點。」江淵語氣毫無不妥，正如以往：「我有時候在想，是不是沒有認識你，現在會過得更好一點。」

「……」這種傷人的話，傅識則沒有放在心上，只是沉默不語。

「我有時候還蠻嫉妒你的，你什麼都有。」江淵笑道，語氣中卻沒有任何讓他不舒服的意味。

傅識則操作著手柄，機器人動了一下，他將控制器遞給江淵，想打破這種積鬱的氣氛。

江淵搖了搖頭：「不要了，這些東西不是我應該碰的。」

他的笑帶著酸澀：「沒飛到過高處，就能接受自己的一世平庸。」

江淵是他最好的兄弟，傅識則從未因為他這種負能量滿滿的輸出而有任何怨言或情緒。他平靜地說道：「不要想那些，我拿的大部分獎，都是和你一起的。」

傅識則指了指櫃子裡的獎盃，「我們是整支隊伍拿獎，而不是傅識則一人，也不是江淵。」

江淵盯著手裡的無人機，過了幾十秒，才「嗯」了聲。

「你把無人機放好，就那麼一臺。」傅識則緩解了下他們沉重的氣氛，看向江淵：「明天去打球？」

江淵笑了笑：「算了，我有點累。」

傅識則：「好，你想打了再和我說。」

「那我走了。」江淵和他打了聲招呼，低頭玩著無人機往外走。

傅識則看著那個高瘦的背影，浸入無光的長廊中，喊了聲：「江淵。」

對方回頭看了他一眼。

「我今天的實驗會做到比較晚，你幾點回去？」傅識則停頓了幾秒，繼續道：「一起回去。」

「我不知道。」江淵搖搖頭。

這種對話並不是第一次在兩人之間發生。

傅識則也以為，這只是很普通的一次對話。

傅識則在實驗室裡忘了時間，聽到雨聲時，他往窗外看，烏雲擋住了月亮，夜色喧囂。

他調了調機器人的演算法，重新操作後，機器人平緩流暢地運動。

突然極重的「砰」的一聲。

傅識則往門口看了一眼，沒在意，繼續操作著機器人，思索著明天和江淵兩人操作試試對抗的效果，畢竟是兩人很久以前的研究構想。

實驗大樓隔音並不好。

他聽到尖叫聲。

他聽到走廊裡慌亂的腳步聲。

他聽到有人在報警叫救護車。

最後，他聽到了有人喊江淵的名字。

傅識則的手僵在操作臺上。他不穩地往外跑，整個世界的畫面都是搖晃的，斜著傾瀉而入的雨打濕了走廊。

他想起很久以前那次江淵的割腕，他當時多麼慶幸。

他覺得江淵是不願意離開這個世界的。

這個世界有他的家人。

他不會離開的。

到一樓後，傅識則走進雨幕中，靠近地上那個影子。直到那一刻，他都在想，不會是江淵。

他只要看對方的臉一眼，就知道不是江淵。

他無法接受。

這成為傅識則最痛苦的回憶。

在那個跟往常一樣的夜晚，雷風暴雨，樹葉沙沙作響，雨水沖洗大地。他感受著雨打在身上，想起兩人以前一起淋過的雨、挨過的罵。

那個自己的哥哥，自己的好友。

就這麼，在他面前。

「哥。」

雨吞噬了傅識則的聲音。

「江淵。」

冰冷的雨打在他身上，也打在江淵身上。

血被沖淡了。

傅識則行屍走肉般脫下自己的薄外套，蓋在江淵的身上。

他的身體還會輕微顫動。

他的身體還有溫度。

傅識則一遍又一遍和他說。

「江淵。」

「醒著。」

「不要閉眼睛。」

四周圍著異色的傘，像是雨中開滿的花，無聲接受灌溉。

他也是。

江淵躺在水泥地上，不再是昔日那種帶著笑意的眼神。

而是冷漠的，毫無感情的。

傅東升和陳今平收到消息後立刻趕到了醫院。

在醫院走廊，傅識則坐在椅子上。

他渾身濕透，四周布滿水漬，冷調的光印著他極為蒼白的臉。

傅東升連忙脫下自己的外套，當場脫掉傅識則的衣服，幫他換上。

他像個木偶般，任人操控。

搶救的燈熄滅了，醫生出來遺憾地搖了搖頭。

傅識則像是沒聽懂，抓住傅東升的手臂，說話毫無理智：「你們能救他嗎？」

他的話在顫抖：「你們不是認識很多醫學院的教授嗎？」

「爸、媽，你們能救他嗎？」

就算是植物人，就算四肢殘疾。

無論是哪種結果都可以，不要讓他死掉。

他是我唯一的哥哥。

不要讓他死掉。

他明知道這不可能。

他受過良好的科學教育，他知道此刻所有發問都只是無力的掙扎。

可他還是反覆地問他們。

警方在江淵的座位抽屜裡找到吐掉的藥片，被他保存在罐子裡。

原來江淵沒有把藥吞下去。

桌上的無人機壓著張紙條，是江淵的筆跡。

『個人行為，與他人無關。』

江淵父母沒見到他的最後一面。

兩人下飛機趕到醫院時，江淵已經被推到了停屍間。

江母不敢相信地拉開白布，直到看清楚自己兒子的臉。

她拽著傅識則聲嘶力竭：「你不是告訴我他什麼都很好，你不是說你看到他把藥吃掉了。」

傅東升和陳今平將傅識則拉到身後，盡自己所能地安撫她。

傅識則垂著頭，整個夜晚發生的事情像石錘砸到他身上，他的骨頭像是被砸碎了般，身體彷彿一吹即倒。

江母倒在地上嚎啕大哭。

傅識則看著他們，喃喃道：「對不起……」

傅東升見對面情緒激動，連忙將傅識則拉到外頭。他嘆了口氣，在陰濕的長廊間有輕輕的回音。他沉聲安慰：「阿則，這不是你的錯，江淵是個好孩子，每個人的能力都是有限的。」

「他已經很努力了，你也已經很努力了。」

傅識則睜著眼，睫毛顫了顫，卻沒有任何反應。

聽到哭聲，傅東升捂住傅識則的耳朵。

他聽見江淵父母痛苦捶地的聲音，一聲聲打在他身上。

傅東升留在醫院陪同江淵父母料理後事。

覺得傅識則狀態不對，陳今平半拉半拽著他離開了醫院，出門的一剎那，清晨的陽光刺得他睜不開眼睛。

雨停了。

陳今平把他推到副駕駛座上，到車上後，她緊緊地握住傅識則的手。他沉默地弓起身子，父親寬大的外套罩在他身上，淋過雨的髮絲雜亂。隨後，一滴滴的眼淚砸在母親的手背上。

警方還在江淵的寢室桌面上發現一個攤開了的陳舊筆記本。前面幾十頁寫的是他從大學階段開始的研究構思，最初的字跡雋秀整潔，間或還有些走神時的塗鴉。

後來的字跡越來越混亂。

像是隨意翻到了一個空白處，江淵寫下自己最後一篇日記。與傅識則的回憶截然不同。

江淵的這篇長日記中記錄了這段時間的心路歷程。

『最近過得很不好，以前總是覺得，自己的能力是不容置疑的，自己的優秀不會與他人拉開差距。讀博士讓我認知到自己的真實水準，每天看著自己做的垃圾課題，每天被老闆拉去做橫向占據了大多數的時間，每天都在畢業的邊緣苦苦掙扎。前段時間好不容易有篇論文打算投稿，卻被車武拿去給學長了，說學長要留下來當博士後，需要文章。可那是我的文章啊。我同意了，提出了準時畢業的要求，車武說我是廉價勞動力，至少讓我延畢一年替他幹活。和他吵了一架，車武說我性情不穩定，要和學校打報告讓我退學。我也沒想過，讀博士會讀得這麼失敗，當初滿腔熱情到這個研究所打算做研究，而真實情況是每天每夜都在幫車武賺錢。』

『和阿則吃飯，聽他說拿了新星計畫，會贊助他一百萬。他問我最近怎麼樣，我難以啟齒，覺得自己很無用。明明我們剛到西科大的時候，都差不多的。到樓下看見全是阿則的新聞和海報，群組裡也在分享他最近的獲獎資訊。為什麼和阿則的差距越來越大了，他還是和剛來西科大時一樣，而我卻快被壓垮了。明明不想跟他比的，可是我，真的好羡慕他啊。』

『我記得，每次吃飯，親戚們會問我現在書讀得怎麼樣，會和弟弟妹妹說要和我這個在全國最好的學校讀書的博士哥哥學習，會恭維我說以後每年能賺百萬。可我連畢業都做不到啊，如果是阿則，就算得了憂鬱症也一樣可以做到各種事情，他也不會像我為了一篇文章和導師吵架。但我做不到，我沒有這個能力。』

『不願意這麼想，可是看到他的時候，我心裡真的覺得很痛苦，很多時候我真的希望他不要再來找我了。不和他比，我可能好過一點。是我太沒用了，我沒有勇氣承認自己的無能。阿則把文章給我，對他而言，我應該是個徹頭徹尾的麻煩吧？他不幫我的話，我應該就一事無成了吧？他每天看我吃藥，是不是也覺得我沒用，覺得我因為這一點事情就憂鬱和焦慮，明明他小時候很崇拜我的，我不想讓阿則看不起。』

『我覺得耳邊好吵，吵得我要崩潰了，所有人都在說我沒有能力。』

『我討厭這樣無能為力的自己。』

『我討厭爸媽因為我的病反反覆覆地擔憂。』

『如果我不在就好了。』

對傅識則而言，回憶中幾乎沒有齟齬。即便是江淵病得最重的時候，他也覺得一切在往好的方向發展。

他一直以為，他能看到江淵好起來。

他沒想到，江淵承受的許多痛苦，都來源於他。

在警察局，江母拿起筆記本用力地甩打在傅識則的身上，她推他，用手拚命地拍打他。他滯在原處，像斷了線的風箏，任她推搡。

「你說過會看著江淵吃藥的。」

「你和我說過江淵好好的。」

「你自己成功就算了，你明知道他生病了為什麼不多照顧一下他的情緒。」

被自己丈夫拉開後，她崩潰地將臉埋在筆記本裡痛哭：「都是因為你，早知道會這樣，我就不應該讓你們一起玩……」

傅識則被推到角落，髮遮住了他的眉眼，巴掌刮得他的臉上布滿紅痕。

他毫無生氣地垂著頭，室內除了江母的歇斯底里，便只有他微弱的聲音。

「對不起……」

雨水沖乾淨路面，彷若一切從未發生。消息被封鎖得很快，只在學校論壇上出現了幾分鐘。傅識則到江淵的實驗室拿走了那架無人機，是他們第一次參賽時的作品。

江淵父母拒絕讓傅識則打包江淵的行李或是幫忙辦喪事，直言讓他不要出現。

葬禮在南蕪舉行。春季仍處零下溫度，雨成了銀針般的冰雹，砸遍大地。傅識則穿了件黑色的雨衣，不願江淵父母受刺激，他戴著帽子和口罩，遠遠地看著那個角落。

下葬的時候，傅識則摘掉帽子。

他時常夢見和江淵待在一起的畫面，兩人相伴成長，在課室裡抄對方的作業，在放學後衝到體育場占球場，在飯後一起去福利社買零食，江淵護著年幼的他不被欺負。

從小他喊哥哥的那個人，最後躺在水泥地上，仍在顫動。

傅識則的情緒有明顯的轉變。一開始他困惑不解，他將文章給江淵，就像江淵買飲料給他一樣。

他不知道，自己的行為會適得其反，給對方造成巨大壓力。

而後，所有附加的情緒消失殆盡，僅餘無盡的愧疚晝夜不停地將他淹沒。如果當時他能檢查一下江淵有沒有吞藥，如果他敏感地覺察到江淵的異常，如果他沒有恣意地追求自己的卓越，如果那個夜晚他不是做那個機器人，而是和江淵待在一起。

甚至如果，他確實沒出現在對方的生命中。

這都是他的錯。

江淵因為他走上這一條路。

他答應過要看著他吃藥的。

如果他早點發現這一切。

江淵就不會死。

他變得沉默寡言，不願與他人接觸，害怕出現下一個江淵。

他的失眠越來越嚴重，他無法在凌晨保持睡眠。好像只要醒著，他便可一如既往敲開江淵的門，當年的事情就不會發生。

常常出現在腦海中的那一幕畫面，那砰的一聲也讓他噩夢纏身。

江淵的父母再也不肯見他。

他成了罪人，江淵父母認為的罪人，他自己也認為的罪人。

也許為了彌補心中的內疚。他收集了車武這麼多年壓榨學生、研究造假的證據，寫了中英文版本，直接投給國內外主流媒體、校長信箱、國內學術倫理會等等。

車武受到了懲罰。

那他呢？

他這個罪人，又應該受到什麼懲罰。

學校幫目睹現場的學生安排了心理治療。

傅東升幫傅識則請了權威的心理醫生，傅識則並不配合，只答應傅東升和他們住在一起。

在外婆和父母的勸說下，他回到學校。

每一處角落都是這段回憶的線索。他的注意力完全無法集中，實驗、程式碼、文章頻頻出錯，他的睡眠、飲食變得極不規律。

他厭惡這樣糟糕的自己，覺得辜負了長輩的培養導師的期待，卻無法面對那棟大樓發生過的一切，也無法面對內心的矛盾與愧疚。

他萌生了退學的想法，在一個晚上和導師說了這件事情。

「傅識則你瘋了。」當時史向哲和他在校園裡散步，差點踢翻旁邊的垃圾桶，這個他認識了許多年的教授頭髮已經花白，被氣得臉色脹紅：「我培養你這麼多年，江淵的事情根本和你沒關係，學校也對車教授進行處罰了，退學的事情你想都不要想。」

史向哲認為，他有著無量前程、錦繡未來。

傅識則抬頭看了彎月一眼，思緒渙散。

他曾有過千百般野心，也曾想永遠驕傲，罔顧天下，只不過，除去外界認為的出類拔萃、獨一無二，他只是個平庸而脆弱的人。

他無法如其他人所期待的，克服障礙，走那一條康莊大道。負罪感已經壓得他無法正常生活。

傅識則不語。史向哲看了他好久，重重嘆了口氣：「那先休息一段時間吧，等你準備好了再回來。」

他休學了。

回南蕪前，他走到江淵的座位，物品已經清理得差不多了。他看見桌面上有張撕碎的照片，是 Unique 第一次獲勝時隊伍的合照。

走出辦公室，長廊的盡頭是無垠的黑暗。

恍惚間，他聽到耳邊傳來無人機的聲音。

像是回到那個夏天。

滿目怒放的花，少年們歡呼，笑著往前奔跑。

而他——在那片鮮活的花叢裡，悄無聲息地枯萎了。

回南蕪後，傅識則大部分的時間都在江南苑待著。

他想陪老人度過最後的時光。後來外婆入院，傅東升和陳今平為了讓他重新和社會接軌，安排他去EAW上班。

傅識則很配合，只是凌晨失眠時經常在陽臺抽菸喝酒發呆。

再到後來，他重新回到西科大，他壓抑著內心的痛苦，他逼著自己不去想江淵的事情。好像真如其他人認為的一般，他打破了自己的脆弱。

他也誤以為自己走出了當年的陰影。

江淵的生日要到了。

這再度提醒了他，對江淵、對江淵父母的內疚，是他重振旗鼓回到正常生活，也依舊無法繞過的障礙。

「周迢知道江淵的事情後，找過我很多次。但我不太能面對。」傅識則不太願意有人因為江淵的事情安慰他，即便是昔日的好友。

「很多人都勸我走出去。」傅識則垂著頭，墨色的眸中神色全數消失，「我做不到不怪自己，那是我哥。」

「有很多次，我想告訴妳這件事情。」他習慣性地讓自己的語氣沒有起伏，隱藏自己所有的情緒：「但這種對話，會讓當時的畫面反覆在我腦中出現。」

「厘厘，能不要怪我嗎？」傅識則話裡帶些不由自主的苦澀：「有很多事情，我很不願意回憶。」

暮靄沉沉，他的五官看不大清晰。即便在這種情況下，傅識則首先考慮到的，是希望雲厘不要覺得他有所隱瞞而因此難過。

雲厘聽完整件事情之後，看著他微微彎起的肩膀，帶著受傷與無助，一時間不知道該說什麼。

她從不知道他會有如此脆弱的一面。

直到真相在她目前揭露。

她強忍著聲音的顫抖，搖了搖頭：「我沒有怪你。」

作為旁觀者，雲厘很清楚，江淵的事情並不是傅識則的錯，他已經做到了自己力所能及的一切。

「妳見過他。」傅識則忽然道。

雲厘愣了一下：「什麼時候？」

「我當時坐在旁邊的觀眾席，江淵把那顆足球給妳了。」

「……」

雲厘想起當時遇到的那個人，在這一段回憶的背景下，對方的離世也讓她覺得難過和震驚。她默了許久，將眼淚吞回去，說道：「你當時已經做得很好了，那個哥哥……」

她的聲音一度哽咽。

她不知道怎麼置身事外地，讓傅識則釋懷這一切。

有些痛苦，就是無法遺忘的。

「我不知道怎麼說，我沒有想勸你忘記這件事情。」雲厘想起雲野得胰腺炎的時候，她近乎崩潰，她唇發乾，繼續道：「如果雲野有同樣的事情，我會寧可用自己的命去換他的，我會很怪罪自己，我可能永遠也不會忘記。」

「親人出事的時候，大部分的人都會怪自己，覺得自己做得不夠好。但是……」雲厘想起江淵，鼻子有些發酸：「親人會希望我們過得好的，他應該也是這麼希望的。」

她想起了紅色跑道上那雙帆布鞋，再往上——

她已經不記得對方的五官，只記得是那個午後，對方的笑容比日光更為溫暖。

「你和我說，你們認識了快二十年，在以前的日子裡他都是個很善良很溫柔的人。這麼溫柔善良的人，即使他自己承受了很多痛苦，他也會希望你好好生活的，他會希望你不要那麼怪自己。」

雲厘不認為江淵真的怪傅識則，或者希望傅識則從未出現。

她更傾向於認為，最後的階段——

「那個哥哥，他生病了。」

「他那麼溫柔，我們不要否認他的好，他不怪你，他不是這樣的人。」

傅識則沒應聲。

雲厘望向他，從第一次見面起，他的身形便極為單薄瘦削，只能憑骨架撐起衣服，她覺得他心裡藏了很多事，同樣壓得他失去了曾經的風華正茂。

「阿則……」雲厘安靜了許久，才輕輕問道：「有沒有什麼我能做的事情？」

她不想追求長篇大論的安慰，只希望在自己力所能及的範圍內讓他不要那麼難過。

傅識則闔上眼睛，又睜開，他帶著點疲倦地望著前方，握住雲厘的手有些冰涼。

「陪在我身邊。」

夜色漸濃，車內的燈光微弱。

雲厘轉向傅識則，將左手也蓋在傅識則的手上。

這麼長時間以來，她一直知道傅識則有心事。卻也不曾想這件事會像這般折磨，如影隨形地伴隨著他。

校園廣播開始晚間播報，雲厘意識到，他們仍在西科大內——很難想像，每次他回到實驗大樓的時候，是什麼樣的心情。

重逢時，她以為他回到了神壇，並不知道，他背後承擔的這一切。

也不曾想過，親眼目睹了那樣的場景後，他是如何重返校園的。

雲厘想到他之前的那句話：「我想變回以前的模樣，再去找妳。」心裡忽地浮現出可怕的想法，一個會讓她被無邊的內疚折磨的想法。

他只是看起來像他以前的模樣，他的內心依舊是千瘡百孔。

雲厘的手鬆了鬆，語氣中帶了點顫抖：「你平時都是裝的，是嗎？」

話說出口後，她感受到傅識則僵硬了一瞬間。

沉默須臾。

「嗯。」傅識則：「我想妳應該會喜歡。」

心臟像是被人突然掐緊。

他是裝給她看的。

雲厘深呼吸幾秒，傅識則剛想再說些什麼，抬眸時，卻看到她低著眸，淚水凝在眼眶邊緣，一滴滴掉到置物處上。

她不發一語地抿著雙唇。

傅識則滯了一下，默默用指關節刮去她的淚水。

雲厘垂下頭，嘗試控制自己聲音的穩定：「我是真的希望你過得很好。」她說不下去，聲音不受控地哽咽：「真的，我希望你過得很好很好。」

在這段感情中，雲厘是先發起的那人，可相處的過程中，從頭到尾，他幾乎做到了自己能做到的一切。

就算是分開了，更難過的人，應該是她，不該是傅識則。

他已經很難過了，也足夠痛苦了。

「嗯。」傅識則右手捂著雲厘的臉，拇指輕輕蹭她下眼瞼，反覆幫她擦掉新溢出的眼淚，他的嗓音有些沙啞：「厘厘，別哭了。」

雲厘用手背擦著臉上的淚水，語無倫次道：「我以前說想要你回學校，我不是這麼想的，我只是想你的生活可以好一點。」她哭得極為狼狽：「你不要逼著自己去做這些，你不想和別人說話就不要說話，你不要逼著自己那麼陽光上進……」

不要再為了她逼著自己，讓自己更加難過和痛苦了。

「和妳重新在一起後，」傅識則輕撫著她的頭，低聲道：「就不再是裝的了。我挺喜歡能以現在的狀態和妳相處。」

他已經很久沒有正常地感受到陽光了。

原來他還挺懷念的。

盯著他的眼睛，雲厘自己擦乾眼角，呆呆地問道：「但是你還會做噩夢和失眠。」

傅識則認真地思考了一下：「以後住一起就不會了。」

雲厘被他的話噎住，從悲傷的情緒中掙脫出來。她思考了一下，悶悶道：「你還是會持續好長一段時間的這個狀態。」

傅識則笑：「只能希望那一天早點到來。」

在南蕪時，他們兩個算是同居了一段時間。回西伏後情況有變，她搬出去會遭到阻礙，雲厘認真道：「這一次，我們還是確定關係再同居吧。」

傅識則順著她的話：「我也是這個意思。」

「……」

哪個意思？

雲厘一頓，確定似的看向他，他面色平靜，眼睛卻表明一個含義。

是的，就是妳想的那個意思。

雲厘臉瞬間脹得通紅，忘卻了剛才所有的談話和煩惱，脫口而出：「不行。」

傅識則：？

「你這樣太不正式了。」雲厘委屈道。

傅識則回憶一下自己說的話，提醒她：「我剛才說的是，希望那一天早點到來。」

他的意思是，不是今天就要確定關係進而同居。

雲厘頓覺自己太自作多情，一陣侷促道：「我們去吃飯。」

傅識則話沒有說完，想起她剛才只差拔腿就跑地說出「不行」兩個字，他漫不經心道：「正式的那天，也不會讓妳有拒絕的機會。」

吃過飯後，傅識則牽著雲厘晃到操場。側邊是觀眾席，兩人找了位子坐下，遙遙望著跑道上的學生。

傅識則指了方位，那邊有不少學生在鍛煉：「差不多是這個方向。」

距離那年的機器人足球賽，已經九年了。

原來九年前，他就見過她。

雲厘：「你怎麼會在操場？」

傅識則：「當時無聊，經過那，看到妳那個機器人一動也不動的，妳第一次操作的時候應該是忘記開機了，試了差不多半小時。」

「哦，是這樣嗎……」雲厘不敢相信自己會犯這麼低級的錯誤。

「後來我看了一陣子，第一次動起來的時候應該是鍵按反了，陳洛沒和妳說，那操控器是他自己做的，按鍵和常規的不太一樣。」

陳洛是她當時的隊長的名字，雲厘愣了下：「你認識他嗎？」

傅識則淡道：「嗯，那個操控器是我幫他做的。」

雲厘：「……」

雲厘費解道：「怎麼可能？」

傅識則：？

雲厘：「我們最後居然還拿到了名次。」

他陸陸續續和她說那整天的事情，有許多雲厘澈底忘記的細節。他回憶這件事情的時候極為流暢，彷若他自己已事先整理過許多次。

「後來妳用機器人推石頭，你們組的機器人沒寫踢球的程式碼，只能平推。但是妳拿的那個機器人的馬達功率太低，推不動。」

雲厘聽得一愣一愣，不解道：「你怎麼連我那個機器人的程式碼和功率都知道？」

「江淵認出妳的機器人是陳洛裝的，我回去問了他。」提起江淵時傅識則的語氣並沒有太大變化。

「妳比賽那天我也去看了。」

總感覺，他很早以前，就對她有過印象了。雲厘彎彎唇，笑道：「你當時是不是才十五歲，就偷看我那麼久。」她覺得這個描述不太準確：「不對，是偷看女生那麼久。」

「我看的是妳。」傅識則不想被冤枉，失笑道：「不過我現在後悔了。」

雲厘：「啊？」

傅識則勾住她的手：「當時應該直接去找妳。」

雲厘直接排除了這種可能性：「我不會早戀的，我在班裡是出了名的好學生。」

傅識則微揚眉：「早戀不等於壞學生。」

「那時候的我會認為早戀就是壞學生。」雲厘慢吞吞地說出這句話。

見她固執的模樣，傅識則覺得自己可能在和一塊石頭講話。他也不在意，湊近她耳朵繼續道：「那妳陪我當兩年壞學生。」

「……直到妳高中畢業，就不是早戀了。」

雲厘後知後覺，一團熱氣冒上臉頰，過了片刻，傅識則繼續問道：「錯過的這幾年，我是不是應該補上？」

那深沉的雙眸別有意味，雲厘能明顯感覺到對方的手臂靠在她的後背和塑膠凳之間，逐漸地扣緊她的腰。

她舔了舔唇，問：「怎麼補？」

「補些我們本來會做的事情？」傅識則氣定神閒地問她。

雲厘也沒裝不懂，配合地貼近了他的身體，先問道：「這裡有監視器嗎？」

傅識則笑了聲：「沒。」

「好。」雲厘靠近他的唇角：「那補吧。」

接近九點，收到雲野的訊息後，雲厘才想起要送他回校。

戀愛誤事，已經不記得是第幾次忘記了。匆匆和傅識則告了別，她回家將雲野帶到學校。

回家後，她從雜物堆中翻出那個小足球，上面還有著對方畫著的笑臉。

想起今天傅識則說起這件事時蒼白的臉色，過去幾年日夜中他也因此事備受折磨。

她鼻子一酸。

明明這不是他的錯。

擦了擦眼角的淚水，雲厘迫切地想再見到傅識則。她躺到床上，打了個視訊電話給傅識則。

『厘厘。』

接通後，手機直接傳來他的聲音，音量恰好，繾綣得令人酥麻。

雲厘連忙抬頭看了房門一眼，爬起來找了耳機戴上。

傅識則已經在寢室裡了。他剛洗完澡，毛巾掛在髮上，幾縷髮遮了眼，還有成粒的水珠順著髮絲流下。

「……」

雲厘視線往下，他上半身沒穿衣服。鏡頭只拍到了鎖骨處，但半隱在毛巾中的肩部仍引人遐想。

雲厘：「我掛電話了。」

傅識則原本低頭擦身上的水，抬頭看了鏡頭一眼。

他沒開大燈，檯燈聚焦的亮白燈光打在他眼角，充滿濕氣的黑眸帶點困惑。

「……」

傅識則：『不視訊了嗎？』

這畫面看得雲厘臉紅，她憋了幾個字：「你衣冠不整。」

傅識則低頭看了看自己身上，白毛巾占據了大部分的畫面，能看見他的下巴和晃動的碎髮。

傅識則心裡失笑：『那妳等一下。』學著她的口吻，他肅然道：『我整整衣冠。』

他沒有掛電話，站起身，手機被壓在下方的毛巾直接帶倒。

雲厘原先只看見他鎖骨處，等他將手機扶起來時，她看見他淡淡的臉在鏡頭前，此刻整個上半身都是赤裸的，下半身穿了件寬鬆的黑色睡褲。

「……」

傅識則慢慢地轉過身，在衣櫥前拿了件白色的T恤，套在身上，坐回到鏡頭前，邊擦頭髮邊說道：『整好了。』

「……」

莫名的不服輸湧上來，雲厘故作鎮定道：「你的寢室不是沒浴室嗎？是去樓層裡的公用浴室？」

傅識則似乎在思索她說這句話的目的，數秒後，懶洋洋地『嗯』了聲。

雲厘繼續道：「那你剛才是光著膀子從走廊走回來的？」

『……』

雲厘蹙眉道：「上次你帶我去，博士生是混宿的，而且有人會帶女朋友過去。」她話裡已有不滿：「你是覺得被她們看到沒關係嗎？」

『不是。』傅識則頓了下，覺得這個回答不夠準確，又補充道：『我沒有。』

雲厘「哦」了聲，慢慢地問道：「那你是回了寢室後，特地脫了上衣和我視訊？」

『……』

她的眼睛直直看著鏡頭：「然後……」她故意將音調拖長：「又裝模作樣地去穿上嗎？」

傅識則這時回答什麼都不是。他低低地笑了聲，不理雲厘，自顧自地擦著頭髮。

沒想到這次她直接識破了傅識則的小伎倆，她頓時有些輕飄飄的，笑道：「這次說不過我了。」

傅識則示弱地『嗯』了聲，頓了幾秒，抬眸看她一眼。

擦完髮後，傅識則將毛巾掛在架子上。他將手機放在枕頭前，自己的半張臉埋到枕頭裡，髮絲仍濕漉漉的，眸望向一旁的書，像隻懶散的貓。

雲厘盯著螢幕中的瞳眸，真切地感受到對彼此已經沒有絲毫保留。

許久，她不受控地說道，「愛你。」

傅識則枕著的下巴挪了挪，將上半身稍微撐直了點，對著鏡頭懶懶地說了一聲。

『愛妳。』

隨後，又直接趴下，看著旁邊的書。

雲厘忍不住又道：「愛你。」

傅識則的視線沒往鏡頭看：『想說多少次？』

雲厘：「可以說多少次？」

傅識則勾唇：『都可以。』如他所言，他回應她剛才說的話。

——『愛妳。』

愛你的話，妳想說多少次，都可以。

想讓我說多少次，也都可以。

第二十七章　*Unique*

前一天傳的訊息，同事張妍忻至今仍沒有回覆。

雲厘想透過周迢聯絡江淵的父母，這麼多年來，對方都沒有理過傅識則。某種程度上，雲厘能理解他們的做法和動機。

但同是受傷的那方，傅識則不該一直背負著內疚活下去。

雲厘翻了翻身，沒有再等對方的訊息，而是做出一件她從未做過的事情。

她把那個聚餐群組裡面所有的人都添加了一遍，並進行了自我介紹：『您好，我是雲厘，是明年入職的新員工。』

在她添加的過程中，已經有人接受她的好友申請並進行回覆。

一下子要和十幾個人打交道，雲厘的焦慮值蹭蹭上漲。

先一口氣添加完所有人，她坐到沙發上，想起了工具人雲野，直接打了個電話過去：

「雲野，登一下我的聊天帳號。」

雲野：『幹什麼……』雖是這麼問著，雲野還是把登錄畫面的條碼拍下傳給了她。

雲厘：「你能看到最近的訊息嗎？」

雲野掃了一眼：『姐夫傳給妳的？』

雲厘連忙道：「你別偷看我的訊息。」

『……』

又要人看，又叫人不要看，雲野覺得她簡直腦子有病。

雲厘：「你看看，我添加了十幾個好友，都是我同事，你幫我回覆一下。除了那個叫周迢的。」

雲野：『……』

雲野不是第一次幫雲厘做這種事情，雲厘回覆陌生人訊息或者接聽陌生人電話時都會顧慮和焦慮，後來乾脆讓他去處理。他低著眼，游刃有餘地回覆一則則訊息。

人數太多，他用快速鍵直接彈出最新的訊息，不巧打開了傅識則的聊天室。

除了這個大頭照之外，雲野沒找出其他能認出這是傅識則的方式。

備註是老婆。

他起了一身雞皮疙瘩，對方傳來一個貼圖：『（想你）。』

雲野覺得自己的精神受到一萬點暴擊，只想把電腦關了。

他面無表情地輸了一個字：『哦。』

再上一則訊息，雲厘：『我做了北海道牛奶吐司給你，剛拿去發酵，明天帶過去，應該夠三天早飯。』

還配了一個小熊比心的貼圖。

雲野還在幫雲厘馬不停蹄地回訊息，開始心理不平衡起來，電話裡問她：『姐，我想吃吐司。』

雲厘不假思索道：「你去超市買，五塊錢一袋，我做一個要花好長時間。」

雲野：『……』

雲厘：「沒錢的話我發個紅包給你。」

雲野：『……』

雲野鬱悶地替她聊了差不多一個小時的天，掛了電話後，看到雲厘確實發了個紅包給他。點開來。

還真的是五塊錢。

周迢是最後一個通過她的好友申請的人。

雲厘斟酌了下措辭，傳訊息說明自己是傅識則的女朋友，想和他見面談些事情。兩人約了兩天後的晚飯。

翌日一大早，雲厘將吐司切片後裝袋。

車停在控制學院裡，雲厘下車時便看見傅識則站在大樓前的樹下，她小跑過去：「你怎麼下來了？」

傅識則垂眸，她今天穿了米黃色連身裙，及腰的髮披肩，瑩白的臉上帶著點粉嫩。

他語氣柔和：「接妳。」

直接接過雲厘手裡的東西，他張開另一隻手，看著她。

這個動作兩人已做過多次，但每次看到他安靜地等著她把手伸過去，無論多久，都會等著她。

雲厘仍會心跳不已。

將手鑽到他的涼涼的掌心中，他的溫度隨之上升，他將她的小手整個包裹住，輕捏著。

現在是早上七點半，辦公室裡其他人大多十點以後才到。

傅識則將吐司放在辦公桌上，電腦螢幕上是寫到一半的論文，桌上攤著筆記，可以看出已經辦公了一段時間。

雲厘聞到空氣中濃郁的咖啡香味，敏銳地問道：「你的早飯呢？」

傅識則的視線下移到她帶來的那袋吐司：「這。」

雲厘吸吸鼻子，皺眉問他：「你喝咖啡了？」

傅識則見她蹙緊的眉間，側著腦袋猶豫半天要不要說實話，見雲厘抿緊了唇，他慢慢地「嗯」了聲。

雲厘斂了笑：「空腹？」

是個正常人都知道空腹喝咖啡非常傷胃。

傅識則不吭聲。

「手術是一年半前的，已經好了。」他淡定地垂死掙扎，觀察著雲厘的神情。她完全不信：「上次千層蛋糕你一口都不能吃，現在就能空腹喝咖啡了？」

傅識則拉住她的手，順著她的話說：「不能。」

「……」

傅識則接得順暢，卻像是只在嘴上過了一道。

雲厘一拳頭打在棉花上，這接的話反而像火上澆油，她心裡生著悶氣，臉上硬邦邦的，卻還是拆開袋子拿了兩片吐司給他。

傅識則沒動眼前的吐司，而是看著雲厘。

好像是雲厘第一次生氣。

在他印象中是第一次。

兩人四目相對，就像教務主任和正襟危坐的學生。

雲厘通常不會說出自己的不開心，而是將情緒反覆積壓在心裡。她至今唯一和傅識則發脾氣便是壓抑後一次性爆發，以分手收尾。

雲厘不想心裡有疙瘩，她半鬱悶半商量的口氣問他：「你說，我生你氣了，應該怎麼發脾氣？」

她生氣時眼角的英氣更重，顯得咄咄逼人，但半商量的語氣弱化了了這份攻擊性，傅識則看著她，問：「我來決定嗎？」

雲厘：「參考一下你的意見。」

其實很古怪。

雲厘自認為不太會處理矛盾。

只能求助於現場情商最高者，但這個人又恰好是惹她生氣的那位。

傅識則俯身，主動把臉湊到她唇邊：「親一下。就消氣了。」

「……」

雲厘瞅他一眼：「你惹我生氣了，還要我親你，是不是太過分了。」

傅識則笑：「那我親妳也可以。」

「……」

兩句話雲厘的心情已經好了許多，她指著自己的臉頰，「親這。」

「嗯。」傅識則貼近她，薄薄的唇蜻蜓點水般在她的唇上貼了一下：「看錯位置了。」

「……」

趁雲厘沒反應過來，他又輕輕在她臉頰上親了一下：「這次對了。」

雲厘的神情已經鬆了，只有下巴還收著，見狀，傅識則繼續道：「別生氣了，我錯了。」

認錯倒是挺快的。

雲厘感覺，每到這種時候，傅識則就軟到像沒有骨頭一樣。她這下已經徹底生不起氣了，念叨道：「你胃不好，不要空腹喝咖啡。」

傅識則點頭。

「你不要光點頭，你要記在心裡。」

無論她說什麼，傅識則都是點頭。

見傅識則態度良好，雲厘覺得自己剛才有點太凶，憋了半天，說了句：「其實我剛才不應該生氣。」

覺得傅識則是個軟柿子，她頓了頓，教育道：「你要有點底線，不要輕易認錯。」

她想了一下，又覺得不太對：「但你確實做得不對。」

傅識則拿了一片吐司，撕了兩塊放到口中細細地咀嚼，等雲厘的話說完，他才開口道：「我只和妳認錯。」

這下子雲厘脾氣澈底沒了，坐在他身邊陪著他。

想起公司的事，她隨口道：「昨晚公司有個同事問我，要不要提前去入職。他們說最近開了個VR遊戲的組，好像是和徐總那邊合作的，見我有過相關實習經驗，就特地來問我。」

傅識則知道雲厘要去那家公司後便和徐青宋打探過，這個消息他也知道。

「妳想去嗎？」

「嗯，因為我們一起在EAW工作過。」

雲厘選擇這份工作只是因為它朝九晚五的工作時間而相對而言有趣的工作內容，但聽他們說起和EAW有合作後，她卻突然，很想進入這個組。

因為是和他們有關的。

雲厘繼續道：「我有點擔心碩士論文的進度，我一個人的時候不想寫。」她看了傅識則一眼，「所以我想和你一起自習。」

她繼續自言自語：「但是我又擔心，兩個人的時候寫不了。」

傅識則明知故問：「為什麼寫不了？」

「……」

有時候，他的話，會噎得她一句話都說不出來。

傅識則似乎就喜歡讓她直白地將那些情感袒露在他的面前，或者喜歡看她因為羞赧而窘迫的模樣。

像是沒留意到雲厘的無言，他抬起眼皮問她：「是妳的原因，還是我的原因？」

承認是她的原因，不就是在說她美色在前定不下心來。

雲厘嘀咕道：「你的原因。」

傅識則笑了：「我做了什麼？」

雲厘萬分淡定並且理直氣壯：「你坐在那——每時每刻都在故意引誘我。因為你坐在那，我才管不住自己的眼睛和大腦。」

雲厘繼續道：「可能你就屬於，存在即錯誤。」

她一堆歪理，等著傅識則打臉，但他完全沒和她爭論的欲望，側頭問她：「妳是怎麼管不住的？」

「……」

看得見他時，想看他。

看不見他時，會想他。

時時刻刻都離不開他。

傅識則思索一下：「妳好像也沒做過什麼。」

他說得——她好像應該做些什麼，來佐證她被他引誘了，她控制不住自己。

見雲厘不說話，傅識則徐徐地靠近她的臉，鼻翼和她的輕觸，見她眼睛明亮睫毛根根分明，直直地看著他。

傅識則問她：「除了眼睛和大腦，其他地方都能管住？」

屋內沒開燈，半透明的棕色窗簾均數拉起，四周是擺放了各類教科書的辦公桌。在離校前的最後幾個月，置身於這個場景，雲厘覺得眼前的人就是高中時坐在觀眾席上的少年。

傅識則似乎也和她想起了同樣的事情，指腹碰了碰她的髮間，高中時她也是留著長髮。

四下無人，兩人之間靜謐得過分。

下一刻，雲厘打破了自己的默不作聲，直接勾住他的脖子。

她前傾的推力將傅識則壓到鐵製櫃子上。

門鎖哐噹作響，這聲音讓雲厘有些分心。

眼前的眸子卻一動不動，始終如一地倒映著她的臉。

雲厘彎了彎唇，親上去時，唇齒間吐出幾個字——「哪裡都管不住。」

到晚飯時間的時候，傅識則和雲厘完成了今天的論文計畫，便驅車到西科大附近的商城吃飯。

傅識則：「想吃什麼？」

熱烘烘的烤肉店內人聲鼎盛、香氣四溢，雲厘盯著看了一陣子，吞了吞口水，卻說道：

「喝粥。」

找了家盛名在外的粥鋪，傅識則取了號，還要等十桌，見雲厘餓得揉肚子，他問道：「換一家？」

「不。」語畢，雲厘捏了捏他腰上的肉：「以後你要是空腹喝咖啡，我們就喝一天的粥。」

傅識則想讓她早點吃晚飯，指出她話裡的漏洞：「中午沒喝。」

她要強道：「我說的是以後！」

他繞回一開始說的話：「那今晚也不用喝粥。」

雲厘盯著他，覺得他今晚有點抬槓。

講不過他，她眉眼一鬆，耍賴道：「我就想喝粥。」

她語氣帶點撒嬌，傅識則笑了聲，拉著她到旁邊的甜點店，打算先找個地方讓她填填肚子。

餘光瞥見一個人影，他的腳步停住，視線停留在幾十公尺外的周迢身上，他和幾個同事正風風火火趕到火鍋店。

他頓了頓，往那個方向走了一步，見周迢進了火鍋店，又收回了腳步。

和周迢約了明天見面，雲厘也沒想到會在商城裡碰到對方，她注意到傅識則的動作，直接拉著他到了火鍋店裡。

找了個位子坐下，雲厘點了個鴛鴦鍋。

「你想見他嗎？」

「嗯。」他停頓一下，繼續道：「但已經很久沒聯絡了。」

他抬眼看了雲厘，她在想事情，驀然起身，說了句「我要去拿調味料」。

雲厘到調味區裝了點調味料，找到周迢的桌子後，桌上圍滿了人，正聊得火熱。她每靠近一步，便給自己進行一次心理建設，直到對上周迢的視線。

她快速丟下一句「組長，我和男朋友在這裡吃飯」便逃離了現場。

回到位子上後，她剛坐下沒多久，周迢便找到了這桌。

雲厘藉口去洗手間，留了空間給二人。

周迢將傅識則從頭到尾打量了幾遍，像是覺得好笑地掩了下嘴：「好幾年沒什麼變化啊，還是這麼白白瘦瘦的。」

傅識則剛認識他們的時候還是個少年，四肢筆直纖瘦，加上從小練羽毛球，雙腿白嫩纖長，肌腱線條勻稱。

以前他們幾個老調侃傅識則像個女孩子。

因為被調侃得太多了，傅識則在大學階段幾乎不穿短褲，直到成年後身子骨定型了。

傅識則的視線移到周迢已經發福的肚子上，他的四肢倒還正常，由於在辦公室坐久了腹部有點過勞肥。

「多少公斤了？」一語戳在要害上。

周迢揚揚眉：「八十了，你多少。」

傅識則淡定道：「沒差多少。」

「少來。」周迢輕推他一把，「就你這身子，這麼多年了也沒吃得結實點，飯都白吃了。」

「傅識則，你他媽都三年沒理過你前室友了。」周迢似笑非笑，坐在他對面，傅識則默了一下，說道：「抱歉。」

周迢愣了下，被他這個認真模樣逗樂，他甩甩五指，一臉不在乎道：「行了，別跟娘們一樣矯情了，我們一筆勾銷了。」

就像所有的事情都沒有發生一般，兩人的相處模式依舊與以前雷同。周迢咬咬自己的電子菸，問他：「上次有人和我說你開始抽菸了。」

「戒了，女朋友不喜歡。」

傅識則看了門口的方向一眼，雲厘還沒回來。

「哦，就是剛才的女生，她明年畢業來我們組吧。」周迢想起雲厘的簡歷，忽然問道：「那女生比我們小四五屆？」

傅識則：「嗯。」

周迢倒吸一口氣：「小學妹？」

傅識則瞥了他一眼：「嗯。」

周迢笑了：「禽獸。」

「……」

兩人閒聊了一下，周迢問道：「喝點？」

看出傅識則的猶豫，周迢壞笑道：「你也太妻管嚴了，當時我們就說你這脾氣以後肯定會被老婆管得死死的。」

傅識則平淡道：「沒有。」

見他低頭操作手機，周迢問：「你在點？點白的。」聽這話是沒打算回自己那桌了。

「不是。」傅識則隨口回他，「問一下女朋友能不能喝。」

「……」

雲厘原本在商場內百無聊賴地閒逛，接到傅識則的三則訊息。

『周迢想喝酒。』

『喝白的。』

過了兩分鐘，他再傳送一則說明自己的清白。

『不是我想喝。』

雲厘捏緊手機，抿緊唇，喝酒對胃不好，而且還要喝白酒，她本能地想衝回去阻止。在原地杵了一下，她的手逐漸鬆開。

周迢應該是傅識則為數不多，很要好的朋友吧。

對傅識則而言，因為自身原因，單方面結束了友誼——他是有愧疚的。

回到傅識則身邊坐下，她看見周迢已經酒意上臉了，傅識則杯子裡的酒還沒動過，雲厘主動道：「你們喝吧，我開車，就不喝了。」

聞言，傅識則才拿起杯子和周迢碰了一下。

兩人聊天時帶點吊兒郎當，傅識則也不像平時在實驗室那樣鮮言寡笑，雲厘自覺地沒有插話，感覺到手上有東西，她低頭。

傅識則托著下巴和周迢說話，手卻輕輕捏著她的掌心。

喝了半瓶，周迢直接叫了一大盤辣椒，倒在鴛鴦鍋中的一個。

雲厘正要阻止，周迢自來熟道：「小厘，妳別看他這樣，他對辣一點感覺都沒。以前每次都是我們吃得滿頭大汗嘴巴紅腫，他一個人淡定地繼續吃。」

他拿著筷子，對著雲厘侃侃而談：「有一次我在追一女生，本來都互生好感了，兩個寢室的人吃了頓麻辣鍋。我當時被辣得一臉鼻涕眼淚，關鍵是，這傢伙就坐我隔壁。」

「還時不時遞紙巾給我。」周迢又想起了一點，「平時我們的長相差距也沒那麼大吧。」

雲厘看了周迢一眼，又看了傅識則一眼，自認情人眼裡出西施，沒說話。

「那一頓麻辣鍋後，女生再也不理我了，說我醜不拉幾的。」周迢邊說邊笑，「當時傅識則居然和我說了一句——她說的不是實話嗎？」

傅識則無言地瞥他一眼。

雲厘難以想像這個畫面，她不大好意思回話，就低著頭淺笑。

「不過他還是有良心的，第二天帶著幾個兄弟在學校論壇上幫我狂發貼文，說我是學院裡的院草。」周迢喝了一口飲料，閒閒道：「結果那女生帶著室友在下面回，只回一句話——」

「周迢是院草，他的室友傅識則就是校草、國草，媽的，每句話後面都跟著六七個驚嘆號。」

「……」

傅識則拿過他的酒杯：「少喝點。」

見傅識則只夾清湯鍋裡的東西，周迢嫌棄道：「才過了幾年，辣都吃不來了？」

「他胃不太好。」雲厘替傅識則解釋道。

周迢皺皺眉，嘴上說著「才多大的人啊胃就不好了」，手上卻將清湯鍋底轉到傅識則的方向，也不再幫傅識則添酒。

等吃完飯，周迢已經澈底趴下了，雲厘盯著他們，傅識則似乎還是半清醒的狀態，直接架起周迢，說道：「走吧。」

雲厘：「你知道他住哪嗎？」

傅識則有些遲鈍，慢半拍地將周迢放回原位。

「……」

打開周迢手機裡的網購APP，傅識則看了收貨地址一眼，他的視線有些不集中，將手機直接遞給雲厘。

送周迢回到家後，雲厘看向傅識則，因為白酒度數高，他臉兩側有些微泛紅，他身體也有些不穩。

雲厘扶著他的腰，讓他坐到副駕駛座上。

她剛啟動車子，傅識則卻按住她的手腕，解開她的安全帶，一把拉過她。他的吻帶點侵略，懷抱似乎像要完全占據她的四周，雲厘被他親得暈乎乎的，等他鬆開時，才聽到他輕輕的一聲——

「厘厘。」

「謝謝。」

兩人走到傅識則的寢室房門，他摸著口袋裡的鑰匙，半天沒勾出鑰匙。

見這情況，雲厘伸手到他的口袋，他的校園卡手機和鑰匙都在同一口袋裡，她打算把鑰匙扯出來，傅識則卻按住她的手，話裡帶著笑意：「別弄。」

別弄……

雲厘聽得一頭霧水，口袋中薄薄的布料傳來他上升的溫度。

感覺他完全控制不住自己，雲厘惱道：「我只是拿個鑰匙。」

傅識則低低笑了一聲：「太近了。」

雲厘剛將鑰匙插進門鎖內，走廊中突然傳來一道男聲：「學長！」

她身體一僵，看向傅識則，他稍微站正了點，淡淡的視線移到旁邊。

林井然抬手和他打招呼，注意到他身旁站在的雲厘，兩人正在準備進門，林井然表情說不出的古怪，帶點羨慕，又帶著點調侃：「沒事，我只是打個招呼，希望沒打擾到你們啊。」

雲厘此刻只想找個洞鑽進去。

進了門後，她想起剛才對方說的話，什麼叫做——希望沒打擾到你們。是覺得他們要做什麼。

傅識則慢慢走到床邊坐下。

「剛才你那個學弟，是不是覺得我們要做什麼？」

傅識則瞥她一眼，「嗯」了聲。

雲厘一陣委屈，臉紅道：「你怎麼不解釋一下？就和他說你喝多了，我送你回來。他會不會和別人說什麼，會不會覺得你是個很隨便的人？」

傅識則輕笑了聲，覺得悶熱，扯了扯自己的領子，應聲道：「又不是帶其他人回來。」

「我們在學校裡，這樣不太好。」

傅識則偏著腦袋想了一下，慢吞吞說道：「但我們好像什麼都沒做。」

見雲厘還執著地看著自己，傅識則的視線和她對上，他的腦袋幾乎不轉動了，屈服道：「明天和他說。」

雲厘放下心來，傅識則見狀輕笑了聲，又不知好歹道：「不過他不會信。」

「……」

只覺得他現在語氣和笑聲極為惡劣，雲厘盯著他。

傅識則將枕頭放在牆邊，背對著靠上去，他的脖頸處也有些泛紅，抬眸時帶點琢磨不透的情緒與她對上。

狹小的空間，只有兩個人。

他身上帶點酒氣，卻沒有失了方寸。傅識則本身膚色極白，臉頰上的緋紅讓雲厘莫名想到高嶺上飄搖的花。

酒精讓他的雙眸有些迷離，他安靜地看著她，帶著說不出的蠱惑。

雲厘盯著他扯開的領子，能看見鎖骨，她咬了咬下唇，說道：「既然其他人都覺得我們會做些什麼，我們什麼都不做的話，是不是比較虧？」

傅識則笑了聲，沒說話。

雲厘爬到床上，慢慢地靠近他，自然地托住他的臉，親了親他的唇角。那雙黑眸點綴了點情愫，他沒有過激的動作，頭靠著牆，被動地接受她的親吻。

她靠得更近了些，出於舒適直接坐在他腿上，膝蓋壓著他身體兩側的床單。雲厘能明顯感受到他的反應，唇齒間帶著酒味，她的身體越來越燙。

她穿著寬鬆的連身裙，坐在他身上時，雲厘還吻得投入，感覺到傅識則的手順著她的腳踝往上，掠過她光潔的小腿，將腰部的裙子往上推，便捏住她的腰。

雲厘呼吸急促，憑著最後一絲理智抓住腰後他的手，小聲道：「不行，在學校裡。」

傅識則垂眸看著她的姿勢，只是低低地笑，眸中帶著隱隱的譴責，卻沒打算強迫她，將手收了回去。

雲厘臉通紅，她原本只想親親抱抱，但好像做得過火了。

「難受。」他聲音低啞。

雲厘一怔：「哪裡難受？」

傅識則一頓，失笑道：「幫我拿件睡褲。」

雲厘立馬起身，走到衣櫥前才反應過來他的難受是什麼意思。她翻了翻衣服，發覺她織的那條灰色圍巾用防塵袋收著，掛在衣櫃裡，被小心地保存著。

雲厘拿了套寬鬆的睡衣遞給他。

「你等一下，我去樓下買瓶牛奶給你解酒。」

不等傅識則拒絕，雲厘便慌亂地出了門跑下樓，想起剛才發生的一切，她只覺得自己雙腿發軟。

剛才！發生了！什麼！

買了幾袋牛奶加熱好後，她才回到寢室，傅識則已經換好睡衣，躺在床上想睡覺。

再陪他待了一下，他酒醒得差不多了，雲厘才起身回去。

臨走時，雲厘一身酒氣，自言自語道：「今天不知道會不會遇到交警吹氣，這樣會不會被判酒駕。」

「……」

傅識則坐回床上。

他有相當長時間沒喝酒了。

周迢會讓他想起江淵，他不願意跟那段往事有接觸，對於周迢關心他的訊息，他近乎沒回或者敷衍了事。

兩人同隊七年，對方視他為摯友。

頹唐不已的那段時間，確實傷害了很多人。

重見周迢，似乎沒有像他潛意識裡想的那般難以面對。

他心裡邁不出這一步。

雲厘不善社交，今晚卻「笨拙」地幫他製造了許多解開心結的機會，替他邁出了這一步。

他看了手中的牛奶一眼，拆了新的一瓶喝了一口。

手機響了起來，是父親傅東升的視訊電話，他接聽了。陳今平的臉也在鏡頭中。兩人和他拉了一下家常，便直接切入正題。

『兒子，聽說你談戀愛了。』

傅識則垂著眼，沒應聲。

陳今平：『你一談戀愛很出名啊，變成整個學院老師們的飯後閒聊話題，上次碰見我們還說了，你應該早點和我們說啊，當時你爸高興得差點跳起來了。』

傅東升樂呵呵道：『兒子，是哪裡的女生啊？』捕捉到傅識則手裡拿著的牛奶瓶，他立馬意識到：『牛奶是女生給你的吧？』

傅識則自己沒有喝牛奶的習慣。

傅識則：「你們見過了，還送了禮物給她。」

傅東升眼睛一亮，眼尾的細紋顯得矍鑠：「是重新在一起了？」

傅識則不置可否。

任由他們反覆詢問，傅識則只會簡單的回覆，傅東升即刻轉了一筆錢給他當戀愛經費，傅識則沒什麼喜悅，只說了聲，「謝謝爸。」

傅識則對著他們不會撒嬌也不會示弱，幾乎不與他們說心裡話，就像別人家青春期的叛逆少年，但又會在他們失落時塞顆糖。

傅東升和陳今平早年陪伴他的時間太少，心裡有愧，因此也沒有太多要求。

不過，兩人考慮問題都是以解決問題的導向出發的。

即將退休的年紀，和兒子又不親近，便只好覬覦起他的下一代來。

傅東升語重心長道：『兒子啊，我們啊，這麼多年追求自由時光啊，一直有個事情很後悔。』

他嘆了口氣：『就是孩子要得太晚。』

「……」

傅識則沒想到會這麼早被催生。

電話對面兩人還在輪流講早生孩子的好處，他盯著視訊裡的兩個人，直接道：「我們還在談戀愛。」

傅東升：『下一步不就是結婚了嗎？』

「……」

傅東升：『兒子，我們談戀愛要負責任，我記得厘厘是今年畢業吧？該定下來了，別等到女孩催。』

「……」

『如果兒子你不方便的話，你媽和我時間空間上都方便，你有厘厘父母聯絡方式嗎？我們去和他們喝喝茶啊。』

「……」

傅識則不想聽了：「訊號不好，我先掛了。」

今晚吃飯，雲厘趁傅識則去添調味料時和周迢要了江淵父母的聯絡方式和住址。

周迢提醒了她，江淵父母至今仍無法接受他的離世，心中對傅識則始終帶有意見。

二老住在南蕪市，雲厘打了通電話，對面傳來的女聲柔和親切，她遲疑了一下，深吸了口氣，說道：「您好，請問這是江淵家嗎？」

江母輕聲道：『我是江淵媽媽。』

雲厘：「阿姨您好，我是江淵學長的學妹，最近才聽說他的事情，以前學長在比賽上幫過我，我之後會去南蕪，想問到南蕪後可以去拜訪你們嗎？」

雲厘聽到對面有個平穩的男聲問是誰，江淵媽媽說了句『淵淵的同學，想來看我們，』她轉頭對著話筒說：『好啊，過來坐坐啊，阿姨做飯給妳吃。』

寒暄了兩句便掛了電話。

她低眸，江淵父母聽起來是非常和善的人。

她還沒想好要和江淵父母說什麼。

躺在床上，她想起今晚的事情。

傅識則是想從過去走出來的。

同時，也想起了傅識則已經將她的裙子推到了腰以上，平日裡冰涼的手卻燙得厲害，反覆地捏著她的腰間的肌膚。

想到那個畫面，她的身體再度滾燙起來。

差點就發生什麼了。

她不自覺有點遺憾，要是今天不在寢室就好了。

雲厘邊洗漱，邊打了個電話給傅識則，他那邊亮著燈，神情惺忪，像是被電話吵醒。

他將手機靠牆放著，鏡頭中他側躺在床上，手指微微彎起。他的眼睛闔著，被子遮到他的鼻翼處。

像乖巧入睡的貓。

雲厘笑咪咪的：「你在裝睡嗎？」

『睏。』傅識則沒睜眼，他翻了個身，平躺著，小臂放在額上：『頭疼。』

雲厘：「只許喝這麼一次。」

傅識則不吭聲。

雲厘繃著臉問：「你怎麼不應聲？」

傅識則想起和父母的對話，忽然問雲厘：『妳爸爸喜歡喝酒嗎？』

「……」雲匣不知道他怎麼會突然提起雲永昌，她應道：「他喜歡喝。」

傅識則：『那下次我陪他喝點。』

「你別和他喝。」雲厘沒好氣道：「不要去討好我爸，上次他對你那麼凶，我都不想理他了，等登記了再帶回家和他吃頓飯。」

見傅識則沒反應，雲厘有些沮喪：「我爸控制欲比較強，而且不講理，我希望你不要介意，我們的事只和我們兩個有關。」

雲厘解釋了一大堆，才鄭重道：「我爸那邊的事情我會去解決的。」

『厘厘。』傅識則喚了一聲，睜開眼，側過身支起腦袋，慢悠悠地問道：『妳想結婚了？』

「……」

雲厘一愣，慌亂地欲蓋彌彰：「我只是想到結婚這件事！」

傅識則低笑，沒反駁。

見他慵慵的模樣，雲厘不太好意思地問道：「你今晚是不是挺難受的？」

當時，她帶牛奶回去後，他換上寬鬆的睡褲，那反應反而更加毫無遮攔。雲厘事後回想，覺得他應該也忍得不容易。

「你當時在床上，我就只能坐上去，所以可能失控了點……」她越說越小聲，傅識則笑了下，問她：『妳還描述那場景，是想讓我更難受？』

「……」

『沒事。』傅識則不在意道：『妳只要說一聲不，我就不會繼續。我尊重妳的選擇。』說罷，他又故意補充了一句：『雖然是挺難受的。』

「……」

眼前的人說這些時語調沒有太大起伏，但字裡行間和行為舉止代表著他的教養和品格。傅識則一直很尊重她。

雲厘心裡一動，嘴上還是逞強道：「那你克制一下。」

畢竟又不是只有他一個人難受。

她也難受，她也克制了。

打完電話，她逛了下網購。購物APP像竊聽了她的通話，推薦了奇奇怪怪的盒子給她。

她不想承認自己內心的躁動，總覺得有些羞赧。

只能反覆告訴自己：買這個東西只是以防萬一，妳要對自己的身體和行為負責，妳要對二十四歲的人會有的衝動和荷爾蒙有清楚的認知。

這並不代表她真的想做什麼。

對，她沒有想做什麼。

她本能地覺得，如果真的發生了什麼，像傅識則這樣的人，是不會有預謀的提前準備好這個東西的。

晚上發生了太多事情，雲厘睡眠困難，不過六點半便醒來。

看了手機一眼，傳識則沒有一如往常六點傳訊息給她。

雲厘起身洗漱了一番，做早飯的時候，想起昨晚掛電話前他說自己頭疼，隱隱有些不安。

她關了瓦斯爐的火，直接拿鑰匙出了門。

雲厘不是西科大的學生，只能偷偷尾隨別人進了大樓。到傳識則門前，雲厘敲了好幾下，等了一陣子，卻是隔壁開了門。

雲厘有些尷尬，隔壁的人看起來眼熟，金色細框眼鏡下一雙狹長的眼睛不懷好意，對方降低了聲音說道：「妳是傳識則女朋友？」

她頓了下，點點頭。

眼鏡男故作高深地扶了下眼鏡：「妳別被他騙了，他最近每天帶女人回宿舍，昨晚才剛走了一個。」

「……」

雲厘想告訴對方，昨晚也是她。

「昨晚他們那床可是吱呀作響呢。」為避免她不信，眼鏡男掏出手機說道：「我還錄了聲音，妳要不要聽聽？」

這陰陽怪氣的語調終於讓雲厘想起這個人，但對方看起來已經不認得她了。

昨晚他們根本沒做到那個程度，意識到陳厲榮是在詆毀傳識則，雲厘變了臉，用力地又敲兩下門。

陳厲榮臉上帶著古怪的笑容，雲厘不客氣道：「昨晚也是我，你再在背後說這種話，我會學你錄音然後寄給你們的校長。」

門開了，雲厘直接走了進去。

她滿肚子的氣，但看傅識則沒什麼精神的樣子，她還是暫且把陳厲榮的事情撇到一旁。

雲厘一進門便抓住他的睡衣開始檢查，傅識則被她揉得頭髮一團亂，帶著鼻音說道：「起晚了。」

說完他才拿起手機看了一眼，現在七點半左右，

雲厘傳了好幾則訊息，應該是擔心他出什麼事了。

他反應過來，按兩下手機。

雲厘口袋裡的手機震動了下，她拿出來，發現傅識則傳了訊息給她：『早安。』

明明她人都已經在面前了。

傅識則：「欠妳的。」

一大早就被他餵了糖，她心滿意足地在床邊坐下，傅識則輕喃道：「我去洗漱，幫我找套衣服。」

等他出門後，雲厘走到他的衣櫥前。

她喜歡傅識則穿白襯衫和西裝版型的休閒褲，會顯得極具少年感，幫他挑了這一身衣服放在床上。

傅識則回來後已經清明許多，他臉上還掛著點水，清爽乾淨。低頭親了親雲厘，他溫聲

道：「睏不睏？」

她平日裡不會起這麼早。

雲厘彎起眼：「看到你就不睏了，完全不想閉眼睛。」她也越來越上道，學他湊到耳邊說：「就想一直看著你。」

傅識則笑了聲，直接開始解自己的釦子。

雲厘：「……」

她抓住他的手：「你幹什麼？」

「換衣服。」傅識則瞥她一眼，雲厘才知道自己想歪了，「哦」了聲後，完全忘了自己剛才說的要一直看著他的話，自覺地轉過身。

她聽到簌簌的脫衣聲，視野中出現他的衣服，被他隨性地扔到床上，接著是他的褲子。後面的動作停下，傅識則：「不是一整套。」

雲厘愣了下。

傅識則從後把衣服遞給她，雲厘低頭看了一眼，確實是一套衣服和褲子，她說道：「齊的。」

傅識則：「不齊。」

「……」

雲厘猛地想到：「你是說少了內褲嗎？」

「嗯。」

「……」

內褲！那真他媽的是要她找一整套衣服。

傅識則完全沒退讓的意思，杵在她身後一動也不動。

雲厘：「你現在什麼都沒穿？」

傅識則懶洋洋地「嗯」了聲。

雲厘覺得，她只差把變態兩個字說出口。

極為委屈地低下頭，她擋住眼睛，挪到衣櫃前。

傅識則還提醒她在左下方，雲厘拉開抽屜，裡面工工整整存放著折好的內褲。

她不敢多看，隨便抽了一條。

傅識則逗她逗得差不多了，兩分鐘後已經穿戴整齊，雲厘突然想起他很久以前說的一件事：「你怎麼穿著睡衣，以前不是說喜歡裸睡嗎？」

傅識則低頭將鈕釦扣齊，隨口應道：「要看和誰睡。」

「……」

準備出門時，雲厘才和他提起陳厲榮的事情。

「我剛才來的時候，隔壁那個人在說你壞話，就是以前遇到過的那個陳什麼榮。」雲厘想起這個人就覺得渾身不舒服，「他還說錄了你房間的聲音，哦……我們現在說話可能已經被他錄進去了。」

「……」

聽了雲匣的話，傅識則的表情也沒多大變化，直接去敲陳厲榮的門。對方似乎早有預料，不敢開門。

傅識則哂笑一聲：「要我踹開？」

門後傳來一陣腳步聲，陳厲榮將房門拉開條縫，傅識則表情淡漠，問他：「手機呢？」

陳厲榮臉色難看，但還是將手機遞給傅識則，傅識則快速地點開他的錄音和錄影存儲，直接根據自己在宿舍的時間刪掉。

點開相簿，裡面有不少偷拍，除了偷拍他之外，還有其他人的。

陳厲榮這個人的生活彷彿永遠圍繞別人而活，早年試圖透過有極多的感情經歷證明自己，但凡見到雌性動物都要去騷擾一番，結果別人不買帳。因為自己過得太失敗，總期待著其他人變得更糟糕，或者主觀去詆毀其他人，試圖讓自己心裡好過點。

傅識則沒興趣翻下去，直接將他的相簿清了空，又將雲端中的備份全部刪掉，把手機丟回給他。

傅識則連和他說一句話的興趣都沒有。

雲匣卻補充了句：「下次再發現你這麼做，就準備坐牢吧。」

語氣聽起來有點森然。

「……」

往樓下走，雲厘留意到傅識則的目光，覺得自己剛才的行為太勇，猶疑道：「他以前傳過很多你和你朋友的照片給我，我覺得這個人好像挺變態的。」

這次隔著房間偷偷錄音，雲厘想想都覺得毛骨悚然，她心裡覺得不舒服，停下腳步看著傅識則。

傅識則是完全不怕事的人，淡道：「不用擔心。」

雲厘：「唔也不是擔心，我也想保護你，像陳厲榮這樣的人應該不少，只是因為你優秀就記恨和詆毀。」

自己無能為力，豔羨別人的出色，便在背後惡意攻擊，試圖用最惡的方式將對方擊倒。因為優秀，傅識則已經被妒忌傷害得夠多了。

好在，傅識則不是那麼脆弱的人。

至少和她在一起後，不再是了。

她頓了下：「我覺得你是世界上最好的人，這樣的你值得全世界所有人的愛。」

「我不需要全世界愛我。」傅識則低眸，兩人已經走到樓下，木棉樹的棉絮飄在她臉上，刮得她癢癢的，她看見稀疏的棉絮中，他張了張口。

「只需要愛我的人中有妳。」

「那我和你保證，」雲厘抬頭看他，「那裡面一定會有我。」

自己說出這句話後，雲厘才意識到，原來真正良性的戀愛關係是這樣的。這一次，他們彼此坦誠與信任，支持與包容。

她真切地感受到，他是她的鎧甲，她也是他的鎧甲。

過兩天便是陳今平的生日。那天傅識則會和他們吃午飯，雲厘精心挑選了禮物後，拜託他帶過去。

接過禮物，傅識則沒有下一句話，繼續寫他的論文。

雲厘自己忍不住了。

「你不問我，要不要和你一起見阿姨嗎？」

正常來說，兩人關係穩定，她特地準備了陳今平的生日禮物。見父母也是自然而然的事情。

傅識則有自己的考慮，看了她一眼，說道：「我先去見妳父母。」

第二十八章　日記

「你要先見我父母嗎？」雲厘訥訥地重複道。

想起雲永昌的性格，雲厘始終覺得他會對傅識則百般挑剌。

無論他是出於為她好還是別的動機，這都是讓雲厘極為不舒服的做法。

在她眼中，傅識則容不得任何人指摘。

雲厘猶豫道：「你可以晚點再和他們見面，我爸媽的思想比較保守，可能一開始就會催婚。」她抿了下唇：「而且，他們會覺得女生談久了吃虧。」

傅識則不置可否，只是順從地點點頭。

就好像兩人關係的進展在父母的問題前戛然而止，雲厘心裡頓覺得失落。

瞥見她的神情，傅識則漫不經心道：「我的思想也比較保守。」

「……」

「可能一開始就想要催婚。」他還在寫論文，視線甚至沒移過來，語氣略帶詼諧：「希望妳不要介意。」

聽到這話，雲厘笑起來：「那你催催看。」

傅識則勾唇，反問她：「妳會同意嗎？」

看他的注意力還沒從論文上移開，雲厘盯了他幾秒，故意擺出矜持的模樣：「不同意。」

預料之中的答案，但傅識則還是因此停下手中的工作，和她的視線撞上兩秒，若有所思地說道：「妳的思想應該也比較保守？」

雲厘：「嗯。」

「那妳來催婚。」傅識則靠著人體工學椅，身體微微後仰，眸光直落在她的臉上，他笑了下：「我會同意的。」

晚上，傅識則送雲厘到樓下後，她滯留了一下，不肯上樓。傅識則順她的意，牽著她在社區裡遊蕩。

陳今平的生日讓他想起一件事，他低眸和雲厘說：「幫妳補過兩個生日。」

這兩年雲厘的生日，他都錯過了。

傅識則：「許兩個願吧。」

雲厘先是愣了一下，隨即順從地閉上眼睛，雙手交叉握著放在下巴處，認真道：「那我希望明年阿則能繼續幫我過生日。」

「……」傅識則笑了笑，「浪費了一個願望。我本來就會在的。」

「那我要改一下我的願望，希望每一年阿則都能幫我過生日。」她帶著期許看他，傅識則回望，輕聲道：「我本來就會一直在的。」

「第二個呢？」

雲匣繼續剛才的動作，老老實實道：「希望每一年阿則都能幫我過生日。」

「……」傅識則低笑了聲：「這兩個願望連字都是一樣的。」

雲匣睜開眼睛，環住他的腰：「因為，我太想要它實現了。」

所以即使所有的願望都許同一個，也沒有關係。

只要它實現，其他的願望都不重要。

傅識則還沒說話，一陣暴雷般的聲音突然響起。

「雲匣。」

雲匣僵在原處，不知做何反應。

正常來說，雲永昌這個時間是不會出門的，所以她才有膽子帶著傅識則在社區裡閒逛。

雲永昌從黑暗處走出來，看清楚傅識則的臉後，面上一陣冷肅，沒再給傅識則眼神，直接轉向雲匣：「妳說分手了是騙我對吧？還聯合雲野一起騙我是他的助教？」

第二次見面，雲永昌對傅識則的態度仍是這麼惡劣，雲匣猛地抬頭，怒火中燒就想要嗆回去。

卻被傅識則輕壓了壓肩膀，他自然道：「叔叔您好，我回學校後擔任了幾門課程的助教。」

聽他的回答，雲永昌理解了話中的含義，態度稍微緩和了點，沒忘記他休學的事情，問道：「你是回學校了？」

傅識則點了點頭。

「什麼時候畢業？」

「明年和厘厘一起。」

「工作找好了？」

「暫時還沒確定，但應該會選擇留在西科大當老師。」

「哦，怎麼就突然回學校了？」雲永昌沒有因為對方求學有成而鬆懈，還是想搞清楚傅識則的情況。

傅識則側頭看了下雲厘：「想對厘厘負責，想給她更好的生活。」

他坦誠道：「上次給您留下了不好的印象，這次原先的打算是拿到博士學位時請您參加畢業典禮。」

眼前的男人應對他的話時不卑不亢且真誠坦然，人也溫潤清朗，雲永昌已經沒多大脾氣了，但還是擺出長輩的態度說道：「我女兒是很好的，你這些都應該做的，作為男人應該對自己的家庭負責任。」

他停頓了下：「不過也沒必要等到畢業典禮吧。」

雲厘：「……」

傅識則：「如果您不介意的話，過兩天我想登門拜訪。」

雲永昌：「哦，你還住在學校是吧。週五來吧，到時候讓厘厘去接你，順帶把雲野接回家，一起吃個飯。」

雲厘：「……」

沒和傅識則多說，雲永昌便帶著雲厘回了家。進了屋之後，雲厘忍而不發：「爸，你不能對別人態度好點嗎？」

見她一副吵架的架勢，雲永昌的聲音稍微提高了點：「我的態度哪裡不好了？」

被他威懾，雲厘嗆道：「上次你對尹昱呈的態度就很好，難不成你一定要我和不喜歡的人在一起過一輩子嗎？」

雲永昌沒說話。

雲厘踢了鞋子，直接到廚房裡倒了杯冷水灌下去，試圖讓自己冷靜點。

楊芳聽到父女倆又開始拌嘴，連忙走到廚房門口，雲永昌這次沒有和雲厘吵架的意向，他繃著臉走到廚房，說道：「幫我倒杯水。」

雲厘說：「我不倒。」

見她拗得像頭牛，雲永昌只覺得自己年紀大了，默默地去倒了杯水，問雲厘：「他為什麼休學？」

雲厘不太想提起這件事，不應聲，雲永昌眼睛一瞪：「妳是想到時候他來了我去問本人嗎？」

「……」

雲厘語速飛快地說道：「他有個從小一起長大的好朋友生病了，他本來每天盯著那個朋友吃藥，但是那個朋友偷偷吐掉了。後來病發那個人就跳樓了。他覺得是自己沒仔細檢查他有沒有把藥吞下去，自責了很久。那個朋友是在西科大跳樓的，所以當時他回學校會有陰影。」

她說完後雲永昌和楊芳沉默了片刻，楊芳細聲嘆了口氣：「兩個可憐的孩子。」看起來父母是能理解傅識則的。

雲厘的心情瞬間好轉，她盯著雲永昌，那張冰山臉稍微化了點，問：「後來怎麼回去了？他今晚說的是真的？」

「對啊，他覺得你反對我們在一起，他也想給你女兒更好的生活。」雲厘這兩年多少學到點說話的技巧，她說話帶了點引導性質：「爸，你是講道理的人，你應該能看出來這個事情不關他的事的，對吧？」

「你想想看，如果是雲野因為我的原因……」見雲永昌瞪她，雲厘又閉上了嘴，「我這輩子就這麼個弟弟，我可能頹廢個十年八年都有可能。」

「也算是個重情重義的孩子吧。」雲永昌沒過多評價，便出了廚房門。

接下來兩天，雲永昌都沒問她傅識則的事情，反倒是楊芳問了好幾次傅識則喜歡吃的東西，週五一大清早趕集買了不少新鮮食材。

兩人當天都中午便回家了，仔仔細細把家裡打掃得一塵不染。

在西科大接到傅識則的時候，雲厘愣了一下，他非常正式，穿著得體的白襯衫西裝褲和皮鞋，成對地拎了菸酒茶。

雲厘原本以為，真的只是吃頓飯。

她乾巴巴道：「你今天怎麼準備這麼多東西？」

「禮物給我媽了，她讓我替她轉達謝意。」傅識則說道，他習慣性地靠近雲厘親了一下：「妳這麼用心，我也不能落後。」

雲野只覺得自己又承受了一萬點暴擊。

雲厘還提醒他：「別親，雲野在後面。」

雲野：「……」

傅識則才留意到雲野的存在，他神情淡定，將禮物遞給他：「弟弟，放一下。」

雲野接過，隨手放在後座上，傅識則掃了一眼：「藍色那袋是給你的。」

原本蔫了的雲野立刻來了興致，雙目發光：「我現在可以拆嗎？」

雲厘：「雲野你能不能矜持點？」

雲野：「我一個大男人要什麼矜持。」

語畢，他迅速地拆了禮物盒，見到裡面的東西後歡呼了一聲。

剛好是紅燈，雲厘的視線和傅識則的對上，她笑問：「我有禮物嗎？」

傅識則「嗯」了聲，將雲厘伸出的手掌推出去：「但現在不給妳。」

「……」

雲厘不知道他準備了什麼禮物搞得這麼神祕，笑著問：「那什麼時候給我？」

傅識則沒有直接回答。

「時候到的時候。」

傅識則帶的禮品中有一部分是他父母給雲永昌和楊芳的禮物。

裡面還放了封信寫明他們出差，所以這次沒有來訪，希望雲永昌和楊芳見諒。

對方的禮數周全，雲永昌全程沒有說一句重話。

但和雲厘想的一樣，雲永昌拉著傅識則喝了一杯又一杯。

她想阻止，雲永昌喝醉了，完全不理她，一旁的雲野也拽著她的衣角，讓她坐著乖乖吃飯。

雲野偷偷傳訊息給她：『妳要讓爸和姐夫這麼喝一次，爸的性格就是這樣。』

雲厘：『你姐夫胃不好。』

雲野：『好吧……我去幫姐夫頂兩杯。』

整個過程比雲厘想像的順利，雲永昌拍著傅識則的肩膀，和他反覆說著雲厘的優秀，讓他一定要好好對待雲厘。

雲厘全程煎熬地坐在對面，雲野酒量不行，幫傅識則擋了幾杯就直接去睡覺了。

飯局結束的時候，雲永昌坐在茶几前，語重心長道：「我們厘厘年紀也不小了，你馬上要畢業了，對於未來有什麼打算？」

在雲厘看來，這只差把「你們該結婚了」這六個字直接說出來。

她看看旁邊已經有些不穩的傅識則，他還強撐著坐直身子，脖子上泛著紅。

雲永昌一字一頓道：「我們這一代人思想和你們不同，戀愛不是兒戲，我們當父母的，對子女的婚姻可能比你們認真得多。」

「爸。」雲厘喊了聲，語氣有點埋怨。

雲永昌忽略她的話，和傅識則說道：「識則啊，我這個女兒很倔，我說不過她，但是作為男人，你需要好好考慮你們的未來啊。」

雲厘最不喜歡雲永昌這種，凡是都要為她做決定的模樣。

也不喜歡雲永昌認為她凡是都要依賴別人，凡是都該由男人來承擔的態度。

她剛想吐槽什麼，傅識則忽然拉過她的手，像是明白她的想法，安撫地捏了捏她的手背。

酒喝多了，他的語速比平時慢，卻字字清晰。

「我和厘厘，會一起對我們的未來考慮和負責的。」

兩個人的愛情，本便不該由第三人決定，也不該由之中的任何一個人獨自決定。

這是屬於兩個人的愛情。

下了樓後，雲厘還想著傅識則剛才說的話，在這個家庭裡，她打心底排斥父親對她能力的看低，對她全方位的掌控欲。

在來之前，她其實是擔心傅識則為了討好雲永昌，會一切都順著雲永昌的意——會如雲永昌說的，他作為男人，要由他來考慮兩人的未來，要由他來做決定。

她討厭這種觀念。

她一直很獨立，無論雲永昌如何詬病她內向，不善社交，雲厘依舊僅憑著自己一人做了許多事情。從大一暑假不要生活費和學費，獨自到南燕和英國求學，到最終找到一份看得過去的工作，找了一個自己深愛的男朋友。

她不想自己的事情由其他人來做決定。

剛才傅識則說的話，並沒有把她看成一個附庸物，而是將她視為兩人關係中無可替代的另一半。

雲厘抱著他的手臂，他的腳步比平時不穩，她踮起腳，在他的臉頰側親碰了一下。

傅識則彎唇：「怎麼了？」

「就親一下。」雲厘一個快步站在他面前，抬眸看他，而他身後一輪彎月剛冒出身影。

「妳怎麼想？」傅識則熱熱的氣息撲在她的脖頸上，「關於我們的未來，什麼時候定下來？」

「你先說，參考一下你的意見。」雲厘被他的呼氣撓得癢，笑著推開他的下巴。

她用的力氣不小，傅識則摸了摸被她推開的地方，他低笑了聲：「畢業？」

離畢業也沒多久了。

傅識則這時候說這些話，難免會讓雲厘覺得是今晚雲永昌給的壓力。

她蹙眉說道：「你不用管我爸今天說的話，我爸媽說戀愛要談個兩三年。我覺得這個時間比較適合。」

傅識則並不動搖，重複一遍剛才的想法：「畢業了就可以定下來了。」

他的眼角酒意朦朧，黑眸卻清醒認真。

雲厘看向他的臉，頓時有點緊張，仔細一想，距離畢業只剩半年不到的時間了。

她試探性地問道：「什麼叫定下來？」

傅識則：「如果妳覺得太快的話，可以先訂婚。」

雲厘面不改色道：「那訂婚和結婚通常間隔多久？」

身旁的人偏頭想了一下，在雲厘看來，就是當著她的面捏造了答案：「不知道，可能一兩個月？」

「……」

甚至，他還厚著臉皮繼續說道：「妳覺得久的話，也可以一兩天。」

這和直接結婚有什麼差別！

「我也怕談久了，妳擔心我不負責任。」傅識則想起她上次搪塞他的話，伸手勾過她的脖子，將她拉回到自己懷裡。

雲厘只覺得吸不上氣了，她能聽到他心臟快速的跳動，與她相仿。

兩人真正在一起的時間太短，她還是嘴硬道：「不行，我要考慮考慮。」

傅識則笑：「那妳想想。」

說完，他用下巴在她的左耳蹭了蹭。

雲厘明顯能聽到四周瀰散著他低沉的聲音，匿在空氣中。

但是聲音微弱，又是貼著她聽不見的左耳說的話。

她一個字都沒聽清。

他還在說話，像是在嘗試說服她。

雲厘覺得他醉得一塌糊塗，耐心道：「我聽不見你說話。」

傅識則的醉意已經上來了，幾秒後，他垂眸盯著自己剛才一直蹭著的左耳，恍然道：「說錯耳朵了。」

雲厘覺得傅識則真是醉成大糊塗蛋了。

他鬆開雲厘，換了個方向勾過她的脖子，又如法炮製地蹭蹭她的右耳，語氣討饒似的：「我剛才和妳說——別總是拒絕我。」

「我哪有總是？」雲厘立馬反駁，知道他今晚陪雲永昌喝了不少酒，她站在原處嘆了口氣，轉身看向他，問：「你的胃難不難受，先不說話了，我送你回宿舍。」

「我不難受。」傅識則面色平靜，看起來極為正常。

如果不是他的脖子泛著微紅，雲厘都分辨不出他喝了酒。

「妳剛才凶我了。」

雲厘：「……」

哦，還有他稀裡糊塗的話。

雲厘像哄小孩：「我怎麼會凶你。」

傅識則盯著她看了一陣子，徐徐問道：「妳要怎麼證明？」

「……」

雲厘無言，耐著性子說：「你剛才說的事情是沒辦法證明的，這不就是跟讓我證明昨天吃了飯同樣道理嘛。」

她說了一長串，傅識則卻沒聽進去，自顧自地回答剛才的問題：「親一下就不凶了。」

「……」

他們已經走到汽車旁，雲厘想把他塞進副駕駛座裡，傅識則卻不依不饒，將她壓在副駕駛座的外頭，低聲道：「那我幫厘厘證明吧。」

她的雙手被他扣到車門上，來不及做反應，那溫熱的舌尖便舔了她的下唇，隨即鑽入她的唇內，雲厘被迫後仰著頭回應他。

雲厘載著傅識則去買了點護肝藥，在家裡的時候傅識則還努力控制自己的清醒，到寢室後倒在床上便想睡覺。

「你先起來。」雲厘拽了拽他的手臂，傅識則輕聲道：「厘厘，別鬧。」他將被子直接蓋到肩膀處，像幼稚園裡聽話入睡的孩子：「我要睡一下。」

「這是最後一次喝酒，你知道了嗎？」雲厘坐在他旁邊，有些心疼地說道：「今晚我都想和我爸拚了。」

他迷迷糊糊地「唔」了聲。

雲厘在原處坐了幾分鐘，傅識則似乎真的睡了。

抽屜沒關緊，她拉開來，裡面還放著那幾盒安眠藥，有兩盒已經空了四分之三。

她默了一下，起身，去開水房裝了熱水，和冷水兌到溫度合適，端回房間裡。

她先浸濕了紙巾幫他擦了擦臉，手從他細長的睫毛移到俊挺的鼻翼，再到薄薄的唇上。

將被子掀開，雲厘盯著他的領口，猶豫了一下，還是伸手靠近。

解到第二顆鈕釦時，她的視線上移到他的臉龐，想起今晚的事情，她心裡清楚雖然雲永昌喜怒不形於色，但他應該是蠻喜歡傅識則的。

兩人的關係就這麼更近了一步，她有種不真實的感覺。

雲厘親了親他的唇角，心無旁騖地幫他解開上衣，用毛巾幫他擦了擦身。

輪到下半身時，雲厘戳了戳他：「把褲子脫了再睡覺。」

傅識則沒回應。

雲厘以為他睡著了，掙扎一下，還是沒有那個勇氣，直接幫他蓋好被子。

床上的人低笑了聲，睜開眼睛：「不繼續了？」

「……」

雲厘只想把他從床上抓起來揍一頓，她表情嚴肅：「你一直醒著？」

傅識則見她拉下了臉，不知是不是酒精壯了膽，也不害怕，「嗯」了聲。

「……」

雲厘氣騰騰地走到他面前，傅識則翻了個身，右手枕在自己的頭下，雲厘從上往下看，他迷蒙的眼中倒映著燈光。

傅識則拍了拍自己的身旁，見雲厘不動，他又笑著喚了聲：「來。」

這繾綣的語氣讓雲厘的氣消了，她坐回他身邊，雙腿在床邊踢了踢。

傅識則側過身躺著，伸手從後環住她的腰，輕聲問：「怎麼還幫我擦身子？」

雲厘老老實實回答道：「你身上黏糊糊的，我想讓你能睡好點。」

他的手用了點力，讓兩人更靠近一些，眼尾微微彎起。

雲厘低頭，指尖摩挲著他的手背。

身後是他眷戀的聲音。

「我愛妳。」

回到家時，雲厘到雲野的房間走了一圈，他整張臉埋在枕頭裡。雲厘推了他兩下，詫異道：「你這樣還能呼吸？」

雲厘看出來了，雲野這酒量和她是差不多的水準。

推了兩下沒動靜，她彎下腰用了點力氣把雲野身體轉向側邊，讓他能呼吸得順暢一些。

她沒開燈，只能透過客廳的光線看見雲野的側臉。

雲厘拿濕巾幫雲野擦了下臉，他皺皺眉，撥開她的手，一個轉身將被子直接蓋在頭上。

雲厘沒有平時的脾氣。

可能因為雲野是為了她才幫傅識則擋酒的吧。

年底的時間過得飛快，雲厘忙得不可開交，除了寫畢業論文之外，她以實習生的身分提前到公司入職。

她所在的部門負責遊戲開發。整個組人數不多，每個人手上都同時負責幾個專案，當天雲厘就被安排跟著幾個專案學習。

雲厘的工作內容和遊戲的實現程式碼有關，而她所在的專案是負責開發一款ＥＡＷ提出的ＶＲ遊戲。

第一天剛到公司的時候，周迢便過來問候一下她。

周迢笑道：「工作上還適應嗎？」

雲厘不想讓人覺得她沾親帶故，禮貌而客氣地感謝了對方的關心。

「妍忻，妳帶帶她，我們這裡最有能力帶新人的就屬妳了。」周迢朝坐在一旁的張妍忻打了聲招呼。

作為上司，周迢不吝表現對員工的誇讚，張妍忻羞澀地點點頭。

雲厘突然就明白，張妍忻為什麼不給她周迢的帳號了。

她向來不摻和這種事情，但想到和張妍忻要在同一個組待好長時間，等周迢走後，她還是主動解釋道：「我男朋友是組長學生時期的朋友，還希望妳不要誤會。」

聽了這話，張妍忻對她的態度立馬有了一百八十度大轉彎。

不僅日常對她百般照顧，年底去ＥＡＷ出差時，也帶上了她。

雲厘本來就打算回南蕪找江淵的父母一趟，適逢這次機會，便訂了週末飛到南蕪的機票，同事張妍忻週一才到南蕪。

和傅識則說起要去南蕪的事情時，他直接回了張圖片，是他的機票資訊。

『一起去。』

雲厘怔了，她這次過去是要見江淵父母的，頓了頓，她回了訊息：『你去幹什麼？你博士論文還沒寫完呢，我去那邊有工作在身。』

興許是雲厘拒絕的態度太明顯，傅識則回了一句：『我不能去嗎？』

這五個字看起來有點委屈。

雲厘沒轍，只好說道：『我到時候會很忙哦。』

『嗯。我在家裡等妳。』

盯著這則訊息，雲厘才意識到，他的意思應該是兩人一起住在江南苑。

這次出差是兩個正式員工加上她，一共三人，如果她有住所的話，另外兩人在酒店住一間房即可。

雲厘想著這件事，隨手從衣櫃裡拿了些換洗衣物，和化妝包一起放到小行李箱裡。在箱子前蹲了一陣子，鬼鬼祟祟地起身，從自己上了鎖的抽屜中拿出三個小袋子，謹慎地放在化妝包的夾層裡。

過了一下子，她又將換洗衣服全部拿出，在衣櫥裡面挑挑揀揀，放在身上來回比劃。

期間傅識則打了視訊電話給她，對方把手機放在床邊，他正坐在椅子上，手肘支在膝蓋上，身體微俯看著鏡頭。

「妳收拾好了嗎？」雲厘做賊心虛，語氣不自然道。

傅識則：『不用收，那邊有衣服。』

雲厘還埋在衣櫃裡，隨口應了聲：「哦……我還在挑衣服。」

安靜了幾秒，耳機裡傳出他的聲音：『為什麼挑？』

他的聲線清冷，但說起話來卻讓她面紅耳赤。

「……」

雲厘默了好一陣子，想不明白傅識則的腦子是什麼做的。

見雲厘不吱聲，傅識則繼續道：「挑哪的衣服？」

哪的……衣服……

雲厘瞪了鏡頭一眼，傅識則自覺地噤了聲。

飛機是週六一大早的，傅識則到雲厘樓下接到她，便一起搭車到機場。

飛行兩個半小時，雲厘站在通明寬敞的南蕪機場。

傅識則在她右前方拉著小行李箱，南蕪已經是冬季，空氣極寒，他穿著一身黑色長風衣，看似瘦削，卻讓人不敢動他分毫。

愣神間，她想起和傅識則初見的那個夜晚，那時候的男人臉色蒼白，看起來羸弱而脆弱，帶著極強的疏離感。

留意到她和自己離了兩步的距離，傅識則停下腳步，側身看她。

朝她伸出了手。

她乖巧地將手放在他掌心，問他：「你還記得那時候你來機場接我嗎？」

傅識則：「嗯。」

「我覺得，」雲厘想了想，語氣確切：「那時候的你酷一點。」

「……」

「雖然讓人覺得遙不可及，但可能就是這種距離感，會讓人覺得很有吸引力。」

「剛才妳的話好像是在告訴我。」傅識則面無表情地看向她，「現在，妳覺得我不是很有吸引力了。」

「……」

雲厘語無倫次解釋道：「我應該不是這個意思……」

「應該？」傅識則挑出關鍵字重複了一遍。

雲厘以為他為此不開心，不安地往前走。

牽著她的手沒鬆，走了幾步，雲厘偷瞄傅識則，發現他正在摸自己的臉頰，似乎是在調整自己的表情。幾秒後，神色冷漠地看向她，問她話時毫無情緒：「這樣好點？」

「……」

見她一臉無語，傅識則皺眉：「不像嗎？」

「……」

一路上，傅識則都切換成冷臉狀態。甚至上了計程車後，他坐在外側，和雲厘保持了相當的距離，漠然地盯著窗外。

雲厘覺得他的行為像小孩子，強忍著笑。

傅識則垂頭，在手機上敲了兩下：『酷？』

雲厘：『酷爆了！』

幾秒後——

雲厘：『但是，我覺得你有冷暴力的潛力，過去的半小時內，你對我一直冷臉 QAQ。』

傅識則氣笑了，見到訊息，他更是不吭聲，就像座冰冷的雕像靠在角落。

計程車到江南苑社區門口時，傅識則在付款。

司機猶豫不決，下定決心般回過頭，和雲厘說：「妹妹，妳有什麼事，要記得報警。」

「……」

傅識則拉著雲厘下了車，他面色淡淡，看不出心裡在想什麼。

江南苑的屋中擺設與她走時相比幾乎沒有改變。屋內光線晦暗，空中漂浮著灰塵，剛進門，傅識則從鞋櫃中拿出那次買的情侶拖鞋。

在雲厘換鞋期間，他去將窗簾拉開。

所有和她有關的東西，他都沒有扔，甚至沒有收起來，就讓它們留在原本的位置。

就好像她沒離開過。

就好像只是很久沒回家。

將沙發上的防塵布收好，傅識則用濕巾將沙發表面擦拭乾淨。

雲厘在一旁幫他，擦淨後，沙發還未乾，傅識則直接將雲厘按在上面，她的手被按在冰涼的沙發上。抬眼，那張臉上的冷漠破裂，帶了點笑意，傅識則慢聲說道：「妳覺得我有冷暴力的潛力。」

「司機也覺得我冷暴力妳，還讓妳報警。」傅識則覺得，既然她都這麼說了，他也可以實踐一下，問她：「我現在暴力一下？」

雲厘的眼角都是笑。

傅識則垂眸看她，還是捨不得用力，只是輕捏住她的下巴，四目對視了片刻，雲厘抱住他的脖子，「阿則，你對我真好。」

傅識則：「不說冷暴力了？」

「我知道你不會。」雲厘語氣篤定，她看看四周，原以為這個地方與她澈底無關，傅識則卻一直沒有抹去她的痕跡，她問道：「你怎麼把我的東西都留著了？」

傅識則：「想不到扔的理由。」

也可能只是，和她有關的東西，即便有再多理由，他也不想讓它們消失在他的世界中。

在來南蕪前，雲厘已事先聯絡過江淵父母，今天下午會登門拜訪。

雲厘沒在江南苑逗留太久，找了個去南理工見女同學的藉口，她借用傅識則的車出了門。

自從上次傅識則和她說了江淵的事情後，兩人沒有再對這個話題交流過。

他的表現總會讓人覺得，好像沒什麼在困擾著他。

雲厘想起他抽屜裡消耗了大部分的安眠藥。

剛到公司的時候，周迢曾和她說過，江淵是獨子，Unique 的幾人和他情同兄弟，在他離世後，周迢和 Unique 的其他成員湊了筆錢給他父母。

當時，江淵父母和周迢反覆確認，裡面沒有傅識則給的錢，才願意收下。

這件事情，傅識則也是知道的。

周迢還和她說，這麼多年一直有人偷偷寄錢給江淵的父母。

雲厘抿緊了唇。

這個事情就像，江淵父母無法接受自己兒子的離世，將責任強行轉加給傅識則。

但他做錯了什麼呢，需要這麼多年背負這種內疚和對方施與的罪名？

周迢給她的地址離江南苑只有半個小時的車程，導航過去的路上，她的心中忐忑不已。

江淵家所在的社區是上世紀九十年代修建的，老樓陳舊，牆上以及舊式外凸形的防盜窗上鏽跡斑斑。社區處於南蕪的另一個老城區，產業遷移後只剩下老人居住。

到樓下後，雲厘按了門鈴，很快江母應聲開了門。

房子在六樓，沒有電梯，雲厘走到三樓時便看見下樓來迎接她的江父和江母。

江淵比傅識則大幾歲，他的父母現在應該五十歲左右，但蒼老的容貌看起來卻像六十多歲的人。

兩人熱情地招呼她上樓，對她噓寒問暖。江淵在西科大上學，而雲厘最初聯絡他們時也告知對方自己是西伏人，他們絲毫沒有懷疑她的身分。

房子不大，一眼望去是兩房，屋內裝飾簡約樸素，家具有些年代，客廳中央卻放了個二十七吋的液晶電視。

「已經很久沒有淵淵的同學來我們這了。」江母露出淺笑，招呼雲厘到茶几前坐下。聽到這話，雲厘看向她，眉眼的皺紋讓她莫名也有點心酸。

桌上已經備了不少水果。

她打開電視給雲厘看：「這個電視還是兩年前淵淵的同學送的，不過我和他爸爸一直不在家，也沒接到電話，到現在也不知道是誰送的。」

雲厘：「您二位過得好嗎？」

江父笑了笑：「挺好的，日子也就這麼過去了，想念兒子的時候就去房間看看他的東西。」

「我可以看看學長的房間嗎？」雲厘沒有直接道明自己的來意，江母似乎習以為常，起身帶她到房間。

江淵的房間不大，南邊是一扇老式窗戶，窗臺擺了兩盆植株，床褥還鋪著，旁邊是一張木製的學生書桌，上方擺滿了國小國中到高中各種教科書。

屋內的陳設就像仍有人在居住。

牆上貼了幾張合照，用參差不齊的膠帶簡單地覆在四角。照片沒護貝，已經氧化發黃以及掉色。

她看到裡面幾張都有傅識則，是江淵父母帶著他們去釣魚和打球的。

見到雲厘在看照片，江母說道：「照片裡是我和他爸爸，還有淵淵從小一起長大的一個朋友。他是淵淵同班同學，妳認識他嗎？」說到這裡，她嘆了口氣，「淵淵把他當成自己弟弟，我們也把他當成自己的兒子。但自從淵淵走了，我們也很多年沒見他了。」

「……」

「他也是個好孩子。」

雲厘：「他不來看您二位嗎？」

面前的女人默了默，眸色黯淡道：「來過，我們讓他不要再來了。」

雲厘順著話，試探地問道：「他做了什麼嗎？」

「那個孩子單純，可能自己的行為不經意間傷害了淵淵，他不知道。」江母注視著照片，「淵淵生病了，他答應我們看著淵淵，但他當時忙，可能也沒太上心吧。」

她語氣平和但卻堅決：「作為父母，我們沒有資格替淵淵接受他的補償。」

在江淵父母的視角裡，他的最後一篇日記，無疑是在說自己被傅識則的優秀壓垮，而他們也不能接受傅識則明明說他把藥吞下去了，而最後江淵是沒有吃的。

就像傅識則根本沒把江淵的事情放在心上，沒監督他吃藥，沒注意他的情緒，只追求自己的發展。

在來之前，雲厘出於對傅識則的心疼和保護欲，或多或少對江淵父母有些憤悱，她原以為會面對的是對固執剛愎、怨天尤人的父母。

那樣她可能還有理由去說服自己重提對方的傷心事。

但對方很冷靜，因為從他們的角度看，事實便是這樣的。

雲厘問：「我可以看看他的書嗎？」

「可以啊。」江母很快從剛才的情緒脫離出來，溫柔道，「大部分都是教科書，這裡有幾本淵淵小時候的日記本，妳想看也可以看看。」

她從書架上拿出幾個本子，封皮都是卡通超人。

江淵寫日記的時間並不固定，大概是每週一次，會記錄那週發生的重大事件，日記大多天真無憂，裡面寫了很多自己成長的趣事，也有許多傅識則的身影。

在這些日記裡，雲厘讀出了一個訊息。

——江淵將傅識則視為弟弟。

雲厘翻了翻，到大一結束，日記就中斷了，在那時候，他的日記裡幾乎不存在消極的情緒。

她頓了下，抬頭問他們：「學長上大學之後就不寫日記了嗎？」

江淵的憂鬱症應該是出現在博士階段。

「我們把他寢室的東西都帶回來了。」江母看起來也有些疑惑，「我和他爸爸沒找到別的日記本。」

雲厘想了一下，問她們：「學長有電腦嗎？」

「有啊。」江母立即拉開抽屜，裡面放著一臺很厚的筆電，旁邊整齊放著一些紀念品，雲厘留意到裡面有個 Unique 標誌的東西。

「這個是淵淵參加的戰隊，淵淵參加這個戰隊拿了好多冠軍。」提起江淵的舊事，將東西遞給雲厘時，江母眼中閃爍著些許驕傲。

看了一陣子，雲厘才意識到，這是個隨身碟。

上面有非常明顯的使用痕跡。

「阿姨，要不然我幫妳找找吧？說不定能找到學長後面幾年的日記。」

江淵父母看起來並不是常使用電腦手機一類的人，聽雲厘說要幫他們找日記，朝她連聲道謝。

開電腦花了相當長的時間，老式筆電卡頓得厲害，雲厘耐心地等了幾分鐘，出現的桌面是一架無人機的圖片，她愣了下，是雲野帶走的那架無人機。

沒來得及深究，雲厘直接將隨身碟插上。

隨身碟裡沒有其他東西，只放了一個 word 文檔。

雲厘點開，發現裡面是江淵大二以後的日記。

他的日記頻率下降，變成一個月一次，雲厘快速地掃過去。日記的後半部分記錄了從大四開始的經歷。

巨大的落差感和壓力來源於他的研究所生活，江淵開始變得越來越忙。儘管工作勞碌，他的導師依然不斷擠壓他的個人時間，數次對他進行嘲諷打壓，無論是在生活，研究還是工作方面。

一開始江淵以為能透過自己的能力扭轉這個局勢，但導師全方位剝奪他的時間和成果，他讓江淵幫自己帶孩子、買飯、買菜等等，他將江淵所有的產出視為垃圾，但轉頭又把成果的署名權搶走，如果江淵不同意就用退學威脅他。

江淵向學院檢舉，寫信給校長，然而都沒有起到效果，甚至會進一步招致導師在公開場合的辱罵。

自信和意氣風發被一步步消磨，變得殘破。然而，父母對他抱有極高的期待，甚至指望他能當個教授，改善家裡平凡的經濟環境和社會地位。

每每舉起電話想傾訴一番，聽見父母殷切的問候後，他只好憋了回去。

「我這裡一切都挺好。」

從第一年開始，江淵就已經難以接受，他極度痛苦，想改變這一切。但實驗室其他人都默默地忍受著，他是裡面反抗最激烈的一個。

獨自反抗的他，像是個跳樑小丑。

很快，他開始懷疑自己的能力，是自己不能平衡所有的事情，是自己不能讓自己的導師滿意。

他偶然和父母提過退學，但引起他們的強烈反對。他早期和傅識則吐槽過一些，後來怕傅識則覺得他無能，便將所有的事情都壓在心底。

在這幾年的日記中，偶有快樂的片段，都是和自己的好兄弟去參加比賽、去打球、去爬山。

『感覺這輩子最幸運的兩件事情，一件是爸媽很愛我，另一件是有個好兄弟阿則。』

『想了很久，還是決定去看心理醫生，結果確診憂鬱症了。更難過了，很對不起爸媽。但想到無論自己發生什麼事情，阿則都會幫我照顧爸媽的，總歸還是一件幸運的事。』

『吃藥還是有用的，很少去想那些消極的事情了，馬上要參加比賽了，今年應該又能拿冠軍。』

『最近好一點了，老闆好像有放過我的念頭了，和我說好好寫文章，吃了藥後注意力很不集中，我打算停一段時間的藥，先把手上的文章投出去，達到博士畢業要求後再繼續吃藥。爸媽和阿則肯定不會同意，阿則天天杵在辦公室門口盯著我吃藥，像門神似的，要是被他發現我沒吃藥立馬翻臉了。唔，大家都很關心我，所以我也不想讓大家失望呀。』

這是江淵這份日記文件中的最後一篇。

雲厘看著這份日記，回過神時，才發現臉頰兩側都是淚水。

和傅識則說的一樣，江淵溫柔地對著這個世界，愛著周圍的人，卻受到了不公平的待遇。

見她流眼淚，端水果進來的江母慌了，雲厘用手背擦了擦淚水。手機剛好震了下，是傅識則的訊息：『厘厘，什麼時候回來？』

「我找到學長的日記了，我剛才看了。」雲厘吸了吸鼻子，江父聞言立馬跑到房間裡，對於兩個人而言，兒子去世後，他們只能瘋狂地尋找以前和他有關的事物。

雲厘替他們找到了整整六年的日記。

兩個人戴著老花眼鏡看，他們的眼睛已經不好了，看一下螢幕，便酸澀發疼。見狀，雲厘告知他們基本操作，便下樓到附近的影印店印了兩份。

回社區的路上，傅識則打了電話給她，電話對面有些嘈雜，他語氣隨意：『回來時到超市帶上我？』

「阿則。」雲厘停頓了一陣子，才艱難道：「今天我不是去南理工找我導師。」

『……』傅識則沉默片刻，『妳在禾苑？』

「對……」雲厘垂下眼睛，「我找到了江淵哥哥最後幾年的日記，要不要我開車去接你過來？」

『不用，我搭車過去。』

傅識則沒有問她在禾苑的原因，也沒有問她日記的內容，而是問道：『有沒有難為妳？』

「沒有……」

『嗯，妳在外頭？』聽到她電話中的雜訊，傅識則自然地推斷，雲厘「嗯」了聲，他語氣平靜道：『待在外頭，等我過去。』

雲厘掛了電話，在原地發愣。

她以為這個時候，傅識則會更關心日記的內容，而不是她。

但他絲毫沒有提及，他來的目的，只是不願她遇到什麼事情，所以讓她待在外頭。

雲厘沒有聽傅識則的，她回到屋裡，將列印出來的兩份日記遞給江淵的父母。

她耐心地陪兩個老人翻閱著。

看到最後，江母滿臉都是淚水，她捂著臉痛哭道：「發生了這麼多事情，為什麼沒跟媽媽說，為什麼不聽醫生的話啊……」

她忽然麻了一下，江淵和她提過，他說自己不太適應博士的生活，想退學直接去找份工作。

跟許多父母一樣，他們沒聽進去，他們只關注兒子的大好前程。

可是……

江淵只要再跟她說一句就好了。

她再怎麼樣，最在乎的還是自己兒子能平平安安地活著啊。

雲厘沉默地陪在旁邊，等他們兩人的情緒都穩定了，才輕聲說道：「叔叔阿姨，你們不要難過了，學長那麼愛你們，不希望你們這樣的……」

她頓了頓，鼓起勇氣說道：「其實我這次來是因為傅識則。因為學長的事情，阿則他一直很內疚，也因此休學了很長一段時間。」

「叔叔阿姨，當年發生的事情，真的不能怪阿則，他那麼重感情的一個人，把學長當成自己的親哥哥，你們看學長日記裡也有寫，阿則是有看著他吃藥的，他也很希望學長活下來。」

雲厘陸陸續續和他們說了傅識則的事情，她的手機反覆震動。幾分鐘後，有人敲了門。

江母去打開，見到傅識則的時候明顯怔了下，他默然地進屋，見到雲厘平安坐在沙發上，微皺的眉眼才鬆開。

傅識則已經有三年多的時間沒有見過江淵的父母了。

這個屋子也有幾年的時間沒來了。

二老的生活看起來一切如常。

習慣性的，傅識則認為對方並不想見到他。

這麼多年，對江淵、對江淵父母無盡的內疚壓得他喘不過氣來，重新出現在他們的面前，傅識則一時間不知道應該說什麼。

雲厘看著他低垂著頭，髮絲遮住部分眼眸，在這個逼仄陰鬱的空間內，他瘦削的肩有些僵硬。

「你們先走吧。」江母站在門口，話中帶著起伏。

「……」

驟然被下了逐客令，雲厘聲音有些發顫：「叔叔阿姨，學長沒有怪阿則，你們也不要怪他了好不好。」

兩人面色沉重，又說了一遍：「你們先走吧。」

「叔叔阿姨……」雲厘懵懵地重複了一遍，傅識則走到她身邊，牽起她的手往外面走。

到門口時，他停下腳步，偏頭說了唯一的一句話。

「請照顧好自己。」

第二十九章　和解

門關上的聲音在走廊裡迴盪。

雲厘渾身一震，望向傅識則。

他垂眸靜靜地看著樓梯，片刻後，側頭和她視線對上。見她滿眼通紅，他眉眼鬆鬆，帶著安撫的笑摸摸她的臉頰：「別哭了。」

雲厘本來還能控制自己的眼淚，聽到他這句話，喉間一陣哽咽：「我好像搞砸了。」她讓他更難受了。

傅識則拉著她下樓，等兩人到了陽光底下，雲厘才留意到，他戴了那條灰色圍巾。南蕪的溫度是個位數。

傅識則將圍巾摘下，拉著長邊，一圈圈幫她套上，順帶輕輕捏了捏她通紅的鼻子。

「沒有搞砸。」他俯身，視線和她對上，他平淡道：「其實我見到他爸媽心裡不會有太大起伏。」

「但是，」傅識則的吻落在她的額上，「謝謝厘厘。」

他看著眼前的人，睫毛顫動著，帶點水跡，臉埋在圍巾裡。

確認他的神態不是裝出來的，雲厘心裡稍微放鬆了點，不過幾秒後，又悶悶地問他：

「你心裡還對江淵哥哥內疚嗎？你是不是還覺得他在怪你？」

傅識則默了一下，點點頭。

「你有看過他後面幾年的日記嗎？」雲厘的聲音還帶著鼻音。

「到大一，以為他後來沒寫了。」

大部分的人也都是這麼認為的，更何況江淵後來的日記間隔越來越長。

雲厘在手機上備份了江淵的日記，她將檔案傳給傅識則，兩人回到車上。傅識則坐在駕駛座上，默默地翻著頁。

「我相信叔叔阿姨也能想明白的，他們不會再怪你的。」雲厘將手覆在他的手上。

一開始雲厘打電話給傅識則的時候，他的關注點完全不在江淵的事情上，而是擔心雲厘碰壁或吃癟後難過。

看完後日記後，他不發一言，只是關上手機，坐在原處出了神。

時隔六年多，才有人聽見江淵的真實心聲。

所有人都誤會了，江淵沒有怪過傅識則。

在那個時候，大部分的人對憂鬱症還沒有認知和共識。江淵最後停藥，只是希望自己能變得更好，他也以為自己會變得更好。

他最後停藥，目的不是為了離開這個世界。

他還愛著這個世界上的人。

他最後寫下的那篇滿是痛苦的日記，在裡面埋怨傅識則的存在，僅僅是因為發病時的無法控制自己。

理智上來說，他不需要再認為自己是罪人了，江淵從未厭惡他的出現，最後悲劇的產生並不全是由於他的疏忽，江淵有不吃藥的計畫，總有實施的辦法。

他不必再因為自己有了正常的生活而心存不安。

然而此刻，文字裡嵌著的苦澀湧上心頭，就像過去的情緒瞬間翻湧幾乎將他淹沒。

原來，他也想活著啊。

他斂了情緒，輕「嗯」了聲回覆雲厘，便啟動了車子往江南苑開。

全程雲厘偷偷觀察著他的神態，他有些心不在焉，駕車時變道亮燈的反應比平時慢許多。

「計畫多久了？」開車回去的路上，傅識則問她。

「沒有計劃……」雲厘支吾道，「在見到他父母前，其實我都沒有想清楚要說什麼，我只是希望，他們能不再怪罪你了。我也想找到證據，讓你不要怪自己了。」

「其實你和我說起江淵哥哥去世前寫的那篇日記，我是有點怪他的。」

總覺得是那篇日記的存在，才讓傅識則被指責和內疚折磨了那麼多年。

傅識則開著車，目光放在路況上，他應道：「不要怪他。」

前車剎車，雲厘看著前車的紅燈，也喃喃道：「嗯，不該怪他。」

雲厘想起那一天，紅跑道上的帆布鞋，對方溫柔的笑化在日光裡。

不應該因為最後的階段，而讓人忘了他前二十年的溫柔和善良。

溫柔的少年，從來沒做錯什麼。

頓了好久，雲厘才看向傅識則：「那你呢，你還怪自己嗎？」

天色漸暗，傅識則的眸色已經看不清了，汽車穿梭在往來的人和車中，片刻後，他笑了笑，讓人分辨不出情緒：「我不那麼怪自己了。」

車停在社區裡，兩人到附近的菜市場打包了些熟食當晚飯。剛在桌上坐下，雲厘意外地接到了江淵父母的電話。

他們想和傅識則說話。

雲厘把手機遞給他，傅識則起了身，拉了張椅子坐在陽臺上。

「江叔、江姨。」

傅識則已經許多年沒喊過這個稱呼。

空中只有颼颼風聲。

『孩子，聽江叔江姨和你說一聲對不起，這麼多年來，我們接受不了，愛著我們的淵淵怎麼會忍心丟下我們，都怪在你頭上。』江父的聲音發顫，『我們是看著你長大的，怎麼會，錯怪你那麼多年。』

他們自己才想起來，他們看著傅識則從三歲長到二十歲。

他從小就不在父母的身邊，每次跑到禾苑就都要吃他們做的菜。

他們心疼這個孩子，父母給了他優渥的資源，卻沒有給予陪伴和愛。

每年的兒童節，都是他們帶著他和江淵去遊樂場玩。

這麼幾年，因為痛苦和怨恨，他們將一切責任歸咎到這個將他們視為家人的人身上。

江淵發生的事情，是所有人都不願意見到的。

說完他自己眼裡泛起了淚水，『是江叔江姨不好，沒照顧好淵淵，也沒照顧好你。』

『今天厘厘和我們說了很多你的事情，你也聽叔叔阿姨說，淵淵是個好孩子，他會希望你好好活著，而不是因為他過得不好，他如果知道的話，會很傷心的。』

江淵確實會這麼想的。

他會希望他好好活著。

這樣的江淵，才是傅識則認識了十七年的人。

那困擾著所有人的痛苦回憶，並沒有在今天瞬間消逝。傅識則腦中一瞬閃過無數的影像，最後均化為空白。

他也希望江淵好好活著，只不過，不再是那麼強的執念。

他「嗯」了聲。

聽到他的應答，電話對面的人懸著的心終於放下來。

傅識則想起了很多個坐在這裡的夜晚，對面的樓層換了一戶戶的人家，失去摯友時的絕望、痛苦、內疚似乎隨著這幾年發生的事情，漸漸地從生命中淡去。

有些一直以為跨不過的坎，終究成為了無數過去中的一筆。

雲厘拉了張椅子坐在他旁邊，他剛掛電話。

冷風中，雲厘緊緊地抱住他。

感受到身體上的溫度，傅識則回過神，低頭，鼻間是她髮上淡淡的花香，他僵硬的身體動了動，回抱住她。

「他們說了什麼？」

傅識則用簡單的幾個字概括：「說不怪我了，讓我好好生活。」

聞言，雲厘心裡也有說不出的感覺，一切的事情像是解決了，卻沒有如期的開心：「那你心裡是什麼想法？」

「我想好好生活了。」傅識則回抱住她，輕聲道：「和妳一起。」

想好好生活，想澈底放下心底最為罪惡的部分。

雲厘用盡自己最大的力氣抱住他，抬眸時，他的雙眼空洞，定定地看著對面。

雲厘抿抿唇，問他：「你現在想起江淵哥哥是什麼感覺？」

其實傅識則也不知道。

大部分時間裡，他都不會想起江淵。

幾年過去，傅識則已經想不起那整夜的雨、沖淡的血。

記憶像是停止在出事前，江淵拎著飲料到他辦公室，和他聊天的畫面。

就像大腦在進行自我保護，將那段記憶永遠封存起來。

傅識則神色黯淡道：「我希望他還活著。」

他可以不再那麼怪自己了。

他可以不在夜裡被內疚侵蝕，像枯朽的骨在歲月中黴爛。

然而，即便過了這麼久，江淵離世帶來的傷痛是沒有消失的。

只是他不再那麼敏感，只是這種傷痛，讓人熟悉到麻木了。

「很長一段時間，我都接受不了這件事情，也許直到現在，我也還沒有接受。我希望他當時吃了藥。」

最親的家人、朋友的離世，活著的人可能要用一輩子來修復傷痛。

傅識則說這些話的時候，情緒平靜，卻毫無生機。他垂下頭，不再掩飾自己的真實情緒，像個易碎的瓷娃娃。

「厘厘，妳是我最親的人了。」

所以，無論發生什麼，都不要像其他人一樣離開。

他是個很脆弱的人。

如果沒有她的出現，他早已承受不了這些。

「那你最親的人，」雲厘捧住他的臉：「唯一的願望就是你快樂，並且她願意用一輩子的時間來實現這件事情，你願意幫助她嗎？」

傅識則身形頓了頓，思緒抽回來，偏了偏頭，問她：「這是……求婚嗎？」

雲厘：「……」

「你太厚臉皮了。」雲厘原本說得誠誠懇懇認認真真，一下子破防：「我哪有求婚了？」

「哦。」他的語氣略帶失望，試探完後還當做無事發生：「只是求證一下，以免妳有言外之意。」

「……」

雲厘彆扭地問道：「你願不願意嘛……」

總覺得此刻的問話有別的含義。

他眼角帶點笑，語氣莫名其妙有些鄭重：「我願意。」

收拾好碗筷後，雲厘窩在傅識則懷裡看電影。

「剛才那兩個人是一對嗎？」雲厘抬起頭問他，傅識則愣了一下，沒答上。

見他完全沒看電影，雲厘知道他在想事情，她回房間拿了ipad，打開提前下載好的一款雙人遊戲，叫做《Fingle》。

將ipad平放在沙發上，傅識則和雲厘面對面坐著。

遊戲的規則很簡單，需要兩個人用手指控制地圖上的方塊，到對應的位置。最開始時，螢幕上只有幾個方塊，移動的路徑也很簡單粗暴。

但隨著他們過了一道道關卡，遊戲難度上升，需要他們控制的方塊會變多，甚至會移動，他們放在螢幕上的手指時常交錯。

傅識則的注意力被這款需要動腦的遊戲吸引。

傅識則很快便摸清了規律。

雲厘不願意承認自己在這種遊戲上也能被他碾壓，事先打了預防針：「你不能提示我。」

傅識則微揚眉，耐著性子道：「知道了。」

每一次都是他先固定好自己的手指位置，雲厘再用手指操作剩餘的方塊。空餘的時間，傅識則便垂眸看她。她離得很近，移動手指時身體會輕微晃動，客廳只開了盞橘黃的小燈，恰好打在她的身上。

他盯著她，不留意間，整個世界只有眼前的身影。

雲厘不斷腹誹自己的手怎麼這麼笨，再一次因為她的操作導致遊戲失敗，她氣鼓鼓地抬頭，卻直接對上傅識則深邃的眼。

兩個人都離平板的螢幕很近，離彼此也只有一公分的距離。

雲厘一時緊張，低頭，直接開始了新一局遊戲。

傅識則的手還停在平板上，卻沒有移到方塊上，而是往前，握住她的手指。

雲厘還打算繼續，見狀，問他：「不玩了嗎？」

傅識則：「想玩別的。」

「……」

他只需要往前移動一小段距離，便直接覆上她的唇。順著她的手指往上，滑過手腕，隨後托住她的後腦。

他的另一隻手撐在她的腿邊，將她逼到沙發的角落，把她的一隻手按在沙發上。

雲厘感覺自己的脖子頂著沙發的邊緣，她被動地回應著他的吻，想起他剛才的話，用手抵住他的胸膛：「我又不是玩具。」

「我是玩具。」傅識則冷不防說道，將她的手拉到自己的身上，「妳想玩嗎？」

「……」

雲厘一下子說不出話來。

傅識則又問：「不想？」

他垂眸，一臉清心寡欲，但話裡卻帶著明顯的暗示，雲厘盯著他充滿光澤的下唇，咽了咽口水，想到自己還沒洗澡，她淡定地推開他。

「不想。我要去洗澡了。」

見傅識則沒攔著，雲厘的腿試圖移到沙發底下。一不小心碰到他，傅識則笑了聲：「故意的？」

「……」

雲厘立刻衝回房間，打開自己的行李箱，佯裝剛才的事情沒有發生，找著換洗的衣服。

傅識則在衣櫥裡找了兩床被子和被單，分別放到他們各自住的房間。

她故作鎮定地問：「你去收拾床嗎？」

床上積了灰，需要擦拭了後才能鋪床單，傅識則「嗯」了聲，拿了條清潔抹布。

雲厘拿出化妝包在梳妝檯前迅速卸了妝，拿起睡衣走到洗手間，傅識則遞了條新的毛巾給她。

脫了衣服，雲厘走到淋浴室，看著牆上的瓶瓶罐罐，才想起沒拿洗面乳。

將門打開條縫，她探出半個腦袋：「幫我拿一下洗面乳。」

傅識則的聲音從房間傳來：「在哪？」

「在化妝包……」

雲厘突然想起了夾層裡放的幾個小袋子，聲音戛然而止。

她剛慌亂地說出「不用了」三個字，看見傅識則從房間走出來，手裡拿著她的洗面乳。

他的神態很自然。

應該什麼都沒發現。

「別著涼了。」傅識則從門縫遞給她，催促她去洗澡。

鬆了口氣，雲厘拿起蓮蓬頭，熱水淋到身上，騰騰的煙霧中似乎出現了她腦中不可言說的畫面。

洗完澡後，雲厘坐在梳妝檯前抹護膚品，這個梳妝檯是上次傅識則特地買給她的，她記得當時自己嘟囔道：「總感覺這屋子裡沒有女生的氣息。」

隔日傅識則帶著她去挑了個歐式的梳妝檯，配了超大的圓鏡。

雲厘往後看，傅識則正在鋪床。

她慢慢地吹著頭髮，吹風機的聲音嘈雜，短髮只需一兩分鐘便能吹到半乾，現在長而密的髮需要十幾分鐘才能吹乾。

她想起兩人初見的時候，至今已經過了這麼長時間。

有些人在時間不知不覺地流逝後，依然在你的身邊。

抬眸，她看見鏡子裡傅識則的身影。

他的手指放在她的髮上，接過吹風機，動作輕柔地幫她吹著頭髮，空氣中充盈著熱氣和濕氣，她盯著鏡中那撫弄她髮絲的手指，撩起她肩處的髮絲時，有意無意在皮膚上滑過。

平日裡吹風機擾人的轟轟聲，在此刻阻斷了其他的聲音，讓肩上的觸感更為清晰。

再下一秒，雲厘抬頭時，他關了吹風機。

空氣中一片安靜。

傅識則將她的頭髮撥到肩後，雲厘看著鏡中的自己，還有身後的他。他的手放在她的髮上，卻沒有離去，而是移到了她的脖頸上，輕輕地撫著。

雲厘一時有些呆滯，傅識則垂眸，她穿著平領的白色睡衣，領子並不高，鎖骨處的皮膚看起來幾近透明，還帶點未擦盡的濕潤。

他冰涼的掌心下滑，與她溫熱的皮膚對比鮮明，被觸碰的地方灼熱。

在某一瞬間，雲厘渾身一僵。

她想起身，傅識則的左手卻按著她的肩，俯身輕輕啃咬她的耳垂，異常滾燙而又密密麻麻的吻落在她的頸間。

一兩分鐘後，傅識則將右手縮回，單膝蹲下，手一用力，直接扯過椅子，讓雲厘面對著自己。

雲厘低頭望向那雙眸子，沉沉的，純粹得只剩一種情愫。

雲厘的呼吸急促起來，她輕聲道：「你看到了？」

「嗯。」傅識則含糊地應了聲，與此同此，他托住她的脖頸，讓她低下頭，舌頭肆意地竄進她的齒間。

雲厘意亂情迷，但還是死要面子，斷斷續續道：「我、我是以防萬一。」

傅識則輕笑了聲，輕咬了下她的脖子：「是我忍不住。」

「我、我還沒做好準備。」雲厘手足無措，瑟縮道。傅識則偏了偏頭，問她：「什麼時候買的？」

「……」

雲厘只想找個洞把自己埋進去：「兩個月前……」

「對不起。」傅識則說了聲，卻沒有任何歉意：「讓妳等了這麼久。」

「……」

他的呼吸撲在她的頸肩，雲厘茫然然地睜著眼睛，感覺他吻落下的地方像無數電流穿過。

她咬住下唇，耳垂處的觸感讓她被動地別開頭。

等他的動作稍微放緩，睜開眼睛，雲厘怔了怔，本能地將衣服往下扯，卻被傅識則扣住手腕，他咬了下她的脖頸，唇裡呢喃著：「別鬧。」

知道她心裡怕什麼，傅識則停下動作，只是盯著她，視線緩緩往下。

雲厘別開臉，小聲道：「你別看了。」

他笑了聲，說了句「那我不看」，卻沒有停下落在每一個角落的吻。

雲厘感覺渾身熱乎乎的，無法言說的渴望從心底滋生，她低眸看著被他扣得緊緊的手腕，用另一隻手去解他的釦子。

而後一切如疾風暴雨，他直接抱起了她，將她放在鋪好的床上。

「知道嗎？」傅識則貼著她的耳，「硬著鋪床的。」

他毫無忌憚地在她耳邊繼續低聲道：「鋪完床還要幫妳脫衣服。」

雲厘因為他調情的話面紅耳熱，她毫無懼意，帶著情意的眼睛望向他：「那我幫你脫？」她盯著他身上的襯衫，毫不掩飾地說道：「每次看你穿白襯衫，都想幫你脫掉。」

他穿起白襯衫時，總會讓人覺得清清冷冷不可靠近，卻讓她有更強的企圖，想看見另一個他。

「嗯。」傅識則順從地靠著床頭，任雲厘坐在他身上，將釦子一個個解開。

傅識則耐著性子等她，手卻不安分地握住她的腳踝，用指腹摩挲著。

雲厘雙腿發軟，按住他的手。

「不要。」雲厘對他剛才的行為表示抗議。

傅識則忽略了這句話，待雲厘繼續解釦子的時候，又輕握住她的腳踝。

雲厘紅著臉道：「你上次不是說，只要我說不，你就不繼續了？」

傅識則看著她，笑了：「沒說過。」

「……」

這笑容在雲厘看來有些無恥，她不滿地從上往下看著他。

他就像被動地被她壓在下面，讓她產生了種占據了主導權的錯覺，她不自覺地說道：

「你要聽我的。」

腳踝處的摩挲讓她心裡想要更多，雲厘拋卻自己的克制，主動低頭吻上他的喉結，傅識則呼吸聲加重，他催促道：「這次也只脫衣服嗎？」

雲厘想起上次在寢室發生的事情，她順應著自己的內心抬起手，眼睛始終與他對視。墨黑的眸帶著欲念，幾乎將她吞沒。

他輕輕一帶，兩人互換了位置。

雲厘望著面前這張臉，她想起那年見到的影片，那應該已經是九年前了，那時候少年青蔥，氣質溫潤，而眼前的男人下顎線硬朗，銳利的眉眼被情愫打破了理智。

他即將，澈底屬於她了。

她心裡產生了極強的占有欲和滿足感。

雲厘往前迎，勾住他的脖子，傅識則抱著她的雙肩，力道逐漸變重，她感覺到無數毫不克制的吻落在她的身上。

傅識則從枕頭底下摸出個袋子，隨後是塑膠撕開的聲音，還有他充滿蠱惑的喚聲。

「雲厘厘……」

三個字飄進她的耳中，她渾身一麻，猝不及防地，雲厘抓緊被單，見她疼得蹙眉，傅識則耐心地吻著她的眉間。

「厘厘……」

隨著他的喚聲，他一寸一寸地將彼此拉得更近，隱忍而柔和。見她眉間完全舒展開，傅識則沙啞著聲音問：「好點了？」

雲厘紅著臉輕點了頭，用手擋住他的肩膀，磕磕絆絆地問他：「能不能開點音樂？」聽出她聲音裡的示弱，傅識則低低地笑了聲，從右側拿過手機遞給她。

雲厘顫著手點開音樂軟體，復古悠揚的樂聲響起，她試圖將聲音調至最大，卻幾次都沒有按到按鈕。

她瞪了始作俑者一眼，他只是輕輕地笑，溫柔的吻落在她額上。

將手機推到一旁，傅識則從床頭扯過一個枕頭。

雲厘感覺樂聲彷彿有了力量，無論是綿長悠揚還是跌宕起伏，每一個節拍都清晰可聞。她緊緊咬住下唇，卻被他用指尖輕輕撥開唇齒。

傅識則的唇貼著她的右耳，吐出兩個不清晰的字眼。

「愛妳。」

溫存過後，傅識則起身去廚房倒了杯溫水，雲厘正坐在床上，用被子將自己裹成粽子，聲音沙啞地問道：「怎麼辦？」

傅識則順著她的視線看向床單，隨意道：「去我房裡睡。」

將水遞給她，雲厘咕噥喝了幾口，喉嚨舒適了些，小聲問道：「要一起睡嗎？」

傅識則垂眸：「妳想自己睡？」

雲厘身上仍痠疼著，她擔心他半夜又做什麼，還是遲疑地點了點頭。

傅識則：「我不想。」

「……」

不僅如此，傅識則完全沒問她意見，直接連著被子將她抱起，走到他的房間去。他的床上只鋪了床單，卻沒有被子。

「……」

雲厘才意識到，從一開始他就沒打算兩個人分兩張床。

雲厘一口氣堵在喉嚨口，生著悶氣窩在角落，不明白他為什麼還要假裝徵求她的意見。

傅識則覺得好笑，過去摸了摸她的臉蛋，她別開臉。

碰了壁，他也不氣餒，直接靠近她在她臉上親了下。

「……」

「你……」雲厘一時間想不到怎麼吐槽，憋了半天，說出幾個字：「好厚臉皮。」

傅識則勾了勾唇，看起來反而像是在享受她軟綿無力的吐槽。他將床上的枕頭放裡頭：「少了一個。」

他轉身，雲厘以為他要去拿她房間的枕頭，情急之下也不管自己生不生氣了，用被子擋住半張臉，聲細如蚊：「那個，髒了。」

傅識則沉吟了下，應道：「家裡還有很多枕頭。」

「……」

見他的身影消失在門口，雲厘想起今晚發生的事情，那些感官被他完全占據的時候，那些細膩清晰的親吻和撫摸，臉紅得要滴血。她裹著被子下了床，走到他的衣櫃前，隨手拿了件襯衫套上。

還沒找到舒適的褲子，傅識則便開了門，雲厘一心急，直接坐回床上，膝蓋碰著膝蓋壓著床，將襯衫往下扯了點。

寬鬆的襯衫，再加上她頭髮凌亂，眼神慌張，傅識則眸色一沉，像狩獵者般緩緩地靠近她。

雲厘有種自己是待宰的羔羊的錯覺，傅識則把枕頭扔床上，不發一言地把水杯和手機遞給她。

「我不喝了。」雲厘擔心自己一動衣服會往上走，傅識則執意將水杯放到她手裡，沒幾秒，手指先碰到了襯衫，略顯粗暴地抓住襯衫往自己的方向扯了點。

雲厘沒拿穩水杯，襯衫濕了一片。

「喝點。」傅識則哄騙似的語氣，「不然等一下喉嚨疼。」

「……」

雲厘聽著浴室傳來的水聲，輕喘著揉了揉自己的雙腿。瞥了被扔到角落的襯衫一眼，她慢吞吞地再次走到衣櫥前。

這次她找了套領口高的睡衣，用長袖長褲將自己蓋得嚴嚴實實。

手機突然冒出鈴聲，是雲野的電話。

驚得她馬上掛掉。

雲厘：『？』

雲野：『為什麼不接。』

雲厘：『哦，我不想看到你的臉。』

雲野：『……』

一直沒找到機會，雲厘才想起來提醒雲野：『那個無人機你先不要用了，對你姐夫挺重要的。』

雲野：『我表白的時候不小心碰著了。』

雲厘：『那你放著吧，我回去看看。』

雲厘出神地想著無人機的事情，傅識則將無人機送給雲野的時候，自然是考慮過無人機最後會損壞的情況，但他還是送給了雲野。

雲厘清楚地意識到，在這個行為背後，傅識則的用意。

對他而言，她已經是最特別的人。

他愛她，也一樣愛她的家人。

傅識則洗好澡，髮上還掛著毛巾，帶著熱氣靠雲厘，俯身輕貼了下她的唇。他的眼角仍點綴著直白的情愫，雲厘想起他今晚說的那句——

「厘厘，妳是我最親近的人了。」

雲厘軟軟的手向上抬，抱住他的脖子。

「我抱住你了。」

她彎起眼睛笑。

「就再也不會鬆手了。」

傅識則垂眸，她的話中帶著極為鄭重的承諾。

水珠順著髮絲滴到雲厘的臉上，她用手背擦了擦，錯愕道：「你哭了嗎？」

傅識則隨意地用毛巾擦了擦自己的髮，毛巾遮到鼻翼處，雲厘只能看見他斂起下顎笑，她也笑，托住他的臉，認真道：「我要活得比你久。」

「——這樣，你的世界中，都會有我的愛。」

在這一刻，傅識則極為強烈地感受到——那些對他而言最難熬的時光，澈底過去了。不為什麼，只要以後的時光有她，無論發生什麼，都不至於難熬。

接近十二點了，傅識則打開手機，幾小時前徐青宋傳訊息給他，問他：『宵夜？』

他將手機遞給雲厘，動作意圖很明確，讓雲厘決定去不去。

折騰了一個晚上，雲厘的肚子也有點餓，但上次見徐青宋時自己和傅識則還沒復合，她隱隱有些尷尬，糾結了半天，抬頭問傅識則：「去嗎？」

傅識則想了想：「很久沒見了。」

以前在ＥＡＷ的時候，徐青宋和傅識則幾乎是綁在一起的，雲厘從鞋櫃裡拿出小皮鞋，扯了扯他的袖口：「徐總是你的好朋友嗎？」

「嗯。」傅識則側頭看她，「怎麼了？」

「沒。」雲厘將鞋跟提上，「你能多一個朋友，我就覺得很開心。」

聞言，傅識則彎了彎唇，將剛穿好鞋的她往上一拉，又順勢接住，提醒道：「直接喊他名字，輩分上他是妳外甥。」

「……」

出了門，雲厘整個人像飄在半空中，前東家突然變成自己的外甥，輩分上小自己一截。總覺得不可思議。

地點定在江南苑附近的海鮮熱炒店，雲厘和傅識則步行先到，剛找位子坐下，抬眸便看到徐青宋從馬路對面穿過來。

南蕪入冬了，他仍穿得輕薄，上身是件西裝版型的外套，裡面搭著淺藍的襯衫，上面兩顆鈕釦沒扣。

視線快速捕捉到他們，徐青宋扯開一抹淺笑，輕拍了拍傅識則肩膀：「氣色不錯。」

「嗯。」傅識則的聲音自然放鬆，意味深長地看了雲厘一眼，「厘厘照顧的。」

聽到這句話，雲厘臉一熱。

她怎麼照顧了……

徐青宋微挑眉扯開個笑，朝她頷頷首。他氣質矜貴，拉開椅子坐下後還會適當地撫平外套褶皺的地方。

雲厘往他的方向多看了一眼。

收回視線時，卻對上旁邊傅識則的目光，見他一直盯著自己，雲厘莫名心虛，故作鎮定地看菜單。

傅識則卻直接問徐青宋：「哪裡買的衣服？」

雲厘：「……」

「你喜歡？」徐青宋低頭看了自己的衣服一眼，半開玩笑道：「我直接送你，應該也蠻適合。」

傅識則沒有回答，而是偏頭看雲厘，問：「妳喜歡嗎？」

「……」

徐青宋只當他是在徵求雲厘的意見，無聲地笑著，幫自己倒了杯水。

雲厘被傅識則的目光盯得如坐針氈，滿腦子都在怪自己沒管住眼睛，她猶豫一下，豁出去般地實誠道：「挺好看的，青宋很會穿搭。」

她的聲音柔軟，說出兩個單字時顯得親暱。

「過譽了。」徐青宋沒察覺到她的稱呼，大大方方地接受她的讚揚，問傅識則：「我直接寄到你學校？」

傅識則沉吟片刻，忽地說了句：「謝謝徐總。」

雲厘：「……」

這個插曲後，雲厘老老實實按照原本的習慣稱呼徐青宋，心裡頓時對傅識則有些無言，他應該是吃醋了。

還說她是醋缸。

出門時還提醒她喊徐青宋的名字，扭頭就不認帳了。

熱炒店以海鮮為主，雲厘先將菜單推給傅識則，他低眸看了一眼，柔聲道：「妳點，點些喜歡的。」

雲厘再推給徐青宋。

對方只是勾起個明媚的笑，用手指輕撥了下菜單還給她：「妳點吧。」

作為場上唯一一個真的是來吃宵夜的人，雲厘按照喜好點了些蝦子和貝類。考慮到傅識則的胃，她問了徐青宋的意見後全部的烹飪方式都選了清蒸或白灼。

上菜後，傅識則夾了一隻大的蝦給雲厘，他自己不太喜歡吃操作起來麻煩的海鮮，只隨便夾了點東西到碗裡，卻沒有吃。

徐青宋也不餓，拿了隻蝦，慢悠悠地在自己的盤子前面剝殼，時不時抬頭和傅識則說幾句話。

他們談話的內容大多圍繞著近期發生的事情，雲厘不太能融入他們的對話，專心致志地剝著蝦。

「畢業後打算去哪？」徐青宋調侃道：「要不要來ＥＡＷ？」

聽到徐青宋的問題，雲厘頓時有些走神。

傅識則：「先考慮留西伏吧。」

一不留神，蝦殼刺到皮膚，雲厘手一縮，動作不大，感覺自己手笨，她有些不好意思地埋頭繼續剝蝦殼。

傅識則留意到她的動靜，遞了紙巾給她：「弄到了？」

雲厘搖頭：「沒有。」

只是刺了下，沒傷口。

傅識則順手接過她的蝦，他還在和徐青宋說話，動作生疏地幫雲厘剝蝦，將殼一片片除乾淨後放到她的盤子裡。

「優聖辦了個比賽，做ＶＲ遊戲開發的。」徐青宋悠哉地提起這件事，忍不住輕笑道：「上次傅正初說要參加，後來又說要陪女朋友。」

傅識則聽說傅正初談戀愛了，不過這也不是第一次，他並不是很感興趣。

此刻他的注意力都在手中的蝦上，思索著怎麼不弄髒手把蝦殼摘掉，徐青宋好奇地看了一眼：「不好剝嗎？」

「還好。」傅識則心不在焉地應了聲，成功再剝了一隻放到雲厘的碗裡。

「我自己來就好……」雲厘推辭道。

有旁人在場，雲厘不太想表現得像個巨嬰，傅識則隨口「嗯」了聲，問起徐青宋公司的事情，手上依舊不疾不徐地拿過一隻蝦。

見雲厘碗裡整整齊齊擺著幾隻剝好的蝦。

徐青宋看了看自己的手指，肉眼可見的皮膚細嫩，傅識則皺眉，問：「怎麼？」

徐青宋也不覺得不好意思，故意道：「刺到手了。」

「……」

雲厘忍不住笑出聲，連忙喝了口水掩住笑意。傅識則瞥她一眼，直接從盤子裡拿了隻蝦，扔到徐青宋碗裡：「自己弄。」

徐青宋慢慢地「啊」了聲，低頭笑著剝蝦。

吃完宵夜，已經一點多了，兩人送徐青宋上車，對方先和傅識則抬抬下巴，視線望向雲厘，接觸後便移開。

藍色的跑車在盡頭化為一個點。

傅識則將雲厘的手拉到口袋裡，她倚在他身邊，燈光將兩人的身影拉長。

雲厘想起剛才飯桌上和諧的相處畫面，不禁道：「感覺這一次，徐總就像對待朋友一樣和我相處。」

以前他對她雖然禮貌而客氣，但或多或少帶點生疏。

傅識則輕喃了聲：「嗯。」

慢慢的，他們各自的朋友，都會變成彼此的朋友。兩人的交集會越來越多，會趨於同步，會更加離不開對方。

拉著她到社區裡後，傅識則才停下腳步，問她：「弄到的地方疼嗎？」

雲厘反應過來他說的是蝦殼刺到的手指，她伸出那隻拇指，撫了撫：「好像還有一點疼。」

話剛落，傅識則便拉過那隻手指，放在唇瓣處含著，漆黑的眸下垂望著她，雲厘心跳加速，指腹的觸感柔軟，被碰到的地方微麻。

他的眸光始終停在她身上，直至輕輕鬆開她的手指，在燈光下，雲厘才發覺他兩隻手的手指都被蝦殼刺破了皮，她有些心疼地拉過他的手。

傅識則卻一副置身事外的模樣，看著她。

像是在等待著什麼。

第三十章 愛的條件

他的指腹上能看見被蝦殼劃破的小口子，雲厘破天荒地沒覺得他無恥，只覺得怎樣補償他都不夠。

她看了看周圍，扯了扯他的袖子：「先回家……」

傅識則不動。

雲厘極為無奈，確定周圍沒有其他人後，才拖拖拉拉地執起他的手。

柔軟靈巧的舌頭在他的指腹滑過，傅識則靜靜地看著面前臉色緋紅的人，她時不時抬眸，視線接觸前又難為情地別開視線。

南蕪好像沒那麼冷了。

他剩餘的幾指托住她的臉，指腹還濕潤地移到她的唇角，唇便直接貼了上去，帶著不容置疑的侵略性，掌心托住她的腰阻止她後退。

直到她氣喘吁吁，傅識則才鬆開她，拉著她往回走。

剛進門，他直接從後撩起她的衣服，手指還帶著室外的低溫，雲厘渾身一顫，抓住他的手腕：「沒有那個了！」

傅識則停了動作，去翻她的行李箱，幾分鐘後，若有所思地看了她一眼。

這目光看得雲厘發毛。

他不發一言地起身，雲厘愣了一下：「你要出去？」

傅識則：「嗯，去便利商店買水。」

已經三點多了，雲厘睏得眼睛都睜不開，傅識則剛坐起來，房間的光線勾勒出他身體的每一處線條，雲厘從後抱住他，在他的腰後親了下。

「我先睡了。」

「去沖一下。」他側頭，手輕揉了下她的頭，雲厘渾身疲乏，帶著鼻音說道：「不要，我要睡覺了。」

理智上，雲厘知道自己應該去清理一下，但她沒有絲毫力氣。她全身鑽到被子裡，只露出一雙微瞇的眼睛追隨著傅識則。

他去衣櫥前拿了套深藍色的睡衣，雲厘想起她晚上翻衣櫃時裡面單一的顏色，嘟囔道：「以後我幫你買衣服好不好？」

傅識則的動作一頓，忽然問她：「買和徐青宋一樣的？」

雲厘瞬間清醒。

「妳喜歡他那樣的？」

雲厘窘得不行：「你總不會吃他的醋……」

「所以是喜歡？」

「……」

雲厘極為無言，小啄了他一下：「你之前不是穿他的衣服，你不喜歡嗎？」

傅識則毫無溫度地笑了聲，「那是因為妳喜歡。」

雲厘頓了頓，像傅識則這樣的人，確實為她做了很多事情。

原本是完全沒必要的。

傅識則徐徐靠近，見他繃著張臉，雲厘心裡一軟，笑瞇瞇地勾住他的脖子，「那不就剛好，我也是喜歡你穿。」

她繞來繞去，總算側面回答了他的問題。

即便雲厘這麼說，傅識則面上還是沒什麼情緒，雲厘討好道：「那你喜歡什麼衣服，我就幫你挑什麼樣的。」

「挑妳喜歡的。」傅識則的態度軟了軟，玩了玩她的髮：「我喜歡妳喜歡的。」

這次雲厘學聰明了，總算能正確解讀傅識則的話。

——我喜歡妳喜歡的。

——但妳不能喜歡另一個男人喜歡的。

因為疲倦，他洗澡的幾分鐘瞬間變得漫長，雲厘闔上眼睛，睡得迷迷糊糊，隱約感覺到傅識則掀開了被子。

溫熱的毛巾貼著她的大腿。

她一開始有些抵觸地擋住他的手，他沒理會，慢慢地幫她擦拭乾淨。覺得舒服，雲厘微蹙的眉鬆開。

她睡著的模樣乖巧安靜，傅識則看了好一陣子，低頭，在她額上吻了下。

翌日，雲厘睡到了一點多，幾縷日光溜進房間，她習慣性地往後靠，原該空蕩蕩的身後卻是另一個的人的胸膛。

她轉過頭，傅識則從後抱著他，下巴輕抵著她的額，手摟著她的腰。碎片般的光落在他眼周，皮膚很薄，能看見細細的血管。

她再往下看，她還記得昨晚最後一次結束後，他去洗了個澡。

明明睡前還有衣服。

怎麼現在沒了。

她轉回頭，茫然地看著空氣中漂浮的粒粒灰塵，在陽光下反光。已經完全沒有睡意，糾結了一下，雲厘的手指鑽進他的手和自己的皮膚間，試圖不動聲色地將他的手挪開。

卻被他的掌心包裹住。

傅識則握住她的手，放在她的小腹前，碎碎的吻落在她的脖子上。

雲厘感覺到他的反應，求饒道：「別了……」

傅識則像是還沒睡醒，表情惺忪，語氣懶散：「我輕點。」

她猶豫了下，才小聲道：「那說好了……」

傅識則做好早午餐的時候，雲厘的臉還埋在枕頭裡，他過去叩叩門。

身子像散架了一樣，雲厘將此歸因於傅識則，帶著怨氣，故意將臉別到牆的方向。

傅識則斜倚著門，好笑地看著床上的人，他故意去扯雲厘的被子，她沒穿衣服，誓死捍衛著手裡的被子。

卻因此成功地讓她坐了起來。

將衣服從角落撿起，傅識則自覺背對著她。

雲厘已經澈底不相信他的人品了，一手抓著被子，另一隻手謹小慎微地在被子下面套衣服，目光緊緊地盯著傅識則的背影。

「快點。」他懶洋洋說道：「一直聽到聲音，我會想要。」

「……」

雲厘三兩下把衣服穿好，聽到她下床的聲音，他轉過身，瞥見她赤裸的腳，皺著眉將她的棉拖鞋從床底拿出來。

她穿著鞋子，慢吞吞地走到洗手間，傅識則跟著她，幫她放了溫水洗漱。

見他一直跟著自己，雲厘困惑道：「怎麼了？」

傅識則眼裡帶點笑意：「怕妳摔跤。」

又被他打趣，雲厘惱羞成怒，手指沾了點水甩到他身上，傅識則抬眸，毫不在意地撥了撥。

兩人今天沒有其他的行程，週三便要回西伏了，雲厘吃著傅識則提前撕成塊的吐司，問道：「你平時回南蕪會去看江淵哥嗎？」

傅識則喝了口牛奶，隨意應道：「嗯。」

「那我們等等要不去看看他？」留意到他的目光，雲厘遲疑道：「因為週一週二要開會，週三就要走了。」

雲厘更加明確自己的意圖：「以後我都想陪你一起去。」

傅識則手一滯，玻璃瓶中裝的是巧克力牛奶，望過去，對面是雲厘清澈的眼睛．生活的各個方面，都已經有她的身影。

他沒思考，直接「嗯」了聲。

江淵葬在公墓，雲厘在地圖上挑了半天，想沿途買一束鮮花帶過去，傅識則見她忙前忙後地收拾東西，自己坐在沙發上玩數獨。

等雲厘可以出門，已經三點出頭。

在鮮花店門口停了下，雲厘挑了一束白百合，鑽回車裡面。

傅識則掃了一眼，驀然道：「妳沒送過我花。」

「……」

他說這話時不帶特殊的情緒，啟動了車子。雲厘說了聲「等一下」，又下了車，傅識則支在窗旁，在後視鏡裡看著雲厘抱著束紫羅蘭回來。

她把紫羅蘭塞到傅識則懷裡：「那我送出的第一束花，給你，第二束再給江淵哥。」

傅識則笑：「不用。」

卻還是把花接住，將塑膠膜縷好，確保不會壓到花瓣後才放到後座。

公墓在南蕪市的郊區，雲厘沒去掃過墓，進到園區後，她並沒有看見其他人。

傅識則熟練地走到一個位置，雲厘低頭看，不大不小的墓碑上貼著江淵的照片，噙著淺笑，正視著鏡頭。

雲厘忽然覺得這個拍攝的光線和手法、照片的清晰度都很熟悉。

她想起了傅識則的身分證上的證件照。

覺察到兩個人的證件照可能是一起去拍的。

而此刻，傅識則只能面對著冰涼的石塊。

雲厘心裡說不出的難受。

傅識則從旁邊撿了幾片落葉，撣去墓上的灰塵。

傅識則拉著雲厘的手：「哥，跟你介紹一下，這是我女朋友。」

他語氣輕鬆，就像在和老朋友說話：「我上次和你說過的厘厘，我和你說過，我不想分手。」

雲厘愣了下，傅識則的視線下垂：「我們重新在一起了。」

「看到你的日記了，知道你想活著。」他停頓了很長時間，看了照片上的江淵一眼，唇角的笑刺了他一下。

傅識則輕聲道：「抱歉，沒能讓你活下來。」

空氣壓抑了幾秒。

「知道你不怪我了，江叔江姨也不怪我了。知道你不想我的人生一塌糊塗。」他又沉默了良久，才說道：「放心吧。」

「會過得很好。」

「會不怪自己。」

「但是，我也不會忘記你的，哥哥。」

說完這幾句話，傅識則接過雲厘手裡的白百合，工工整整擺在他的墓前，語氣輕鬆道：「弟妹帶給你的，你也好好照顧自己。」

整個園區寂寥荒涼，他的話淹沒在風聲中。

語罷，傅識則起身，拉著雲厘往外走。

走沒兩步，他腳步一停，看向雲厘，用指腹擦掉她眼角的淚，他帶著無奈的笑：「哭什麼。」

「我會一輩子對你好的，會一輩子、一輩子都對你好……」雲厘語無倫次地抽噎道，眼淚像決了堤一般，後來她乾脆放棄掙扎，嗚咽道：「我也不知道為什麼就哭了。」

她是知道的。

因為太過心疼他所經歷的一切。

因為知道他的內斂寡言下所承受的痛苦。

因為希望他的世界中不再有這些痛苦。

傅識則握緊她的手，放在自己的口袋裡。

兩人靜默地往回走，雲厘想起他剛才的話，問道：「你剛才說你不想分手……」

但雲厘提分手時，傅識則答應得很快。

「當時擔心妳覺得我太落魄了，妳和我提分手的時候，我想變回以前的模樣再去找妳。」

雲厘想控制住自己的眼淚，又不可控地哽咽道：「你當時為什麼不直接這麼說？」

那這一年半，她都會陪在他身旁。

傅識則低頭看著臺階，像個小孩一樣，鞋子只能放在臺階邊緣的空間內，他無需展開身體，手別在身後就能保持平衡。

風中飄來他的聲音。

「我怕我沒做到。」

「我也很脆弱。」

我也很脆弱。

有太多事情，我擔心我做不到，到頭來對妳而言是一場空。

傅識則不喜歡給空口無憑的承諾，尤其是面對雲厘的時候。

他不想對愛的人，再多一份愧疚，他不想給所愛的人，帶去任何傷害。

雲厘想過很多原因，卻從未想過是這個。她茫然地看著他的身影，走上前，從後抱住他。

「那以後，所有你的脆弱，背後都有我。」

那你的脆弱，都不再是了，因為有我們在。

回到車上後，雲厘操作傅識則的手機，連接車裡的音響，放了首陳奕迅的〈無條件〉。留意到傅識則的視線，雲厘輕鬆道：「只是覺得，你對我的愛是無條件的。」

無論分手，無論發生任何事情，傅識則最終都會到她的身邊。

中控臺的電子螢幕上顯示著歌詞，雲厘默默地聽著充滿磁性的男聲，就像傅識則在告訴她——

請不必驚怕，
我仍然會冷靜聆聽，
仍然緊守於身邊，
與你進退也共鳴，
……
我只懂得愛你在每天，
……
因世上的至愛是不計較條件。

回到樓下後，傅識則和雲厘先到附近的菜市場買了些新鮮的菜和魚，回去後，兩人自然地一起窩在廚房裡。

傅識則洗菜，雲厘燜魚，期間，水聲停了，她感受到傅識則從後抱住。

「愛有條件。」他在她耳邊低語。

不是無條件的。

而唯一的條件——愛的人，是妳。

時隔將近兩年，再度回到EAW，公司的布置和環境宛如昨日。雲厘跟在張妍忻後面，走到EAW的會議室門口，轉頭便看見傅識則在走廊盡頭。

她想起了很久以前，他戴著鴨舌帽，雙手插在外套口袋裡，目光平靜地看著他。

不同的是，這一次，他的唇角微揚，瞟了她一眼，才慢悠悠地進了徐青宋的辦公室。

看著他，雲厘也禁不住彎起唇角，注意到張妍忻回頭，她斂了斂笑，跟進辦公室裡。

EAW對接的人裡已經沒有昔日的同事，雲厘幾人負責遊戲開發，主要是和EAW溝通遊戲說明文件裡的細節。

這是一款娛樂性強的大型親子遊戲，屆時會在EAW單獨開設場地，每一輪遊戲中，孩子與父母在不同的場景中完成任務，遊戲中設置了十個小任務，可能是在沙漠與草原中角逐獵物，也可能是在荒漠枯地中開墾荒土等等。

全程幾乎都是張妍忻在和對方交接，雲厘聽著他們的對話，視線被角落書報架的海報吸引。

是昨天徐青宋說的那個ＶＲ遊戲比賽。

虛擬實境世界能讓人體驗到許多真實世界中，永遠不可能體驗到的事情。

也有可能彌補現實中的遺憾，至少為有遺憾的過去帶去慰藉。

雲厘想起傅識則說的，他是很希望江淵活下來的，腦中冒出一個想法。

張妍忻還有事情要和其他人說，讓雲厘先到休息室等他們。

休息室裡面有人，開門的瞬間，雲厘意外見到許久未碰面的何佳夢。

「欸，閒、閒雲老師！」何佳夢驚喜不已，「好久沒見到妳了。」

留意到雲厘身上的工作證，她反應過來：「沒想到居然是閒雲老師妳過來接洽的，妳要進來坐一坐嗎？」

將雲厘拉到沙發上，何佳夢和她聊起這一年多的事情。

女生的話題聊著聊著很容易轉到個人問題上。

雲厘留意到何佳夢左手中指上的小鑽戒，問道：「佳夢姐，妳要結婚了嗎？」

想起以前經常聽到的「老闆真是太帥了」，雲厘微微睜大雙眼，半掩著唇道：「是……」

徐總二字尚未說出口，何佳夢已經知道她要說什麼了，哭喪著臉道：「不是老闆啦，好久以前老闆直接把我叫去辦公室，溫柔地和我說，他要引咎辭職……」

引咎辭職？

雲厘一臉茫然，何佳夢解釋道：「就是員工喜歡上他，也是他的過錯，他還是換個地方工作……」

「……」

雲厘想了想，挺符合徐青宋的畫風的。

何佳夢作出一副傷心的樣子：「我怎麼忍心讓老闆因為我辭職，就趕緊讓我媽幫我相親了，結果我談戀愛以後，老闆就再也沒說過走的事情了。」

「相親順利嗎？」

何佳夢一臉幸福道：「第二次相親遇到的就是我現在的男朋友了，對我很好，我們明年就要結婚了。」說罷，她關心道：「閒雲老師妳還是單身嗎？」

雲厘離職時，何佳夢旁敲側擊了幾次，知道他們分手的事情。

雲厘搖了搖頭，還未說明自己男朋友的身分，就聽何佳夢義憤填膺道：「傅識則真是中看不中用，人那麼陰沉，連句話都說不上，談起戀愛來肯定很不好相處，也不知道什麼人受得了這性格，還好閒雲老師妳沒吊死在同一棵樹上。」

「……」

「對了，我剛才還看到他去找老闆了，閒雲老師妳如果不想看到他那張臭臉，就待在休息室吧！」何佳夢貼心地拍了拍雲厘的肩膀。

「……」

門外傳來徐青宋的輕笑聲，雲厘一僵，腦海飛快轉動，在想要不要假裝沒聽到他的聲音，在何佳夢面前辯解一下，好讓可能在門外的傅識則聽到……

「讓你多笑笑。」徐青宋打趣道，他聲音不大，然而休息室隔音不好，這句話還是一字不漏地傳到屋內兩人的耳中。

兩人面面相覷。

徐青宋直接開了門，他身側站著傅識則。

「小何，妳先下班吧。」徐青宋給何佳夢一個臺階下，她暗自鬆了口氣，拿起包就往外走，想起雲厘，轉身瘋狂朝她使眼色：「閒雲老師，妳和我一起走嗎？」

雲厘慢吞吞道：「我和男朋友一起……」

何佳夢想告訴雲厘，他們剛說了別人壞話，這人就堵在門口，她要等男朋友可以到外面等，免得傅識則氣急敗壞做些什麼。

她朝雲厘擠眉弄眼，見對方不理解，聲音清脆地問道：「妳要不和我先走？妳男朋友到哪啦？」

雲厘乾巴巴道：「就在妳面前……」

「……」

何佳夢的笑容一滯，瞪大眼睛，難以置信地看向徐青宋，他擺擺手，失笑道：「不是我。」

「……」

目送著何佳夢落荒而逃，雲厘不好意思摸了摸鼻尖。

徐青宋今天換了一身著裝，雲厘還未仔細看，便見傅識則擋在他的面前。像座雕塑一樣，似乎在告訴她——要看只能看他。

雲厘緩解氣氛道：「佳夢姐還是那麼喜歡開玩笑……」語畢，在傅識則的注視下，自己露出尷尬的笑容。

徐青宋提議道：「走吧，去吃飯。」

傅識則沒精神地「嗯」了一聲，朝雲厘伸出手。

她鬆了口氣，小步跑過去將手放進他的掌心。

和徐青宋在花園餐廳吃過西餐後，雲厘和傅識則開車回家。

終於有兩人獨處的機會，雲厘小聲說道：「剛才佳夢姐那麼說，你別生氣。」

擔心傅識則認為她不袒護他，她忙解釋道：「我沒找到機會和她說。」

「哦。」傅識則語氣淡淡：「還以為是妳不敢自己罵。」

雲厘一噎，脫口而出道：「我哪不敢了……」

意識到自己的第一個反應有些問題，雲厘再度解釋道：「不對，我哪打算罵你了。」

傅識則瞥她一眼，不再多言。

到家後，傅識則沒再提起這件事情，還心情頗好地去打理那束紫羅蘭。

雲厘抽空看了明天開會的資料一眼。期間，傅識則靜靜地坐在她旁邊看書，偶爾能聽見翻頁聲。

這樣的場景，還蠻溫馨的。

雲厘不禁彎彎唇，也因此覺得，白天發生的事情，傅識則已經徹底忘了。

指針走到十一點，打開熱水時，雲厘睏意十足。第二天一大早要開會，她只想趕緊洗乾淨回去睡覺。

等她洗好澡回到房間，聽到廚房傳來倒水的聲音，還有淋浴的聲音。

雲厘剛擦完頭髮，正拿出吹風機，身後貼上他濕漉漉的胸膛，雲厘能感覺到水珠順著他的髮直接滴到她脖子上，向下滑進衣服裡，她抗拒道：「不行……我明天要上班……」

「嗯……」他呢喃道，吻落在她的脖子上。

雲厘瞬間雙腿發軟，試圖掰開他的手指，傅識則順勢單手抓住她兩隻手腕，從後頂了頂她，在她耳邊問道：「我中看不中用嗎？」

她又羞又惱，著急地喊道：「傅識折！」

雲厘試圖阻止他的行為，和他強調道：「當我喊你全名的時候，就意味著，我、生、氣、了！」

她一字一頓地說出最後幾個字，聲音軟綿綿的，一點威懾力都沒有。

傅識則漆黑的眸子看著她，薄唇微啟：「傅識則。」

雲厘：「……」

雲厘：「傅識折。」

「傅識則。」

「……傅識折。」

雲厘聽不出平翹舌的分別，但她不傻，能看出他眼角的笑意。她用毛巾擋住自己的臉，不理會他。

傅識則接過她手裡的毛巾：「別生氣。」

他透過毛巾托著她的後腦，語氣自然：「先幫妳把舌頭捋直了。」

記憶回到那個夜晚，在去買炒粉條的路上，男人把菸熄滅，淡道：「把舌頭捋直了說一遍。」

雲厘還茫然地沉浸在回憶中，傅識則的臉和那時候的融在一起，她被他按到床上，探入的舌頭和她的纏在一起。

他的手掌下滑，雲厘還在抵抗，貼在皮膚上的手冰涼，落在身體的每個角落。

傅識則抬起她的下巴，聲音喑啞道：「再說一遍。」

雲厘的聲音梗在喉頭，看著那雙眼睛，心裡澈底放棄了抵抗，順從地喊道：「……傅識折。」

「還是錯的。」傅識則側頭，鼻翼和她的輕觸，感受到她雙腿逐漸繃緊，他另一隻手若無其事地輕撫她的下唇：「放鬆。」

「只是教妳喊對名字。」

床上被她的髮浸濕了一片，雲厘蹲在床邊，將床單扯下來，想起剛才的畫面，摸了摸自己透紅的耳尖。

她看了手機一眼，也不知道明天起不起來得來。

翌日一大早，雲厘在床上痛苦地熬了一下，無可奈何地爬起來洗漱化妝。身旁的傅識則精神比她好很多。

吃早飯時，雲厘從他盤裡搶了一小塊吐司當做報復。

在會議室坐了好一陣子，其他人還沒到公司，眼看接近開會的時間了，有了開了門，兩人見到對方時都有些驚訝。

雲厘聽徐青宋提起過，但見到她卻是始料未及。

和兩年前相比，林晚音的長相沒有太大變化，見到雲厘，她只是短暫地怔了怔。隨即，氣勢凌人地走到她面前：「妳來這幹什麼？」

見雲厘不應聲，她挖苦道：「哦，我知道了，之前被阿則甩了不甘心，現在聽說阿則要留校任教了，又找上門來了？」

「……」

雲厘無言地看著她。

林晚音覺得自己說中了她的心事，有些得意地說道：「妳別白費力氣了，之前阿則看上妳還情有可原，現在，妳就不要自取其辱了。」

兩年前，林晚音在雲厘這吃了癟，她沒有其他念頭，只想要出一口氣。

雲厘：「妳知道他現在女朋友是誰嗎？」

林晚音無所地聳聳肩：「不知道。」

雲厘默了默，說道：「是我。」

聽到她的話，林晚音表情一僵，漠漠地嘲諷道：「噢，妳還死皮賴臉纏上阿則了。」

這幾年，林晚音對於傅識則的請求沒有得到一絲回應，她不想被看低，傲氣道：「我現在不需要提阿則的事情就可以有很多粉絲，我才不在乎你們談戀愛的事情呢。」

她心裡越想越不舒服，嘴上極不饒人：「妳沒有我年輕、沒有我漂亮、沒有我學歷高，而且妳膽子還那麼小，見到變態都不敢去追……阿則肯定是被妳纏得沒辦法了才答應的……」她列舉了一連串的事情，像是在安慰自己。

換作以前，雲厘會因為林晚音的話極為受傷，可能會因此一蹶不振、迴避不已。

可現在，她心裡沒有絲毫波動。

她沒有因為對方的攻擊而動搖對自己的看法，她知道自己並非對方所說的那樣，也知道傅識則愛的人，不會是對方所說的那樣。

雲厘沒興趣和她掰扯，淡淡道：「不管妳覺得自己怎麼樣，妳小舅的女朋友是我。」

「另外，我和妳小舅很可能不會再見到妳了。」雲厘強調了下，「感覺斷絕關係也可以。」

林晚音惱火道：「妳怎麼能這麼說話，妳這麼做的話沒有人會喜歡妳的。」

雲厘原以為兩年時間過去，再幼稚的孩子都會稍微成長一點，更何況現在林晚音應該也有二十歲左右了。雲厘抬眸問她：「妳在E站有帳號嗎？多少粉絲？」

林晚音輕哼了聲，語氣帶著點驕傲：「一萬多。」

雲厘歪歪頭：「我有一百多萬粉絲。」

「……」

「所以，喜歡我的人，應該比喜歡妳的多吧。」雲厘說完，還不忍似的反問一句：「妳說呢？」

開會的人陸續來了，林晚音惱怒地從報架上拿了幾份傳單，摔門而去。

雲厘沒把這件事情放在心上，打開資料夾，再過了遍今天的資料。

當天ＥＡＷ開完會後，雲厘和張妍忻告了別。她訂了當晚回西伏的飛機，雲厘和傅識則第二天才回去。

上了車，傅識則忽然道：「去北山楓林吧。」

雲厘隱約還有點印象，北山楓林是南蕪市出了名的富人區。

她一直沒主動問過傅識則的家境，遲疑了一下，才問道：「叔叔阿姨當教授很賺錢嗎？」

傅識則簡要提起：「優聖科技創辦的時候他們有出資，有股份。」

優聖科技是ＥＡＷ和雲厘公司的總部，徐青宋的父母便是優聖科技的創辦人。

雲厘又開始計算自己小金庫有多少錢，傅識則見她沉默，問：「怎麼了？」

「我想和你一起買房子。」雲厘正色道，她像個會計一樣在自己的手機上來回翻著，眉目間帶點喜悅：「我剛才算了下，我現在存的錢應該夠出頭期款了。」

「不用。」

「要的。」雲厘語氣堅持，她自言自語道：「我可不能拖後腿。」

「……」

傅識則將車停到院子裡，屋裡沒人，他開了燈，直接牽著雲厘上了樓。

他的房間在三樓。

房間很大，有落地窗和浴室，窗簾大開。

傅識則脫了外套掛在衣帽架上，看了杵在一旁不動的雲厘一眼。

「今晚在這過夜吧。」

「……可我沒帶衣服，化妝包也沒帶。」

傅識則：「穿我的衣服，卸妝水洗手間裡有。」

進門的右手邊是書和模型，雲厘過去圍觀了一下，上面放了不少英文原文書和另一種語言的書籍，她拿出一本翻了翻，問傅識則：「這是什麼語言？」

傅識則瞥她一眼：「西班牙語，我外婆教西班牙語。」

「那你會說嗎？」

傅識則「嗯」了聲：「她不和我說中文。」

「……」

雲厘有聽說過，有些家庭會讓家裡的每個成員和孩子說不同的語言，讓孩子從小沉浸在多語言的環境中。

她好奇道：「那你說一句？」

傳識則垂眸看著她，張了張口。

雲厘只覺得他的聲音低沉而富有磁性，即便那些音節讓她覺得極不熟悉，她也覺得很好聽。她笑了笑：「什麼意思？」

「愛妳。」

房間裡的氣氛突然曖昧。

雲厘把書放回去，又拿出來：「你可以讀一下這本書嗎？」

「嗯。」

兩人坐到沙發上，傅識則躺在沙發上，後脊倚著邊緣，從後面抱住雲厘。雲厘坐在他懷裡，負責翻書。

他不急不慢地讀了第一段，又用中文解釋了一遍。

雲厘留意到書上的一個單字——efe。

她驚奇道：「我有個粉絲的名字就是這個，我在英國的時候經常跟這個粉絲說話……」

回國後事情很多，雲厘一直沒留意自己的私訊，她有些內疚道：「這個粉絲還挺好的，寄了很多明信片給我。我回國後沒怎麼看私訊，他可能有再找我。」

想起來，她喃喃道：「這人也是西伏的。」

「這個單字是什麼意思？」

雲厘有不少死忠粉，她原先以為 efe 只是粉絲隨便取的一個名字。

傅識則看了她一眼，隨意道：「字母 F。」

「哦……」雲厘反應慢半拍，繼續看下一行。

幾秒後，她回過神，看向傅識則，對方氣定神閒，從表情上讀不出他的想法。

雲厘心底冒出個讓她懷疑很久，卻始終不敢相信的想法，戳了戳他的手背：「你的手機給我。」

暱稱是「F」的人，她身邊就有一個。

傅識則懶懶地拿給她，雲厘解了鎖，在桌面找了下，點開E站。

E站會根據使用者常瀏覽的影片進行類型推薦，雲厘愣了一下，首頁推薦的幾乎都是她以前的影片。

她點到使用者畫面，是熟悉的頭貼和名稱。

點開播放記錄，裡面全是她的影片。

即便有其他人的影片，也是雲厘和其他人聯動偶爾會露面的那些。

在那些自以為分開的時間裡，他一直陪在她的身邊。

「我居然現在才發現……」雲厘喃喃道，鼻子一酸，傅識則吻了吻她的髮，不在意道：「沒事。」

他繼續握著她的手指，對著第二段一個個詞念過去，雲厘重複著他的發音，西班牙語的特點就是看到單字就能念出來。

他教了她一個多小時，雲厘掌握了裡面的規律。

雖然看不懂，但也能讀出來。

時間久了，傅識則有些疲倦地將下巴靠在她的右肩，臉和她的貼著。他指了其中的一句，雲厘磕磕絆絆地讀出來，問他：「什麼意思？」

「想和妳做。」

「……」

傅識則只是逗一下她，繼續指下一句。

雲厘卻反過去握住他的手指，看著書上的那句話，斷斷續續地重複了一遍。

再念一次，比第一次更為流暢。

她加重了讀音，轉過頭，盯著他再重複了一遍。

每一個音都帶著極為強烈的情意，她將書撇到一旁，整個人轉身跨坐在他身上。

像是努力補償那一年半他單向孤獨的陪伴，雲厘的動作比之前更為主動和熱烈，她吻了吻他的喉結，向上直接含住他的唇，緊靠的軀體越來越火熱。

前幾次都是傅識則主動，他眸色略沉，卻沒有其他動作，只是靠著沙發，白皙的皮膚、寡欲的臉，讓人覺得不可侵犯。

雲厘眼裡帶著迷蒙：「你剛才念書的聲音……」她停頓了下，「有點性感……」

包括現在，他的眉眼已經染上克制的欲念，被她扯開的領子凌亂，這種無序帶來的誘惑讓雲厘不自覺地捏住他的下巴，直勾勾地盯著他。

他就像被她澈底拿捏在手裡。

見狀，傅識則笑，等著她的下一步動作。

第三十一章　好久不見

雲厘第一次做這樣的事情，輕喘著氣問他：「會有人來嗎？」

傅識則：「不會。」

兩人現在的動作，讓雲厘有種掌控一切的感覺。她幾乎要失去神智，碎碎的吻落在他的唇角，用最後一絲理智問他：「帶了那個沒？」

傅識則笑：「沒有。」

「……」

雲厘感覺空氣停滯了。

她和他對視，失落地「哦」了聲，才反應過來為什麼他那麼淡定。

覺得他一開始故意不提這個事情，雲厘被撩得渾身發熱，產生了極強的報復念頭。

在他的話音落下後，她不退反進，將他的衣服撩起一半，輕咬住他的喉結，傅識則呼吸不穩，話裡仍然帶著笑：「過分了。」

卻放任她的動作。

這讓雲厘愈發享受在這種毫無威脅的情況下，去「挑釁」他的過程。

她故意以極慢的速度，一粒一粒解開他的釦子，聽著他的呼吸逐漸加重，雲厘笑咪咪道：「誰讓你勾引我。」

「要負責任的。」傅識則依舊倚著沙發邊緣，語氣散漫。

「我願意負責任的。」雲厘正色道。

她的態度看似充滿誠意，實則有些惡劣——明知道對方奈何不了她，偏偏故意說出這樣的話。

傅識則低啞地笑了兩聲。陪她玩夠了，他鉗住她的腰，神情泰然自若。

「對不起，剛才撒謊了。」

「……」

洗完澡後，兩人把衣服拿到地下室的洗衣間裡。雲厘跟著他下了樓，屋內開了暖氣，傅識則只穿了件短袖，露出矯健修長的雙臂。

剛才就是這隻手扶著她……

還一邊在她耳邊呢喃「妳說妳要負責任的」、「坐好」。

雲厘有些腿軟。

傅識則開了燈，瞥見她眼尾的媚意，輕揉了下她的頭。他把洗烘一體機打開，將衣服扔進去，襪子扔到隔壁一臺小型的洗烘一體機裡。

洗衣間響起滾筒的聲音，並不會讓人覺得吵的音量，比她家裡的品質要好出許多，洗烘要兩個小時，傅識則帶著她四處看了看。

雲厘小聲道：「你家有一點大……」

傅識則：「妳喜歡這的話，想過來住的時候可以過來，我讓爸媽單獨布置一個房間給妳。」

「不是這個意思。」雲厘想了很久，還是直接說道：「我應該買不起這麼大的房子。」

雲厘嚴重懷疑他的生活水準會因為她的到來而直線下降。

傅識則側頭，提醒她：「我也買不起。」

「……」

傅識則繼續道：「妳別嫌棄。」

雲厘有時候能被他的話噎到無語，他應該明顯能看出來，她是嫌棄她自己，還反過來揶揄她。

談到這個話題，雲厘中規中矩地問道：「你以後是打算留在西伏了嗎？」像是怕他反悔，雲厘又補充了一個條件：「和我一起。」

傅識則沒吱聲，雲厘也意識到自己說了廢話，清了清嗓，正色道：「我想早點在西伏那邊買個房子。我現在存的錢應該夠出頭期款，如果你願意的話，我們可以一起買一間。」

她一時間又不是很確定，和傅識則說了句「等一下」，便低下頭拿出手機重新算了遍。算完了，和傅識則確定似的點頭：「嗯，夠了。」

傅識則沉吟半晌，直接道：「我有些積蓄，買一間給妳？」

他說這話的語氣，就跟送臺無人機給雲野時的一樣。

雲厘怔了下，她有收入還可以理解，但傅識則……

「……你哪裡來的錢？」

「比賽的獎金一百多萬吧。」

「……」

傅識則：「大學和博士階段的獎學金有十幾萬。」

「……」

「從小的壓歲錢和紅包，也有幾十萬。如果不夠的話，爺爺奶奶和外公外婆都留了房子和錢給我。」

「……」

傅識則在雲厘面前並不避諱談到這些，他不在意道：「房子我出錢買就可以了，我入職後也會有收入。妳的小金庫留著買東西給自己吧。」

雲厘堅決道：「誰的錢都不是大風颳來的，我自己也能賺錢，我不想占你便宜。」

因為兩人家境的差距，她更不願意讓人覺得，她是看中了傅識則的家境，她需要倚賴傅識則才能買自己的房子和車子。

傅識則笑：「剛才沒占？」

「……」

「而且，說錯了。」傅識則將她拉得離自己近了點，「我的都是妳的。」

睡前，雲厘再度讓傅識則念書給她聽，書裡夾著他做的筆記卡片，雲厘想起來問他：「那些明信片怎麼和你的字跡不一樣？」

傅識則：「用左手寫的。」

「哦。」雲厘彎彎眼：「我就說明明你的字那麼好看。」她並不吝嗇自己的讚美，在他臉上親了下：「你也這麼好看。」

傅識則勾了勾唇角，繼續翻書。

「你中途沒想過告訴我嗎？」雲厘抱住他，喃喃道：「我覺得很對不起你，那一年半，只有你陪著我。」

傅識則反駁道：「妳也在陪著我。」

他是個脆弱的人，每當想放棄的時候，重新見到她，總會讓他心底滋生，他依舊能強大的感覺。

雲厘覺得他在安慰自己，繼續問道：「你有到英國找過我嗎？」

雲厘希望他的回答是沒有。

傅識則沒應聲，見她眼角已經發紅，他摸摸她的眼角，輕捏了下她的鼻尖：「沒有，那一年半很忙，沒有時間。」

雲厘鬆了口氣，見狀，傅識則環緊她，拉著她的手繼續看書。

回西伏之後，雲厘和雲野拿回了無人機，上面磕破了個小角。她不擅長修復這些坑坑窪窪，上網找了許多教學。因為學業的緣故，只能暫時擱置。

日常裡除了去公司之外，雲厘便和傅識則待在一起寫畢業論文。她偷偷聯絡傅正初組了一隻小隊伍，參加了EAW的VR遊戲開發比賽，想趕在傅識則生日時送一個禮物給他。

在傅識則的監督下，雲厘趕上了第一批論文送審。

順利的話，將在三月份畢業。

傅識則的博士論文早已完成。兩人自習的時候，他都在寫或者修改投稿的英文論文。

此後雲厘著手看西伏的房子。

之前已經和傅識則商量過這件事情，傅識則想出全款，被雲厘拒絕了，她堅持要兩人一人出一半。

有了這個計畫後，雲厘在餐桌上通知了雲永昌：「我和阿則打算在西伏買一間房子，近期就去看看。」

這幾個月雲厘定期帶傅識則回家吃飯，雙方父母也已經見過，說到買房的事情，雲永昌不覺得意外，只是問她：「看哪裡的？」

雲厘說了幾個新建案的名稱。

見他眉頭逐漸皺起來，雲厘好聲勸說道：「我已經聯絡過仲介了，這些建案位置和價格比較適合，回頭去看一下樣品屋。」

雲永昌扒了兩口飯，直接做了決定：「就買隔壁，離家近。」

「……」

他強硬的態度更讓雲厘認定，和他住同一個社區，還隔壁，那還不如殺了她。

「這個社區已經比較舊了，而且離我公司有點遠……」雲厘試圖讓他諒解自己，雲永昌聞言，眉間一跳：「妳從小不是在這裡長大的？現在就嫌棄了？妳住在隔壁，有什麼事情我和妳媽可以過去幫忙。」

雲厘覺得莫名其妙，明明是她和傅識則自己出錢，雲永昌態度還要這麼強硬。

她也沒退讓，直接道：「你別管我，我自己出錢買。」

「妳這是什麼意思？」雲永昌覺得來氣了，「妳現在會賺錢了，就完全不聽我的意見了是吧？以前是誰養妳的？」

原本和睦的晚餐因為他們的爭吵，氣氛變得緊張。

雲野沒好氣地打斷雲永昌的話：「爸，你別說了，姐自己的房子自己做決定。」

「你瞎摻和什麼！」雲永昌瞪他一眼，「你姐又不會和人打交道，買房子這種事情我們來看就好，她能挑到什麼好房子。」

「……」

雲厘能聽出他話裡的看輕，她將筷子放桌上一放，直接回房間。

雲野垂眸，不發一言地用紙巾擦了擦唇。

房間內，雲厘坐在床上，抱著膝蓋，見雲野跟了進來，她眼眶有點紅，埋怨道：「他為什麼要這樣子。」

這麼多年來，雲永昌從來沒有肯定過她。

本來她正為自己能買房子而欣喜雀躍，雲永昌卻總是這樣當頭澆一盆冷水。

雲永昌的性格兩人都清楚。

雲野也不知道怎麼安慰雲厘，只是坐到她旁邊，默不作聲地抓著她床上的兔子玩偶把玩。猶豫一下，雲野還是把這件事告訴了傅識則。

自從傅識則到雲厘家後，幾乎每週，雲厘接雲野回家的時候都會把傅識則帶上。

雲野能明顯看出，雲永昌相當喜歡和滿意傅識則。

飯桌上雲厘和雲永昌再次吵了一架後，兩人在家裡僵持了許久。雲厘每天一大早就出門，不是去自習就是去工作。

雲永昌覺得她使臉色，每天對她的態度也極為不善。

但這並沒有換來雲厘的服軟，她直接不和他說話。

楊芳性格軟，卡在父女之間，不知道怎麼調和。

雲永昌正因為這件事煩得不行，傅識則打了電話給他，想單獨和他吃飯。

吃飯地點定在外面，是一間包廂。

兩人見面後，沒有談到雲厘的事情，雲永昌照舊問他學業和工作的事情，傅識則也如實回答。

聊著聊著，雲永昌瞥見傅識則的手機在播放雲厘的影片。

雲厘當直播主已經有六七年的時間。

雲永昌曾試圖瞭解，但因為不懂怎麼操作軟體。

之前他覺得雲厘當直播主是不務正業，對她一番冷嘲熱諷，更是拉不下臉問子女，一直沒有真正看過。

他默了一下，問傅識則：「這是哪裡的？」

傅識則切回雲厘的主頁，將手機遞給雲永昌。

手機螢幕上下滾動，雲厘回西伏後更新的影片是汽車結構介紹和故障應急措施。她之前借用了駕訓班裡的車，有時候會問他些奇奇怪怪的問題。

雲永昌覺得她沒做什麼正經事，回答後也沒過問她在做什麼。

「這個閒雲滴答醬就是厘厘。」雲永昌看著，傅識則指了指數字：「這個是播放量。」

「這是多少？」

「這個符號是萬，所以是三百萬播放。」

「……就是有三百萬個人看了？」

傅識則解釋得儘量簡單：「可以這麼認為。」

他根據印象點進雲厘最後一個影片，點開留言區：「這個是其他人的留言。」

有幾萬則留言，大部分表示了對她的讚賞與認可。

其中有一則是：『老婆怎麼這麼厲害！』

閒雲滴答醬：『小時候我爸會經常跟我講，女承父業哈哈>>。』

看到這，雲永昌沉默了，半天才嘀咕道：「這人怎麼這麼喊我女兒……」

能看出雲永昌明顯的鬆動，傅識則再給他看了看雲厘的其他資料，見到她的粉絲量，雲永昌問：「這是什麼意思？」

傅識則耐心地解釋：「這一百多萬人都在關注厘厘，只要厘厘上傳新的影片，他們都會看到。」

傅識則開個影片給他看，雲厘從容地說著話，說錯臺詞了，她也只是笑笑帶過。

他的女兒已經褪去年少時的稚氣和害羞。

雲永昌陷入良久的沉默，他問道：「買房的事情是你提的還是厘厘提的？」

「厘厘提的，她比我有主見。」傅識則回答時沒覺得不自然，坦誠道：「我父母的意思是我們全款買，房子寫厘厘的名字，但厘厘堅持要出一半的錢。」

雲永昌能想像出雲厘不服輸地睜大眼，不想讓別人看不起。

「我女兒一直是這樣的。」雲永昌片刻後才說出這句話。

話題切入到正題，傅識則沉聲道：「厘厘在我面前提過您許多次，她一直很尊敬您，也對您有很深的感情。」

他頓了下，繼續道：「但她覺得您幾乎都是自己做決定，她自己的想法一直被忽略，沒有得到您的尊重，也因此一直與您存在爭吵。」

如果再早一點，雲永昌可能會脫口而出，那丫頭就是性格內向，他多管管不就是想她不被欺負嗎。

但幾天剛和雲厘爆發了一次爭吵。

或者說，他們只要一說話就會爭吵，根本沒有和平相處的時候。

雲永昌能想起雲厘小時候抱著他的脖子依戀又親密地喊著爸爸。

自從她左耳查出問題之後，自從被學校叫了幾次，老師告訴他同學往雲厘的衣服、書包上寫聾子之類攻擊性的話，自從知道雲厘被同學孤立，性格慢慢內向孤僻後，雲永昌在保護她的同時，不知不覺認為，雲厘就是這麼一個人。

一個沒什麼能力、固執己見的孩子。

雲永昌性格固執，不願意反思自己行為上的問題，也理所當然認為自己所有的行為是為了女兒好。

莫名的，來自旁人的話他卻聽進去了。

平日裡，雲厘怎麼和他說，他都聽不進去。

回去之後，雲永昌回到房間裡，生疏地打開這個軟體，按照傅識則教他的，打開雲厘的影片開始看。

看了幾個小時，他看得滿臉都是笑容。在短短的幾個小時內，他把這些影片分享給自己的親朋好友，告訴他們，自己的女兒有一百多萬個粉絲。

分享完後，他聽到開門聲，打開房門，雲厘剛接了雲野回家，看都沒看他一眼，直接回了房間。

雲永昌覺得渾身上下都涼颼颼的。

他在原處呆了許久，才過去敲雲厘的門。

「雲厘！」

聽到他聲如洪鐘，雲厘心裡一陣惱火，她用被子捂住耳朵，完全不想去管雲永昌。

雲野覺得這陣勢不對，勸道：「爸，你別敲了……」

雲永昌沒理他，還用力地敲著雲厘的門，房間裡傳來她跳到地板上，隨即急匆匆走到房門的聲音。

雲厘猛地拉開門。

面前的人臉色陰沉，雲厘反射性覺得雲永昌又要對她進行一頓訓斥，她極為受不了地問道：「爸，你鬧夠了沒？」

雲永昌見她這麼說話，習慣性地回應道：「妳怎麼這麼說話？」

雲厘和他僵持了幾天，不明白為什麼自己的父親總是這麼氣焰喧囂，直接豁出去道：「我怎麼就不能這麼說話了？」

雲永昌沉默著不說話。

「我覺得很難過，這麼多年來——」雲厘有些哽咽：「我一直都很努力，從小我就想向你證明，我沒有那麼差勁，我和雲野的差距沒有那麼大。」

「我讀書沒有雲野好，可我也能自己一個人在外面求學，我沒和你拿一分錢，我在網路上也有一百多萬粉絲了。」

「可是在你的眼中，你的女兒好像永遠只有缺點和缺陷，你覺得這是在關心我，在愛我，可你有沒有想過，你這麼做——」

「一直是在摧毀我的自信和尊嚴。」

「爸爸，有時候我真的不知道怎麼做。」雲厘還是忍不住淚水，「我知道你怕我受委屈，我知道因為我的耳朵，你一直都想要保護我，正是因為這樣，我也很痛苦。你用錯的方式愛我，但正是因為你愛我……」

「我更加不知道怎麼處理我們之間的問題。」

她沒有辦法決然的和雲永昌斷開聯絡，她沒有辦法不去考慮他的感受。

可她很痛苦。

雲永昌不吭聲，他的臉緊緊地繃著。

雲野在角落待著，隔著耳機都能聽到雲厘哽咽的聲音，便走上前拉住雲永昌的肩膀，說道：「爸，別吵架了。」

雲永昌不動，雲厘斷斷續續道：「我挑好房子後會帶你去看的，你就支持我，肯定一次我的決定，可以嗎？」

雲永昌看到她的眼淚，想起這段時間自己看的那些影片，嘆了口氣，起身回了房間。

雲厘有些絕望，應對雲永昌，似乎用盡所有的方法和情緒都沒有效果，她失神地起身，卻發現雲永昌沉默地回到了客廳。

雲永昌並不是很跟得上時代，電子銀行日新月異，他還保留著使用存摺的習慣，他把一本陳舊的存摺放在桌上，淡道：「裡面的錢都是給妳的。」

雲厘沒反應過來，吸了吸鼻子，直接拒絕了：「不用了，留給雲野吧。」

雲永昌語氣強硬：「雲野有多少，妳的也是多少，而且這小子自己難道不知道賺錢啦，哪還用把妳的錢留給他。」他憋了半天，極困難地說道：「……不知道就讓他和妳學一下。」

「……」

拿著存摺，雲厘還沒緩過來，怔怔地回了房間。

不過一下子，雲野戴著耳機進來，不可思議道：「我耳朵出問題了嗎？還是我的耳機出問題了？」

雲永昌幾乎沒肯定過雲厘，更別說讓他承認雲厘在某方便比雲野更好。

覺得今晚自己的爭取有效果，雲厘又想哭又想笑，打開存摺看了一眼，她被數字震驚了一下。

不打算用這筆錢，她直接把存摺塞到抽屜裡。

回想剛才發生的事情，雲厘的情緒褪得很快，不知不覺有些得意洋洋，朝雲野耀武揚威：「聽到沒，爸讓你和我好好學一下。」

「……」

雲厘：「你看，我現在居然也能說服爸了！」

雲野忽然反應過來，可能是傅識則和雲永昌說了什麼。他抬眸，見她表情舒暢，還是沒說出真相，只是隨他一起彎了彎唇。

雲永昌沒再干預雲厘挑房子的事情，只是反覆和她強調房子的採光、布局之類的細節。

雲厘雖然覺得他囉嗦，但見他態度也沒以前那麼強硬，平時裡就「嗯」兩聲應付了事。

和仲介約了時間，雲厘與傅識則到公司附近的建案看了一圈，週末雲野不用上課，跟在他們身後湊熱鬧。

見雲厘反覆在看四五十坪的房子，雲野問她：「姐，你們打算買三房嗎？」

「……」

雲厘沒有買房的經驗，聽到雲野的問話，才抬頭問傅識則：「我們要幾個房間？」

傅識則視線從宣傳單上移開，考慮片刻，問她：「妳想要幾個？」

雲厘想了想：「三個？」

傅識則：「那挑個五房吧。」

雲厘：「……」

她後知後覺反應過來傅識則問的是要幾個孩子，臉一紅，又扭扭捏捏道：「兩個就夠了。」

雲野聽到他們的對話，總覺得兩房太小了，皺著眉道：「兩個不夠吧。」

「小孩子別管那麼多。」雲厘瞪了雲野一眼。

突然被凶，雲野也沒生氣，故作不在意地說道：「欸，姐……」

他欲語還休了半天，雲厘催促道：「有屁快放。」

話一出口，雲厘的手一滯，見傅識則看了看自己。

靠，她能收回剛才粗魯的話嗎？

雲野幸災樂禍地嗤笑一聲，雲厘不和他計較，嘗試著挽回形象，柔聲道：「我的意思是你有什麼事快說，姐姐會聽的。」

雲野一笑，露出小虎牙和梨窩，語氣裡滿是商量：「可不可以留一個房間給我？」

雲厘無語：「留給你幹什麼？」

「……」雲野堅持道：「妳就留一間給我！」

雲厘瞟他一眼，不耐道：「知道啦知道啦。」宣傳單上的戶型不少，雲厘多看了幾眼大戶型的。出來有一段時間了，她瞥見飲料店，隨口道：「雲野，你去買飲料。」

雲野：「哦，你們要喝什麼？」

雲厘和傅識則上自習的時候經常會點飲料外送。傅識則不經思索，直接道：「抹茶拿鐵熱的無糖，阿華田熱的無糖加霜淇淋。」

雲野木楞了下，在腦中複述了一遍，轉頭跑到附近的飲料店。

盯著他頎長的身影，曾經比她矮的少年已經高她一個頭，也斂去昔日的毛毛躁躁，手插口袋在隊伍裡等著，過了一陣子，拿出手機按了兩下。

雲厘的手機震了下。

雲野：『我靠，阿華田熱的無糖加霜淇淋？熱的？加霜淇淋？我記錯了？』

看著雲野式問話，雲厘沒來由地反應過來，為什麼雲野想要一個房間。

情緒慢慢湧上來。

她抬頭問傅識則：「可以留個房間給雲野嗎？」

雲厘驟然間體會到難過。

直到買房這件事在眼前，雲厘才清楚地意識到，她確實進入一個新的階段了。在這個階段，她會得到一生的伴侶。

但同時，她最難過的事情，便是和從小一起長大的雲野會有一定的距離。

以前雖然雲厘常年在外頭上學，但她和雲野彼此都知道，只要一放假，她就會回家，雲野會看見她，她也會看見雲野，就算兩人一整天都不說話。她腦中閃過一些畫面，從大一開始，雲野的笑帶著少年氣，頻繁地問她：「什麼時候回家？」

傅識則理會，安撫道：「我們和弟弟會經常見面的。」

手機又震了一下，雲野：『四十二塊錢。』

雲厘發了一毛錢給他。

些許的惆悵也順勢消失。

順著方才的想法，她想到了兩人結婚的事情。

之前傅識則說想畢業就訂婚，雲厘拒絕了，傅識則沒有再提起過這件事。

可現在，畢業論文都已經交上去了。

雲厘考慮著怎麼委婉地提醒他，她之前篤定地說要談兩三年的戀愛再結婚，這下有點為當時衝動的拒絕後悔了。

她看向傅識則，對面偶爾抬眼看她，眼角帶著笑意。

雲厘斟酌著措辭。

──你什麼時候和我求婚？

不行，太直接了。

──這個房子作為婚房可以嗎？

跟剛才那句也沒什麼差別。

──之前說畢業就訂婚，還算數嗎？

這打臉打得啪啪響。

糾結了半天，雲厘極度委婉地問道：「這個房子，我們是一起買的，對嗎？」

傅識則：「嗯。」

雲厘觀察著他的神態，見他沒什麼要說的，她有些懊惱地垂下頭：「買房買房。」

不結婚也能買房。

雲厘自我安慰。

看了一天的房子，雲野抱著飲料，只想癱在車裡不動。

後座仲介還在熱情推銷，雲厘對自己的第一間房子格外上心，認真地聽著對方的話。

傅識則的手機震了下，E站提示了一則几小時前他錯過的動態。

閒雲滴答醬：『今天鹹魚試圖找個窩。』

下面的留言一堆『老婆我愛你』、『老婆來我窩裡』、『我已經幫老婆把窩暖好了』、『老婆老婆』。

他看向雲匣，對方還乖巧地聽著仲介的推銷。

傅識則一言不發地關掉手機。

送審意見返回後，不出意外，傅識則的全部為優秀。雲厘的最後一個意見返回得比較晚，拿到手的時候，她鬆了口氣，都是優秀。

看向傅識則，他眼裡帶著理所應當，似乎事情本便該如此。

答辯在南理工，傅識則陪著雲厘飛回南蕪。北山楓林的床比較鬆軟，傅識則問她意見時，幾乎沒有猶豫地，雲厘選了留宿在北山楓林。

第一個夜晚，傅識則一直陪雲厘進行答辯練習，早早便熄燈入睡。

正式答辯在第二天。等她報告完，現場的評審提了一堆問題，她需要在所有人報告後再回答。

雲厘收到將近十個提問，緊張得額頭沁出了汗。

傅識則先到門外，傳訊息給她：『到外頭來。』

雲厘因為緊張，四肢有些僵硬。

「放鬆。」他眼角帶著笑，揉了揉她的頭。

傅識則用兩分鐘幫她把十個問題分成兩個類別並疏離出裡面的邏輯線，雲厘聽著他不急不慢的語速，他表情平靜，讓她覺得，這件事，好像也沒那麼難。

雲厘冷靜了點，按照他理的思考方向回答了一遍，碰上他的視線，似乎一直都是這麼柔和與堅定。

她看看四周，忍不住湊上去親了他的臉一下。

雲厘放鬆下來，笑了笑：「你怎麼這麼好。」

傅識則撫了下她的臉：「我的厘厘也很好。」

等結束時，現場教授一致給了優秀的評分。

雲厘的導師沒改過她的碩士論文。許多個夜晚，在雲厘從西科大回家之後，傅識則還在辦公室熬夜幫她改論文。

評審老師宣布評分的時候，她的第一個反應是看向傅識則。他默默地坐在角落，卻是一個無論她在位子上，還是在講臺上都能看見的位置。

他永遠在她的視線中。

所以她永遠能得到最直接的支持。

傅識則將花遞給她：「厘厘，畢業了。」

雲厘不可控地笑起來，用力地「嗯」了聲。

回北山楓林後，像是包袱和壓力都放下了，傅識則不再克制自己，將她推到房間，雲厘半推半就：「我還要洗澡！」

傅識則：「嗯。」

將她推到了浴室，往浴缸裡放水。

雲厘覺察到他的意圖，紅著臉走回到門口。傅識則笑了聲，聽出他語氣中的威脅，雲厘小聲道：「我去把花拿來，加點花瓣……」

翌日醒來，雲厘覺得自己身子都要散架了。傅識則醒得很早，為她做好早飯端到床邊的小桌子上。

雲厘看了眼時間。

「……」

居然才九點。

傅識則坐在她身邊，將被子往上拉了拉，擋住她露出的皮膚：「今天去個地方。」

「渾身疼，走不了。」雲厘有點起床氣，轉過身不理他，盯著白牆看了好一陣子。傅識則沒下文，她掙扎一下，又故作不在意地問他：「去哪裡？」

傅識則笑了聲。

這笑聲彷彿在告訴雲厘，她太他媽沒骨氣了。

「南蕪有家婚紗館。」

「……」

心裡一堆胡亂的想法瞬間被拋到九霄雲外，雲厘捏了捏掌心，乾巴巴地問道：「怎麼了？」

「去看看。」

她還背對著他，傅識則膝蓋壓在床上，挪了兩步，閒散地坐在她旁邊：「不想去嗎？」

「……」

傅識則：「疼的話，下次去。」

雲厘不知道下次到南蕪是什麼時候。

她動了動，坐起來伸了個懶腰，碰上傅識則得逞的目光，鎮定地從被子裡爬出來。

一路上，傅識則沒再談及今天的安排。

雲厘心癢癢的，試探道：「去婚紗店做什麼啊？」

傅識則：「可以傳個探店影片到E站上，現在蠻紅的吧。」

他語氣正經，雲厘的幻想瞬間破滅。

心裡落了空，雲厘頓時對今天的安排失去了興致，語氣中帶上明顯的拒絕：「可是我現在技術類的影片比較多……」

傅識則問她：「不能嗎？」

雲厘和他視線對上，不明白他為什麼這麼堅持。停了車後，她沒吭聲，他也不吭聲，拉著她往前走。

快到店門口，雲厘腦中閃過一個想法，不可置信道：「你是希望我官宣嗎？」

片刻，傅識則才「嗯」了一聲。

傅識則：「全網都在喊妳……」他停頓一下，放低了聲音，帶著點曖昧「老婆。」

雲厘臉了紅，將他推離自己的右耳。

他瞥她一眼：「我都沒喊過。」

恰好雲野傳訊息給她問答辯的情況雲厘中斷了二人的對話，匆匆道：「等一下。」

傅識則站在她身邊耐心地等待，看見她回覆了雲野的訊息後，切換回聊天主畫面，掃了自己的暱稱一眼，傅識則平淡道：「我說錯了，應該是，我和妳的身分居然是互換的。」

「……」

他繼續道：「今晚身分也互換一下？」

「……」

「我們快進去。」雲厘迫切想轉移話題，拉著傅識則進了婚紗店，復古的重工婚紗掛在店的正中央，射燈打在上面，能看出精緻的點綴和鏤空。

雲厘盯著看了好一陣子，完全忘了剛才的抗拒，和導購說道：「我想試這件。」

導購抱歉地笑了笑：「不好意思女士，這件是訂製款，不能試穿的呢。」

雲厘視線下移，看到上面的一張小名牌，寫著「傅先生 & 雲女士」。

「……」

她看向傅識則，他隨口道：「第一次去妳家裡，說過幫妳準備了禮物。」婚紗訂製了將近半年，近期才有成品。幾個店員到試紗間幫雲厘換上，她還沒反應過來，任她們擺布。

眼前的簾布緩緩拉開，落地鏡中出現她的身影。

雲厘怔怔地看著鏡中的自己。

她側過頭，傅識則看著她，目光一動也不動。

她半天不知道該有什麼反應，只是和他對視著，她看見他眸中映著自己，有些緊張地問道：「好看？」

傅識則：「嗯。」

最初短暫的震驚過後，雲厘心裡盈滿雀躍，穿上婚紗是許多女生小時候有過的夢想，更何況，這件，是傅識則為她訂製的。

雲厘在落地鏡前看了許久，瞟了傅識則一眼。

她有點彆扭，慢吞吞道：「但是這東西，如果不結婚，好像也派不上用場。」

傅識則坐在一旁白色的實心方體上，雙腿分開，整個人纖長筆挺，他沒有立刻回答，思索一下，抬眸問她：「妳想結婚嗎？」

「……」

不知不覺，試紗間只剩他們兩個。

雲厘才發現，他換上了訂製的西裝和皮鞋，輕鬆地坐在原處，黑眸中倒映著聚光燈。雲厘和他離一公尺遠，她試圖讓自己的心跳減速。

燈光下，雲厘的皮膚白皙剔透，抹胸式的婚紗露出她光潔的肩膀，點綴著水晶的裙擺兩公尺長，拖在地上，而她是這中間獨一無二的存在。

傅識則手裡拿著純白色的小盒子，在方體的平面上輕輕旋轉，像是在把玩。有輕微的咚咚聲。

他身體隨意地後仰，用右手撐著，雲厘愣愣地看著他，直到他抬眼望向她，雲厘屏住呼吸。

已經預料到會發生什麼。

眼前的男人五官立體，下顎線清晰，略顯疏冷的神態讓人不敢靠近。他平靜地看著她，手裡的盒子還在平面上旋轉。

雲厘忍不住了，小聲道：「你別摔到了……」

傅識則笑了聲，臉上的清冷一消而散，雲厘看著他眉眼的笑，彷彿看見影片中少年溫潤的笑。

他單手打開盒子，瞥了一眼，看向她：「畢業就結婚吧，好不好？」

「……」雲厘忍住點頭的衝動，督促道：「你這樣不夠正式。」

畢竟西裝都換上了。

雲厘看見他不疾不徐地站起來，一步、一步靠近她，柔和的目光始終停在她身上，直到停在她面前，她看見他緩緩地單膝跪下，身體依舊筆挺。

心甘情願、澈澈底底地臣服於她。

此刻，他們都在聚光燈下。

世界像濃縮成一個極小的空間，恰恰只容納得下他們兩個人。

呼吸彷彿靜滯了。

他眉眼鬆鬆，眼尾帶著情愫：「厘厘，和我結婚好不好？」

雲厘的視線模糊，她邊笑邊用手背擦著淚水。

「不說話，就當妳默認了。」他執起她的手，「默認的事情，不能反悔。」

回西伏後，雲厘和傅識則挑了幾間比較滿意的房子，原先雲厘想挑選的那間在公司和西科大中間，這樣傅識則也不用起太早。

最後還是傅識則選了離她公司近的，她步行只需要不到十分鐘。

某個下午，傅識則提醒她該登記了，雲厘回過神，去戶政事務所抽號碼牌預約。

雲野作為他們的特聘攝影師，和傅識則一起在客廳裡等了三個小時。

雲厘出來時，雲野不耐地想要吐槽，見到她的時候卻滯了下。

她一身簡約的白色禮服，燙捲的髮用白色髮夾別在後方，看起來溫柔恬靜。

見自己弟弟沉著張臉，她瞅他：「你有意見？」

雲野默了一下：「沒有。」

她的視線和傅識則對上，瞬間柔軟。

雨打在窗上，雲厘回房間拿了一把黑色的直柄傘，與她此刻的風格格格不入。

雲野見著，皺眉問：「妳怎麼用這麼粗獷的傘？」

「……」

這把傘還是在英國時無意中獲得的。

臨近耶誕節，那段時間她過得挺糟糕，語言原因她的幾個考試都不太理想。劃傷手後又立刻得了重感冒，校友聚會她不方便參加，和粉絲聊天也由於她狀態不好草草結束。

整個城市洋溢著聖誕的氣氛，她將臉埋到圍巾，在格格不入中感到冬天澈骨的冰冷。

實驗室其他人早已提前回家過聖誕。

那天她獨自一人從實驗室離開，回公寓的途中路經一家復古的紅色書店。

雲厘通常不會在沿途的商店逗留。

那天看見門口貼著的聖誕動物合集，想起和傅識則一起去動物園的那個聖誕，她鼻子一酸，慢慢地走了進去。

如果沒分手，他們就剛好一週年了。

書店的布局與常規的不同，整齊排列著幾大排書架，雲厘翻了翻書，她英文不好，翻得興致缺缺。

書店入口的鈴鐺響了，進來了個高高瘦瘦的男人，穿著黑色風衣，兜著寬大的帽子，垂著頭。

男人走到雲厘的書架對面，雲厘只看見書架間隙對方蒼白的腕間。

她忽然想起在南蕪和傅識則初見那晚，他帽子下白到病態的皮膚。

她在裡面待著的一個多小時，瞥見這黑色的衣角數次，對方和她保持一定距離，卻又一直沒離開。

心不在焉地一本本翻過去，不知過了多久，到門口時，天空已下起了滂沱大雨。

她等了好一陣子，雨沒有停的跡象。

獨自在那座城市，她也找不到人送傘，書店附近又沒有其他商店。

雲厘愁容滿面，呆呆地看著門外的雨，在布滿聖誕貼紙的玻璃門上看到男人的身影。

從始至終，男人一直帶著寬鬆的帽子，垂著頭，但卻帶給她一種熟悉的感覺。

雲厘轉念又覺得自己的想法可笑，在異國他鄉，一間無名書店，無論是巧合還是刻意而為，她都覺得是異想天開。

僅僅因為是思念過久，隨便見到一個人，便覺得像他。

也許是為了打消自己這種念頭，雲厘猶豫了半天，偏過頭用英文問他：「你好，我們認識嗎？」

她還未將頭澈底轉過去，見到玻璃門裡男人向前，猛地靠近她，雲厘嚇得渾身一陣緬緊，剛要驚呼，男人卻只是手臂撞到她一下，將那把黑色直柄傘塞到她的懷裡。

門口的風鈴輕輕迴響，她愣住，男人的腳步極快，身影很快消失在雨簾中。

她看著手裡那把傘發呆許久，又笑了一下，權當這是陌生人的善意。

在那個布滿雨的陰濕天氣，她的鼻子不通。因為潮氣渾身發冷，卻難得的，感受到了一絲溫暖。

雲厘回過神，隨口答道：「在我覺得生活很困難的時候，一個陌生人給我的。」

「在我的好日子裡帶上這把傘，希望那個人他也能和我一樣幸福吧……」雲厘想起男人離去時寂寥的背影，恰好對上傅識則的視線，她彎彎眉眼：「希望他也和我一樣，能被另一個人鍾愛一生。」

察覺到傅識則愣了一下，雲厘想起剛才雲野的吐槽，不太好意思地說道：「是不是黑色的傘不太好，要不然我換一把？」

傅識則回過神，輕聲道：「就帶這把吧。」他接過傘，似有若無地說道：「萬一實現了呢。」

剛出門，雲厘躲在傘下，和他靠得很近，記憶飄到很遠之前，在休息室內，蜷在沙發上的男人睜開眼睛，看著她。

雲厘捏了捏他的內肘：「我現在有直柄傘了。」

傅識則：？

他反應過來，將她一扯，又拉近了點。

雨簾擋住了其他人的視線，即便如此，雲厘還是不好意思在公眾場合有親密行為。她雙手試圖輕推開他，卻被他箍得紋絲不動。

傅識則低笑兩聲，沙啞道：「力氣還是不夠大。」

雲野帶齊了東西，脖子上掛著相機擠到車後座，小心翼翼擦掉相機沾上的水。

從門口到車裡這麼一下子，傅識則的西裝淋濕了一半，雲野無語道：「姐妳就不能選個好一點的日子，至少別下雨吧。」

雲厘看向傅識則，笑了笑：「下雨也可以是好日子。」

雨刷將眼前的水撥開，他看見從混沌到清晰的世界。玻璃上倒映著雲厘的笑，他慢慢地啟動了車子，勾了勾唇。

從今以後，他的雨天，因為有她，也可以是晴天了。

雲厘和傅識則最終挑了現成的新房，搬進新房時，已經是九月份的事情。

在新家拆行李的時候，傅識則留意到雲厘把無人機單獨用一個箱子裝著，拿起來看了眼。

傅識則用指腹擦了擦她臉頰上的灰，問她：「不是給弟弟了嗎？」

雲厘也伸手摸了下他碰過的地方，自然地說道：「哦……那不是江淵哥的嗎？我幫你拿回來了。」

「還修了一下？」

「……」

雲厘也不知道他是怎麼看出來的，按理來說她只是把壞掉的一個小角落補了下，她遲疑道：「雲野說撞到了一塊，我怕你生氣，所以……」

傅識則笑：「那是我們試飛的時候撞到的。」

「……」

雲厘面露尷尬，虧她當時還緊張了那麼久，用了很多工具才把無人機的外形捯飭得看不出缺陷。但幾秒後，她又理所當然地自語：「現在我們都登記了，幫你補東西天經地義。」

傅識則將無人機放回桌上，見雲厘正彎腰將他箱子裡的東西取出來，腰身纖細，他貼上去，從後摟住她。

「厘厘。」他輕喃道：「所有壞掉的角落，都被妳補好了。」

雲厘理解了他的意思，手覆在他的手背上：「以後，你的世界都是完整的了。」

往書架上擺放電子產品的時候，雲厘翻出傅識則的VR眼鏡，他應該已經擱置了一段時間了。

和傅正初一起參加的那個VR遊戲比賽，雲厘開發了個極簡單的遊戲。遊戲裡允許玩家自行搭建場景和角色，並透過導入的音訊設定角色的音色。有大賽的背景在，雲厘獲得了不少資源，也使得這個遊戲成功上線。徐青宋作為唯一一個提名的評審，為他們爭取到了優勝獎。

她替這個遊戲命名為《IT'S BEEN LONG TIME\ 好久不見》。

雲厘把這個遊戲送給傅識則，作為他的生日禮物。

遊戲送給傅識則後，雲厘便沒再關注。

肝碩士論文時，雲厘常常看到傅識則在玩這個遊戲，她順理成章地覺得，傅識則會在裡面幫江淵搭建一個世界。

會讓江淵以另一種方式活著。

屋子裡堆滿了他們的行李打包箱，傅識則正半蹲在地上整理書籍，抬起頭問她：「想玩？」

她也很久沒玩過了。

收拾了一天的行李，雲厘一身疲倦，此時有機會放鬆，她興致盎然，讓傅識則幫她戴上VR眼鏡。

他站在她身後，將VR眼鏡扣上，調整了下大小。

雲厘瞬間進入另一個世界。

耳邊傳來傅識則的聲音：「看得見？」

雲厘：「嗯。」

傅識則：「沒什麼遊戲。」

桌面上除了《IT'S BEEN LONG TIME》之外，只有兩個小遊戲。

傅識則：「可以開妳做的那個遊戲。」

雲厘猶豫一會：「不了，我不看。」

傅識則沒堅持：「好，妳想看就自己看。」

雲厘點開另外兩個遊玩了一下，卻有點心不在焉。

聽到廚房傳來洗東西的聲音，她吞了吞口水，偷偷打開了《IT'S BEEN LONG TIME》。

設計這個遊戲的初衷，是希望傅識則能在虛擬實境中，用另一種方式彌補曾經的遺憾。

遊戲打開後，畫面上是傅識則建的文件。

點擊進入後，雲厘的眼前出現幾秒的黑暗。

中央一陣光亮後，她迷迷糊糊地睜開眼睛，入眼的第一幕是極藍的蒼穹，周圍是輕微的風聲。

遊戲製作得並不算精美，她注意到自己正蹲在地上。

雲厘低下頭，看見紅色跑道上醜醜的、蠢蠢的機器人，還有自己手上的遙控器。

呼吸不受控制地急促起來。

她的視線移向旁邊，視野中出現一雙白色運動鞋。

雲厘隱約猜到了什麼。

她的心跳越來越快，往上看，光影中，她看見十六歲的少年，碎髮隨風輕輕浮動，隊服寬鬆，胸口處月亮型的徽章熠熠生輝。

她總想填補他的遺憾。

可她卻不知道，和她錯過的那個紅色跑道，才是傅識則最大的遺憾。

少年蹲在她的身邊，用手指輕點了下機器人，抬眸，靜靜地看著她。

雲厘不知不覺紅了眼睛，她捏住ＶＲ眼鏡往上一拉，回到現實世界中。

是他們的家。

她轉過身，傅識則站在光影中，像是聽到了紅色跑道上的風聲，抬眸看向她。

——《折月亮》正文完——

番外一　雲野與尹雲禕

尹雲禕剛轉到西伏實驗中學國中部的時候，還是夏天。她揹著輕巧的書包，戴著遮陽用的棒球帽。尹昱呈送她的門口，提醒道：「和同學打招呼的時候要摘掉帽子。」

「知道了。」她輕聲應道。

尹雲禕按照老師的引導，規規矩矩地鞠躬：「大家好，我是尹雲禕。」

老師指了個空位給她。

旁邊的男生五官清秀，細碎的髮垂在額前，眉間天生自帶著不耐煩，看起來不太和顏悅色。

「你好。」

尹雲禕有點緊張地和他打了聲招呼，對方只是輕「啊」了聲，便散漫地轉過頭，盯著窗外。

尹雲禕看著窗上男生的倒影，他鼻翼以下埋在手肘中，眸子垂著。

她沒注意到，玻璃中也倒映著她。

雲野能看到尹雲禕一直盯著自己。

趴著的少年慢慢地動了下，坐直身體，側頭看她：「盯著我幹什麼？」

少年頭髮略亂，眸子清澈，神情桀驁不馴。

尹雲禕睜大眼睛，對他這副不近人情的模樣絲毫不怯：「我叫尹雲禕。」

雲野：「剛才聽到了。」

言下之意是她不用再重複一遍。

後面的男生用筆戳了下雲野，笑道：「雲野，你也太抬槓了，人家是讓你自我介紹呢。」

雲野長長地「啊？」了一聲，語調上揚，然後毫無情緒地「哦」了聲：「我叫雲野。」

第一天並沒有人主動和尹雲禕打交道，她嘗試和自己的隔壁同學雲野說了幾次話，對方大多只是「啊」「哦」「嗯」三個字結束。

想不明白他怎麼這麼高冷。

甚至讓她覺得有點不太禮貌。

尹雲禕澈底打消了和他說話的念頭。

第一天的課程結束後，她莫名覺得有些氣餒，揹著書包往外走。

還沒走兩步，她聽到耳邊少年的聲音：「帽子忘記拿了。」

少年直接從她身旁穿過，將帽子套在她頭上。

尹雲禕怔怔地看著他的背影消失在走廊盡頭。

尹昱呈在門口等她：「新學校怎麼樣？」

尹雲禕想了想這平淡的一天，不知怎麼形容，張了張嘴：「挺好的。」

回家後，尹雲褘滿腦子想著怎麼樣和同學融洽地相處。

這個同學特指雲野。

失眠了半個夜晚，尹雲褘並沒有想到特別好的方法，反倒是雲野那張好看的臉在腦海中越來越清晰。

第二天，同班的徐姚在走廊上和她搭話：「妳知不知道妳隔壁桌是我們這的大學霸啊，而且他超酷的欸。妳看那張臉，像不像全世界都欠了他。」

尹雲褘昨夜沒睡好，脫口問道：「哦，那不就是欠嗎？」

話一出，尹雲褘有種說了雲野壞話的罪惡感。

回位子後尹雲褘見雲野額頭貼著桌子，正奇怪怎麼會用這麼奇怪的動作睡覺，坐下後，才發現雲野在偷玩遊戲。

學校規定不能帶這種小遊戲機到教室。

尹雲褘打開作業本，可能覺得這種行為和她想像中的學霸相去甚遠，她忍不住多看了幾眼。

雲野忽然抬起頭，額上壓出個紅印子，他眼睛亮晶晶的，笑容露出了小虎牙：「妳要玩嗎？」

「……」

這就是徐姚說的——超酷的人嗎？

盯著那可愛的笑，尹雲褘禮貌而客氣地拒絕：「不用了，謝謝你。」

雲野絲毫沒有被拒絕的沮喪，唇角勾著笑，低頭繼續玩手機：「別告訴老師。」

從尹雲禕這邊看去，還能看見他額上隱隱約約的紅印。

尹雲禕翻著書，有些走神，覺得雲野的行為大膽放縱離經叛道。

身後一聲訓斥：「雲野——」

「你又在玩遊戲——」

班導師直接拎起雲野的領子，拿過他的遊戲機，雲野趕在最後一刻關了機子。

雲野淡定無比：「我沒有玩，機子關著的。」

班導用力地敲了下他的腦殼，雲野吃痛地按住。

班導轉向尹雲禕，面對他眼中的文靜乖巧的標準三好學生，聲音都柔和了許多：「尹雲禕，雲野剛才是不是在玩遊戲？」

雲野還被班導提著領子，抬眸看了尹雲禕一眼。她握了握手掌，本能地不想撒謊，但和這個勉強了一天半同學情的人對上視線，尹雲禕的表情有些為難。

班導師勸導：「妳說實話就可以。」

雲野看見她的表情。

班導原以為雲野要死強到底，他卻老老實實道：「我玩了。」

確實是完了。

尹雲禕看著雲野被班導拽著往外走，其他人幸災樂禍或一臉茫然地看戲，她蹙眉，聲音依舊柔和：「老師，您不能拉他的領子。」

尹雲禕果斷道：「這是不對的。」

教室裡一片安靜。

班導嘴角動了動，正想發飆，對上尹雲禕乖巧的臉，還是控制著脾氣鬆開了雲野的領子。

等到雲野回來時，後桌推了推雲野的肩：「你今天頭好鐵。」

平時大家被抓到玩遊戲機都是乖乖認錯上交機子。

「靠。那是我姐的，她回來會殺了我。」雲野頭疼著，皺眉道：「我要買個一模一樣的。」

尹雲禕還以為他回來會怪自己，捏緊了筆。

她和雲野的接觸並不多，但也不希望和他鬧僵。

她寫了好幾張卡片給雲野，都沒遞出去。做著做著題目，尹雲禕逐漸忘了這件事情，等她回過神，發現雲野在數書包裡的零錢。

尹雲禕問：「你要買遊戲機嗎？」

「嗯。」雲野再算了一遍，尹雲禕遲疑片刻，直白道：「你再算多少次，錢都不會變多的。」

雲野：「……」

他不吭聲，將紙幣一收，塞到口袋裡。

尹雲禕從身後拿起書包，在夾層裡翻出張十塊錢，遞給雲野。他低眸看著，沒接。

她有些不自然：「是不是十塊錢太少了……我爸媽不給我零用錢，我這裡只有十塊錢。」

雲野默了默，說道：「不少。」他順手拿過尹雲禕的書包，將這十塊錢疊好，放回原本的夾層。

又將書包放到她身後。

他隨手拿了她桌上的一本書，翻開第一頁看了一眼，才說道：「尹雲禕，謝謝。」

兩人當了半學期的隔壁鄰居，平日裡雲野不會和她說話，只是偶爾和她借尺和橡皮擦。

尹雲禕覺得雲野是個複雜的人。

遇到好玩的事情時，他會鬧，露出標誌性的笑容。其他時候確實如徐姚所說的一般，高冷得讓人不敢接近。

期中考後，雲野年級第二，尹雲禕年級第八。

讓成績有差距的學生坐在一起是學校裡不成文的規定。班導下課走到他們身邊，要幫他們換座位。

雲野：「她數學不好。」

尹雲禕呆了幾秒，不知道為什麼對方對她是這樣的評價，平靜地回嗆道：「雲野國文不好。」

雲野立馬改口：「對，我國文差。」怕班導不信，他還補充道：「這次能拿第二是因為尹雲禕幫我補習，調座位的話就更差了。」

第一次調座位失敗。

當天放學，尹雲禕糾結了半天雲野為什麼要覺得她數學不好，揹著書包跟在他身後問道：「我數學哪裡不好了？」

雲野撓撓頭，愣了下：「誰說的？」

尹雲禕：「你說的。」

他才想起這件事：「那是因為——」

看著眼前這雙溫柔的淺色瞳仁，雲野的聲音戛然而止。

他開了自行車鎖，翻上去。

獨屬於少年的纖細小腿蹬了兩下，他悠哉地迎面從尹雲禕身旁騎過。

空中留下他的聲音：「走了。」

一天，衛生股長安排尹雲禕和雲野一起當值日生。

女生發育得比男生早，尹雲禕那時候比雲野高了不少，主動說道：「我來擦黑板吧。」

雲野手裡拿著黑板擦，停在黑板上，向上一跳，擦掉了最頂端的幾個字。

用這種幼稚的方式證明了自己後，他並不害臊，直接把黑板擦遞給她。

做完值日生後，教室裡只剩他們兩個人，雲野快速地把書往背包一扔，跨在肩上朝她擺擺手：「走了。」

尹雲禕問他：「可以等我嗎？」

話一出口她心底就有些犯嘀咕。

本以為對方會拒絕，雲野卻停下腳步，直接坐回他的桌上，無聊地用雙手撐著木板桌面，頭微微後仰。

尹雲禕不緊不慢地收拾著自己的東西，雲野朝後往她的桌上看了一眼，整整齊齊的筆、便利貼、本子，筆袋乾淨透明，印著半透明的櫻花，

他的視線移到尹雲禕身上，說道：「妳頭髮上有粉筆灰。」

「哦。」尹雲禕用手撥了撥頭髮。

雲野打了個哈欠，繼續道：「不在那。」

尹雲禕又撥了撥。

雲野瞥了一眼，隨即，尹雲禕看見他的手臂擋住了光線，眼周瞬間被陰影籠罩。

尹雲禕滯了一下。

那隻手幾乎沒碰到她，將她髮上的灰揚去。

她心裡一緊張，將東西一通亂塞，說道：「我收拾好了，我們走吧。」

「哦。」雲野輕盈地落在地上。

尹雲禕瞥見他的球鞋，因為經常打球，鞋尖磨破了一些。

雲野生日的時候，尹雲禕告訴尹昱呈自己想桌買一雙球鞋給同學當生日禮物。

尹雲禕不知道雲野的尺寸，拜託尹昱呈在學校附近買了一雙後，把發票放進去，這樣子雲野可以自己去換。

放學後，她照例往門口走，路過籃球場時，看見一抹熟悉的身影。

雲野穿著那雙她送的籃球鞋，拍著籃球，在原地停頓了好幾秒，和她的視線對上。

球被旁邊的人拍走時，他才回過神。

雲野沒告訴別人，這雙鞋是尹雲禕送的。

以往的球鞋他都是直接穿到學校，一整天穿著。只有這一雙，他會用袋子裝起來，等到球場再換上，盡可能減少鞋子的磨損。

等尹雲禕察覺到時，旁邊飛來一顆籃球，她下意識地用手去擋。

這不是第一次。

尹雲禕之前也被籃球砸過，不少男生會用這樣的方式引起女生的注意。

每次被砸得疼，尹雲禕覺得不是大事情，會對嬉皮笑臉來道歉的男生說沒關係。

這球速不慢，眼見就要砸到她身上，一個身影卻擋在她面前，輕鬆地將籃球接住。

扔球的男生本來在其他同學的慫恿下瞄得很準，已經準備好過來和尹雲禕搭話。

雲野直接將籃球砸回他身上，語氣冷冰冰的：「打球就好好打球，自己欠砸嗎？」

男生本就心虛，見雲野面色不善，立刻撿起籃球跑回場地。

雲野偏過頭，合理的推斷後，剛想說出「不用謝」三個字，尹雲禕先開了口。

「你下次不能這麼凶，你不怕他們打你嗎？」

她看著面前單薄瘦削的身影，歪著腦袋，語氣充滿了不贊同。

絲毫沒有被英雄救美後的感謝，尹雲禕理所當然道：「他們比你高那麼多。」

雲野扭頭，極為無言地看了她一下。

他身上布滿密密的汗，輕喘著氣，和尹雲禕說道：「我去打球了。」

「雲野。」尹雲禕喚道，雲野困惑地看向她，她抓住書包的背帶，抿了下唇，再次確認道：「他們不會打你吧？」

「應該沒那麼無聊吧。」

球場上有人在喊雲野，他沒再多說，跑了回去。

等雲野打完球，已經將近六點了。

汗水打濕了頭髮，他走到停車棚，只有他的自行車鎖在那裡。停車棚對面是個公用的水池，雲野過去打開水龍頭，單手用冷水潑了下臉，後來乾脆用冷水淋濕了頭髮。

關掉水龍頭，他抬頭，水模糊了視線，卻清楚地看見尹雲禕站在他面前，遞給他一包面紙。

雲野接過面紙：「謝了。」

他頓了下，問她：「你怎麼還沒走？」

尹雲禕都走得比較早。

「我本來要走了的。」尹雲禕支吾了半天，見雲野單手拿紙巾不方便，她幫他拆開，遞給他一張。

她不好意思告訴他，自己是擔心他因為剛才的「出言不遜」被人揍一頓。

就好像……她只看見了他長得不高這一點。

雲野將面紙散開，隨便擦了下頭髮。碎掉的面紙沾在他的睫毛上，他皺著眉用手指撥掉，眼睛有些失焦，他眨眨眼，她的輪廓又再度清晰。

就和第一次見面時相同，她身材高挑，綁著高馬尾，脖頸細嫩修長，鵝蛋臉上嵌著瞳色偏淺的杏眼，鼻子和唇都很小。

雲野感覺呼吸變得不太自然，他匆匆道：「我要走了。」

直接從尹雲禕旁邊走過。

沒兩步，他又回過頭，問她：「妳不走嗎？」

尹雲禕想起他平日如風一般的身影，說道：「我沒有自行車，你先走吧。」

她轉過身，揹著書包往校門口走。

走沒兩步，她聽見自行車叮鈴鈴的響聲。

雲野騎到她身邊，從車上下來。

尹雲禕這才注意到，這是一輛山地車。

她再度確認了下雲野的身高，輕聲問他：「你騎這個會不會有點危險？」

雲野用鼻音輕應，她也聽不出是什麼意思。

又走了一段路。

黃昏將他們的身影拉長，雲野推著車跟在她旁邊，她聽到輪子摩擦地面的聲音，側頭偷看了雲野一眼。

尹雲禕腦海空白了幾秒，很自然地冒出了一個想法，等雲野長高之後，應該會更好看吧。

雖然他現在已經很好看了。

每到換座位時，雲野的國文成績就會變差。

為了保全他這個潛在的狀元，班導愣是讓他們當了兩年隔壁桌。

父母對尹雲禕極為嚴苛，除了讀書和補習班之外，她的生活幾乎沒有其他娛樂。就連用電腦，尹雲禕也要以課業為理由和父母申請。

導致當了兩年隔壁鄰居，她和雲野幾乎沒有一起參加過什麼活動。

話都沒說上幾句。

考完高中後，尹雲禕打開班級群組，盯著雲野那個原始的企鵝頭貼，點擊了好友添加申請。像是為了顯得不那麼刻意，她同時添加了好幾個人。

雲野即刻通過了。

兩人的對話欄空白了一整個假期。

高中開學時，尹雲禕沒有見到雲野，她心裡有些氣餒。直到分班考，她進入資優班，在新班級的角落見到那個身影。

少年趴在桌上，身旁的座位是空著的。

正如國中那兩年，尹雲禕走過去，默默地坐在他身邊。

雲野若無其事地直起身子。

兩人對上視線，觸電般地各自收回。

班裡的座位採用隨機制，雲野和尹雲禕不再是隔壁桌。

高中的課業壓力增大，男女生的日常活動更是毫無交集，尹雲禕沒有盲目地沉淪在那朦朦朧朧的情感中，而是將全部的心思放在學業上。

那天，剛好安排到他們一起當值日生。尹雲禕習慣性地拿起黑板擦，偏過頭，發現雲野也站在黑板前，落日的昏黃日光灑在他身上，他淺棕的眸子因為日暮顏色更盛，下垂看她。

雲野自然地朝她伸手，掌心向上放在她面前。

她才注意到，一個假期過去，雲野加速般成長，變得高高瘦瘦。

雲野一動也不動地盯著她，語氣和以前沒什麼差別：「黑板擦。」

就那麼一刻，尹雲禕的心臟猛地加速，無法言喻的情愫從心底滲出。她慌亂地將黑板擦遞給他，拿起講臺上的報紙跑到窗戶旁。

透過窗戶，她看見雲野單手插口袋，抬手時能輕易碰到黑板的頂端。

那是西伏最熱的時間，即便到了傍晚，熱氣與日光也能將人烤焦。

等兩人值完日，已經五點半了，尹雲禕在書包裡翻了半天，喃喃道：「怎麼沒戴帽子。」她不信的又找了一遍，最後只能放棄地揹起書包。

雲野剛洗完手回到座位上，尹雲禕看了他一眼，提醒道：「你頭上沾了粉筆灰。」

雲野懶得管：「沾了就沾了吧。」

想起國中的事情，她直接微踮起腳，用指尖撥了下他額前的碎髮。雲野懵懵地睜大眼睛，怔了片刻。

尹雲禕很快收回手：「現在不髒了。」

雲野還不理解心裡那種感覺，他只覺得臉上一熱，呼吸有些困難，彆扭道：「不用，我就喜歡沾灰。」

沒再繼續聊，尹雲禕往校門口走。

剛出門，身旁一陣風帶過，頭上便被輕輕戴上個帽子。雲野像第一次那樣，騎著車從她身旁過去，朝她擺擺手。

「走了。」

男生的頭圍比女生的大，帽子在她頭上鬆鬆垮垮，擋住了一部分視線，她只看見自行車的輪子，扶正帽子後，前方已經沒有雲野的身影。

布料像是帶著對方的溫度。

那一刻。

尹雲禕忽然就明白了，原來自己每次見到雲野時那種心跳加速的感覺，叫做喜歡。

少女的心事變成了不能說的祕密。

但也因為確定了自己的心事，便再也無法當做無事發生。

尹雲禕開始努力控制自己在雲野面前的反應，

發作業時，經過雲野的座位，少年寫題目到一半，趴在桌上小憩，右手拿著筆掛在桌子邊緣。

尹雲禕的校服口袋勾到了雲野的筆。

雲野因為這動靜，慢慢地直起身子，他眼神惺忪，看清楚面前的人後，又看看手裡的筆，隨口道：「妳要啊。」將筆隨手塞到她口袋裡：「給妳。」

「……謝謝。」

尹雲禕抱著作業本回了座位，從口袋中拿出那支筆端詳了一下。在紙上畫了兩下，不知不覺，她寫下那句話。

『我喜歡你。』

『雲野。』

回過神看見自己寫了什麼東西，尹雲禕慌張地劃掉這兩句話，旁邊有同學走過，她立刻將本子闔上，塞到抽屜裡。

徐姚在另一個班，放學前過來告訴她：「雲禕，妳知不知道好多人遞情書給雲野呀？老師還叫家長了，擔心雲野早戀。」

尹雲禕斂了斂情緒，問道：「這麼多人喜歡雲野啊？」

「對啊，之前我也寫了情書。」徐姚笑咪咪道，「不過他沒理，我過了沒多久又喜歡上另一個人了。」

她心不在焉地支著臉寫題目，無意中往窗外一看，一個模樣大他們幾歲的高挑女生在那左顧右盼，眼睛和雲野的毫無二致。

那不會就是雲野的「家長」吧。

尹雲禕起了身，走過去想再看幾眼，在樓梯轉角處，她看見女生和雲野在講話。雲野靠著身後那扇老舊的木製窗戶。

女生問他：「那些情書，你前面同學給你的？」

雲野：「……」

女生語氣驚訝：「真是讓人不敢相信，居然有人會看上我弟。」她開始笑：「還是那麼好看的女生。」

雲野憋了半天，說道：「……不是。」

他語氣裡忍無可忍：「雲厘妳好吵。」

「等一下你班導會罵我嗎？」雲厘嘆了口氣：「唉，雲野，你能不能不要惹麻煩。」

「最多就是罵我……」雲野不耐道，見雲厘垂頭喪氣，他掙扎了一下，臭著臉安撫道：「妳幫我搞定班導，今晚請妳吃飯。」

雲厘狐疑地看了他一眼：「你出錢還是我出錢？」

雲野被她拆穿，眼角彎起來，理直氣壯道：「妳出錢。」

雲厘：「……」

姐弟倆說完話，往樓上走，見狀，尹雲禕往後一縮，小跑回教室。

坐回位子上，她心臟砰砰直跳，因為偷聽了他們的對話而感到心虛。

開始寫作業，尹雲禕卻忽然有些出神。

剛才雲野和雲厘相處的模式，看起來自然又親密，就像她和尹昱呈一樣。她有點羨慕。

沒多久後雲野回來收拾書包，在尹雲禕的印象中，剛被老師訓完就應該一張臭臉或者是哭哭啼啼的。雲野看起來有些煩躁，和她對視了一眼，挎上包打算直接走人。

尹雲禕覺得他是個情緒不外放的人。

她故作正經地寫了一下題，不想因為自己的問話引起喧嘩。考慮再三，尹雲禕在小卡片寫了一句話，沒轉身，直接從前往後放他桌上。

『我也經常被老師罵，你不要難過。』

最後還附上一張笑臉『:)』。

雲野看了她一眼，半晌，從桌上拎起筆，隨便寫了兩下，路過她座位時，將小卡片丟回給她，語氣一如往常：「走了。」

只有潦草恣意的兩個符號——『:)』。

尹雲禕的高中生活，開始不斷地追隨雲野的身影。她會在雲野打球的時候偷偷看他，為他的得分雀躍和歡呼，會在出成績後先看他的排名，為此心裡起起伏伏，會在每天放學後和雲野差不多時間出門，「碰巧」遇見彼此。

這些偶爾的見面，是少女那時每日的夢寐以求。

高一運動會，所有學生將椅子搬到操場上，人頭攢動。運動會持續三天，後來，班裡的同學在位子上玩遊戲。

輸了的要玩真心話大冒險。

雲野剛跑完接力賽，喘著氣回來時，被人拉到椅子上。他穿著運動背心，身子還未完全長開，手臂上的肌肉線條並不明顯。

尹雲禕從旁邊拿了瓶水遞給他。

雲野接過，說了聲：「謝了。」

他喝水時，喉結上下移動，汗珠順著髮滴下，尹雲禕看了一下，察覺到他轉移來的目光，心如鹿撞地低下頭。

遊戲還在繼續。

雲野因為剛來，稀裡糊塗輸了幾把，真心話的問題來來回回離不開那麼幾個。

「你覺得現場哪個女生最好看？」

雲野不想回答這種問題，他推脫道：「每個人審美不同吧。」

「那現場哪個女生最符合你的審美？」

雲野抬了抬眼，快速地說了個名字：「尹雲禕。」

這個問題有其他男生答過她，卻沒有雲野回答時給她的衝擊力大。明明沒有運動，她覺得自己身上也出了薄薄的汗。

「你覺得尹雲禕頭髮綁起來好看還是披下來好看？」

雲野「啊」了一聲，背靠著椅子前後晃著，彎起眉眼笑得陽光：「我沒見過她披頭髮的樣子啊。」其他人不依不撓，片刻，他隨口答道：「披著吧。」

旁邊的女生打趣她：「雲禕妳臉紅了耶！」

尹雲禕心裡緊張，表面上卻冷靜地和雲野對上視線：「有點曬。」她找了個藉口：「我去一下福利社。」

在福利社前，尹雲禕鬆了口氣，慶幸自己沒有露餡。

她想買個冰淇淋甜筒，福利社只能現金或網路支付。尹雲禕只有校園卡有錢，便打消了這個念頭。

旁邊立著校運會的得獎公告欄，她駐足，搜索一下雲野的名字。

身旁忽然響起雲野的聲音：「妳看到我的名字沒？」

尹雲禕明明已經看見，本能地否認道：「沒看見……在哪？」

「這。」少年走上前，直接伸手指著自己的名字，尹雲禕看著他的臉，頓了幾秒，又懵懵地看向公示欄上的雲野兩個字。

「買多了，給妳吧。」雲野將手裡的甜筒遞給她，尹雲禕沒反應過來，伸手接過。雲野叼著冰棒咬了口，用手拿住，朝她揚了揚：「回去了。」

「……」

尹雲禕的視線一直跟隨少年的背影，隨後，轉移到手上的櫻花口味甜筒。

她想不明白，這個世界上怎麼會有這麼好看的人。

然而從小嚴格的家教，又讓尹雲禕將這份喜歡深深地埋在心裡。

尹雲禕想，也許也如徐姚的那般，這種喜歡只是一時懵懂。很快就會消失的。

過了幾天，家裡便告訴尹雲禕，尹昱呈的工作在南蕪市，她要轉學了。

聽到這個消息，尹雲禕立刻想到的，是那個令自己情竇初開的少年。控制不住情緒，聽到這個消息後她哭了一頓。

平時尹雲禕的情緒溫和穩定，尹昱呈一時間不知道發生什麼了，連忙安撫她。

她緩了好一陣子，抽抽噎噎道：「那邊學校沒這邊好，我要考好大學的。」

尹昱呈笑出了聲：「我們禕禕成績那麼好，哥哥已經幫妳聯絡到南蕪最好的高中了。」

「那邊的菜我吃不慣。」

「爸媽也會跟過去的，讓爸媽會做西伏菜。」

「我培訓班還沒上完。」

「哥哥會幫妳轉到南蕪的培訓班的。」

尹雲禕還在努力：「我的朋友都在這邊。」

尹昱呈安慰她：「哥哥知道妳捨不得這裡的朋友，但我們禕禕去新學校會有新的朋友哦。」

「可、可是……」

尹雲褘的聲音哽咽起來。

這麼多年來，像雲野這樣的少年，她只遇到這麼一個。

她不停地擦著眼淚，父母和哥哥都要離開西伏市，她不會任性地因為自己還朦朦朧朧的喜歡而加以阻攔。

只不過，她很難過。

她再也見不到雲野了。

尹雲褘告訴徐姚自己要轉學的消息。風聲很快走漏，已經相處一年多的同學紛紛來和她告別，很多人送她離別禮物。

可是沒有雲野。

對於少女而言，萌動的心事還未告知對方便打算永遠封存。

離校的那天，照顧到她的情緒，尹昱呈特地到學校接她。尹雲褘默默地走在路上，接近球場時，她聽到腳步聲和籃球砸地的聲音。

尹雲褘瞥見那熟悉的身影，停了下腳步。

尹昱呈問她：「怎麼了？」

她搖了搖頭，低著頭繼續往前走。

「尹雲褘——」

遠遠的，她聽到雲野的聲音，在空蕩的操場上有回音。

尹雲褘立即回頭，雲野在籃球場邊上，離她很遠，她看不清對方的表情，但她很篤定，對方在看她。

幾十秒後，那高高瘦瘦的身影朝她擺了擺手。

她小聲道：「走吧。」

風輕拂著她柔順的髮。

這是她第一次在學校披下頭髮，也許那僅是對方年少無知開的玩笑，但她當了真。

她想讓雲野看見。

在南蕪中學，尹雲禕坐在靠窗的單排座位，沒有隔壁桌，只有南蕪的陽光陪伴著她。

她偶爾會看著窗外發呆，想起國中時她瞥向窗外，能看見雲野在樓下的籃球場上運著球奔跑。

她沒有手機，上網時間也被家裡限定得死死的，週末幾分鐘的上網時間，她打開群組，看見雲野那個原始的大頭貼，卻不知道傳什麼訊息。

她慢慢適應了新學校，生活一成不變。

直到收到西伏實驗中學寄來的明信片。

尹雲禕一眼看出那是雲野的筆跡，明信片裡沒有涉及和他有關的訊息，只告訴她：『班裡做了個生日禮物給妳，讓雲野的姐姐幫忙帶到南蕪市。尹雲禕，生日快樂。』

尹雲禕從雲厘手中接過禮物時，見到盒子上那乾淨俐落的幾個字「——給尹雲禕」，依舊是雲野的筆跡。

她心跳如雷，偷看尹昱呈一眼。

回家後，尹雲禕將盒子拿回房間，小心地拆開。

透明的圓球形玻璃裡面放著透白和淺粉的櫻花。

她留意到花瓣上的點點星光，關了燈，是白色螢光粉。永生花在書桌上微微亮著。

尹雲禕看著這份禮物，想起了遠方的少年。

也許她是幸運的，至少是喜歡的人負責準備這些東西給她。

一開始，尹雲禕以為只是巧合，直到她發現，頻繁的明信片，每一張都是雲野的筆跡。

尹昱呈發現得更早，見尹雲禕一直沒和他說實情，拎著這堆明信片問她：「妳以前的班級還有專人寫信？」

尹雲禕也學他溫柔地笑，卻沒回答。

尹昱呈比她想像中的敏銳許多，坐在她旁邊。

筆穩健地在習題本上移動，他看著尹雲禕平靜的神情，隨口問了句：「這小男孩喜歡妳？」

筆芯一下子斷掉。

尹雲禕還故作鎮定地按了按自動鉛筆，應道：「什麼？」

「應該是叫雲野吧。」尹昱呈繼續試探，習題本上的那隻手僵了僵，尹雲禕認命地垂下頭：「哥，你不要告訴爸媽。」

「不過這樣不好呢。」尹昱呈稍微嚴肅了點：「對於別人的喜歡，我們要認真對待。不喜歡對方，我們應該明確拒絕，不然也會影響他的。」

尹雲禕默不作聲了一陣，才乖巧道：「我知道了。」

「那週末妳多用一下電腦，和他說清楚吧。」尹昱呈沒再揪著這件事，把明信片整理好，放到書架上。

「嗯。」尹雲禕順從道，低頭寫作業。

週末，尹昱呈將她的上網時間延長到半小時。關機時，尹雲禕忘記進行二次確認，電腦處於待機狀態。

尹昱呈將果盤放她書桌上，溫柔問道：「和他說完了？」

尹雲禕：「嗯。」

「小男孩有沒有很難過？」尹昱呈閒得無聊，在她屋裡坐著，見她沒回話，過一陣子，又問道：「他什麼反應？」

「……」

尹雲禕正在做那本他見過許多次的升學考練習題，她抬起頭，看了自己的房門一眼：「哥，我現在沒時間。」

被妹妹趕出房間，尹昱呈無所事事地回到書房，見到主機沒關，他打開螢幕，電腦上還登著尹雲禕的帳號。

擔心她的措辭不適，尹昱呈打開她的聊天欄看了一眼，是下午的對話。

yyy：『雲野。』

yy：『？』

雲野秒回，尹雲禕思考了許久，才傳下一句話。

yyy：『你在幹什麼？』

yy：『寫考古題。妳呢？』

yyy：『我也在寫考古題，你在寫哪本，到哪了？』

yy：『國文的那本，文言文單元四。』

yyy：『哦，那我也去寫吧。』

半小時後。

yy：『拜拜。』

單看暱稱尹昱呈幾乎認不出哪個是哪個，一個用了原始的男企鵝大頭照，一個同樣不諳世事地用了原始的女企鵝大頭照。

尹昱呈有些無言，但也即刻意會到，原來兩個人是互相傾心。

他關掉電腦，沒和尹雲禕提起這件事情。

這是尹雲禕第一次和家人撒謊。

她不知道自己撒起謊來，原來可以如此面不改色。

尹雲禕說不出自己這麼做的具體原因。

想起過去幾年進去教室時見到的畫面，雲野懶洋洋趴桌上，一隻手伸到桌前，無聊地反覆按圓珠筆。

想起他在籃球場上恣意張揚，投中球後撐著膝蓋微喘著氣，偶爾抬頭時像是看到人群中的她。

想起兩人熟悉而又陌生的五年間，會像同齡人一樣打鬧對方，也會保持男女之間基本的距離。

雲野和她從來沒有親近過，最接近彼此的時刻，是接過橡皮擦時輕輕擦到對方的手指。

那時候尹雲禕以為，只是自己一個人的怦然心動。

收到這一張張來自少年的明信片。

每一個字，都嘗試隱藏自己的心意，而每一個字，都隱藏不住自己的心意。

原來她不是單向暗戀。

所以，向來乖巧誠實的她，在這件事情上，選擇了向家人撒謊。

用自己的方式，小心翼翼地維護這這段萌芽初生的感情。

兩人都面臨升學考，尹雲禕沒有魯莽地戳破心意。

但她也無意讓對方單向透支。

她找了個理由和尹昱呈借了十塊錢，他看破不道破，還是將錢給了她。尹雲禕在南蕪中學的教育超市挑了套好看的明信片。

猶豫了許久，她還是在開頭寫上——『高二十五班的同學們』。

直到雲野在寒假跑到南蕪，尹雲禕見到少年時，用最隱晦、卻也是最真摯的方式告訴對方自己的心意。

她送了禮物給雲野，用完全同樣的方式標上名字——『給雲野』。

接下來的時間，為避免父母發現，尹雲禕和「高二十五班」、「高三十五班」寄了一年半的明信片，和自己哥哥借了無數次十塊錢。她能真實地署上自己的姓名，而雲野需要一直用班級作為代稱。

尹雲禕的成績比雲野差一些，和他約定好一起考西科大，她節假日不再和尹昱呈出門旅行，所有的精力放在備考上。

所幸。

她如願以償考上了最好的大學。

也如願以償能和雲野去同一所大學。

升學考結束後，尹雲禕如實告訴尹昱呈，她打算和雲野去同一個學校裡的同一個科系。

本擔心尹昱呈說她戀愛腦，他卻只是意味深長地看了自己的妹妹幾眼，飲了一口刺激爽口的汽水，略帶憂傷說道：「我也想要校園戀愛。」

尹雲禕：「……哥，你都二十八了。」

「二十八的老男人就不配有校園戀愛了嗎？」尹昱呈幽幽道：「能不能讓妳的小男朋友來指導下妳哥？」

「我們還沒談呢。」尹雲禕立馬反駁道。

「當時我們禕禕可是為了小男朋友睡醫院的鐵凳子的啊。」尹昱呈調侃她，尹雲禕臉一紅，並不懼於承認：「我就是願意。」

她願意為雲野做很多事情，同樣，她很清楚，雲野也會這麼做。

西科大的通知書來了後，家裡買了手機給尹雲禕作為禮物。

每天尹雲禕都用這部手機傳訊息給雲野。

升學考後的暑假極為漫長，尹雲禕每日在房間裡預習大學課程，她找不到理由和父母申請去西伏。

她發現自己在紙上寫得最多的兩個詞是——

『雲野。』

『好無聊。』

把這兩個詞連起來讀，似乎，遠方的人也鮮活起來。她看著自己出神寫的字，自顧自地笑出聲。

可能他也在家裡百無聊賴，說不定也在想她，想和她見面。

那天她接到雲野的電話——

『我來南蕪了。』

他揹著個書包，戴著鴨舌帽和半透明的墨鏡，身上是簡單的白T恤，站在地鐵站出口，簡單的行裝，並不像遠程而來的人。

他們已經一年半沒有見過面了。

和那個寒假相比，雲野又長高了一些，身子已經完全長開了，站在路上氣質卓然。

南蕪的夏日灼人。

尹雲禕撐著陽傘走到地鐵站口。

瞥見她，雲野將手機揣進口袋裡，朝她走去。

準備升學考的這一兩年，尹雲禕經常夢見他，都是國中、高一時候的雲野。而此刻，她在原處，半天沒反應過來。

她愣了幾秒，直到雲野站在她面前，傘面遮住他大半張臉。

想看到他整張臉。

很自然的，尹雲禕將陽傘遞給他。

而他順勢接過後，又往前走了一步。

現在，他們都在傘下了。

「喂，歪歪。」雲野勾了勾唇。

尹雲禕抬頭，半透明的棕色鏡片下是那雙熟悉的眸子，她動了動唇，好半天只說出兩個字：「雲野……」

某種極為強烈的情感在兩人之間發酵，他們都極為隱忍地克制著擁抱對方的衝動。

尹雲禕柔聲笑道：「墨鏡挺好看的。」

「哦。」雲野隨意地將墨鏡拿下。

尹雲禕再度清楚地看見那雙清澈乾淨的眸子，他微側頭，將傘塞回她手裡，「拿著。」

她下意識地抬手將傘舉高，但雲野還是考慮到她的身高，低下頭，逐漸靠近她。心跳越來越快。

雲野將墨鏡轉了個方向，慢慢地幫她戴上。尹雲禕僵得一動不動，感受到他的指尖輕擦過自己耳邊的髮絲，眼前的世界瞬間蒙上層淺棕色的濾鏡，雲野的眼睛離她不到十公分。

耳邊癢癢的，是墨鏡框勾到頭髮，雲野在幫她縷平。

不知不覺，她纖細的手指抓住他的手。

尹雲禕也不知道自己為什麼會有這個反應，等兩人都意識到的時候，均是一滯。所幸墨鏡掩住了她的情緒，她唯一的反應，就是又重複了一遍：「雲野……」

猛地，他衣服上洗衣精淺淺的香味鋪天蓋地地襲來。

雲野將她拉到自己懷裡，手托著她的後腦，尹雲禕的下巴搭在他的肩處，還怔怔地撐著傘。

隨即，她的臉上泛紅，眸子下垂，盯著他的脖頸看了好幾秒。

理智上尹雲禕想推開他，然而身體僵直了幾秒，另一隻手卻慢慢地伸向他的後背，環住了他。

原來見到心心念念的人，是如此難以自控。

尹雲禕想起國中放學時，她揹著雙肩包走出門，偶爾會看見穿著同樣校服的男生女生擁抱親吻。

那時候，她覺得極其難為情。當別人的目光投過來時，她會低下頭，加快腳步離開。

但有天，她在夢中見到了一模一樣的一幕。

只不過，那個男生抬起頭，垂著眼看她。

那時候她還不理解，隔壁桌同學怎麼會無端端出現在自己的夢境中。

而後她看向那個被他抱在懷裡的小女生。

是國中的自己。

第一次的夢至今，已經過了五年。

她真正擁抱了雲野。

夏季，兩人都穿得輕薄。走在路上，尹雲禕彷彿還能感受到雲野身上的體溫，還有他扣緊自己肩膀的手指。

等兩人走到甜點店坐下，尹雲禕輕捏住腿上的裙子，偷看雲野一眼，小聲道：「就這麼一次。」

意識到她在說什麼，雲野托住自己的下巴，眼神飄忽地看向窗外，故作不在意地「嗯」了聲。

耳尖卻明顯變紅。

尹雲禕遲鈍地問道：「你怎麼來南蕪了？」

雲野愣了一下，似乎沒想到她會問這個問題。

尹雲禕挖了口冰淇淋，留意到他的視線，困惑道：「怎麼了嗎？」

「沒什麼。」雲野撒了個謊：「過來畢業旅行，順便學車。」

「啊？」尹雲禕含住雪糕，「可是你爸爸不是駕訓班的教練嗎？」

「……」

雲野有些無言，只答了一個字：「對。」

尹雲禕：「那你為什麼來南蕪學車？」

雲野瞥了她一眼，一雙杏眼睜得很大，映著燈光。

雲野盯著她：「……南蕪天氣比較好。」

她慢慢地「哦」了聲。

尹雲禕不能在外面待太晚，雲野送她到社區附近後，她朝他擺了擺手。

他沒什麼太多表情地點了點頭，她還噙著笑，轉身慢慢地往社區走。

身影逐漸消失在他的視野中。

雲野也轉過身。

在地鐵站買票的時候，想起方才的相處，他若有似無地勾起唇，放鬆地哼著歌，將車票圓釦放在指尖翻轉。

拿出手機，雲厘打了好幾個視訊電話給他。

雲野回撥，有意識地離手機遠了點，果不其然，雲厘大聲喚道：『雲野！』

畫面中雲厘瞪著他。

雲野跑到南蕪，有點心虛，本著她不可能發現的想法，他強撐道：「什麼事？」

雲厘：『你跑去南蕪能不能隱蔽點！』

雲野：「……」

雲野：「靠，爸媽知道了？」

雲厘回家後就發現雲野跑了。

是真的跑了。

說去同學家玩，住一個月。

也不知道是不是心裡有鬼，還把房間收拾了才出的門。

雲永昌一通電話打給那個所謂的同學父母，對方否認，打電話給雲野不接。雲厘不多想便猜到他去南蕪了，強行幫他打了掩護。

氣不打一處來，雲厘質問：『你從哪裡學的，你跑到南蕪不能和我商量一下嗎？』

畫面中的人靠近鏡頭，揉了揉自己的眼睛，好一陣子，一直盯著她不說話。

雲厘：『看我幹什麼？』

雲野：「妳剛才不是問我從哪裡學的？」

「……」

兩年前她確實這麼做過，先斬後奏跑到南蕪讀書。

雲厘吞了吞口水，一時找不到合理的原因為自己辯護，片刻，才強硬道：『性質不一樣。』

雲野：「哦。」

『……』

雲厘敗陣，好聲好氣地問他：『你住哪裡？』

雲野：「找了個太空艙，一個月一千出頭。」

太空艙和青旅類似，每個艙位大概一公尺寬，而且要和別人共用洗手間。

雲厘皺緊眉頭：『不至於吧。』

雲野：「我要和尹雲禕一起報駕訓班，只能住這個，錢不夠。」

到南蕪和尹雲禕一起學車的計畫在升學考後已經成形。

雲野當了一段時間的家教，存夠錢後便屁顛屁顛跑到南蕪。

畫面中的臉突然貼近，他眼瞼下垂，臉上映著手機的光，眸中帶笑意，卻沒有看鏡頭，明顯是切換到了別的畫面。

雲厘無語道：『我給你錢，你租個好點的房子。要不然你就住我以前租的那個公寓，環境還不錯，我還有當時的仲介聯絡方式。南蕪有些地方比較亂，你平時不要亂跑。』

他還離鏡頭很近，似乎是在打字，完全沒理會她說的話。

雲厘：『……』

雲厘：『雲野你聽到我說話了嗎？』

雲野心不在焉地應道：「沒有。」

他的唇角微微上揚，回覆著尹雲褘的訊息，等回過神，那個縮小的視訊畫面已經關掉了。

雲野傳了個貼圖給雲厘，不出意外，他被拉黑了。

「……」

站在原處，雲野撓了撓頭。他長長地呼了口氣，無奈地將駕訓班名稱和自己訂的太空艙地址用簡訊傳給雲厘。

隨後他把手機放回口袋裡，看向這完全陌生的地鐵月臺。

他打了個哈欠，跟著人流上了地鐵。拉著吊環的時候，想起在醫院的時候，意識恢復沒過多久，尹雲褘紅著眼睛走進病房，頭髮亂亂的，看起來很憔悴。

那時候，尹雲褘克服了一切去找他了。

那她想見他的時候，他也會出現。

拿到駕照的時候，雲野先回了家，再過兩週便開學了。

雲野和尹雲禕都沒有將戀愛放在生活的第一位。他們兩個規劃了許多與對方有關的未來——深造、工作，前提是兩人步調一致。

除了在南蕪見面時的那個擁抱，他們最親密的動作便是趕不及去食堂時，他們一起坐在教學大樓的臺階上吃便當，她的唇角沾到米粒，雲野會瞇著眼笑，遞紙巾給她，一邊說道：「沾到了，自己擦。」

一個學期過去，尹雲禕和雲野每天都會見面。晚自習結束後，雲野會和她並排走在校園裡，聽夏季的蟲吟，秋季的靜謐。

中間也鬧過不愉快。那次尹雲禕聽到學院裡的流言蜚語，說雲野最近很缺錢，去食堂只吃一個素菜和半碗飯。

後來她生日，收到雲野送的價值不菲的禮物。

她堅持把錢轉給雲野，被他拒絕了。兩個人都很固執，但後來也和好了。

長達五年的暗戀，兩年默默的陪伴，以及這幾個月的朝夕相處，兩個人的關係已經心照不宣。

只差捅破最後一層紙。

校運會，尹雲禕被抽中去參加三千公尺。和國高中階段不同，西科大的校運會不以班級為整體參加，也不會有一堆人圍觀。

但不少運動員還是成群結隊前往。

尹雲禕的體育細胞並不發達，她怕在雲野面前出糗，沒告訴他自己參賽的事情。開跑沒多久，其他人便遙遙領先。落後別人兩圈，竭盡全力跑完全程後，尹雲禕感覺每時每刻都有可能暈倒在操場上。

她喘著氣走到觀眾席旁的陰涼處。

雙腿似乎要廢掉了。

汗珠刺得眼睛疼，她一閉眼，再睜開時，眼前出現熟悉的身形。

雲野遞了瓶水給她，尹雲禕沒接，窘道：「你剛才有看我比賽嗎？」

他還拿著水，笑融在陽光中，他邊笑還邊配合地搖搖頭：「沒有。」

知道他在撒謊，尹雲禕沒出聲，低頭揉著自己痠疼的腿。

雲野：「能走嗎？」

尹雲禕額上還在出汗，視線移到旁邊的自行車上，她商量似的扯了扯他的衣角：「你能不能去借一輛？」

雲野直接攔下一輛自行車，問車上的男生：「同學，借下車，我送她回去。」

男生看看雲野，又看看尹雲禕，問道：「是你女朋友嗎？」

雲野皺眉：「問這幹什麼？」

男生極為鎮定：「如果不是你女朋友的話，我送她回去吧。」他說完後，便直接看向尹雲禕：「同學，妳不舒服的話，我送妳去校醫院吧。」

「……」

沒料到能這麼挖牆腳，雲野無語地看著這個男生，又從旁邊攔了一輛自行車，這次對方爽快地同意了。

自行車的後座是金屬的，雲野脫下外套綁在後座上。他輕鬆地跨上去，側頭看尹雲禕，語氣上揚：「走吧。」

尹雲禕側慢慢地坐在後座上，手抓住他腰兩側的衣服。

身旁掠過紅色跑道、綠蔭、馬路、人群。

她將視線收回到眼前的背影上，下移，是自己的手，捏住他的衣服後，衣物呈多邊形往外展。

身旁載人的車，女生都是依戀而放鬆地抱著男生。

想讓關係更進一步，好像，也不需要更多的理由。

只是因為，想擁抱他的時候，可以肆意地擁抱。

尹雲禕從後環住他的腰，感覺到他的身體一緊。

風中傳來她輕輕的聲音：「雲野，我們什麼時候在一起？」

雲野的聲音被風削弱了許多，但她仍舊清晰地聽見了那兩個字。

「快了。」

期中考結束，尹雲禕和雲野幾門課的成績都不錯。到西科大後，兩人第一次約出去玩。

雲野開了家裡的車，到學園宿舍大門口。

鮮少出去玩，尹雲禕在寢室笨拙地化著妝，剛換上連身裙，室友不斷調侃她：「雲禕妳要去談戀愛嗎？」

尹雲禕不太好意思道：「沒有……和朋友出去玩。」

「哪個朋友？」

尹雲禕覺得不需要隱瞞，便如實說道：「和我們同系的雲野。」

室友震驚地瞪大了眼睛，激動道：「就是那個又高又帥的嗎？我靠，你們單獨出去玩嗎？他在追妳嗎？還是妳在追他？」

一連幾個問題，尹雲禕不知道回應哪個，想了一下，柔和笑道：「嗯，就是那個又高又帥的。」

室友羨慕道：「雲禕妳也太幸福了吧，我也想要一個這麼高這麼帥的男朋友。」

這好像是雲野在自己心中一直以來的形象。

也不是。

少年十幾歲的時候，並不高。

她不是因為他又高又帥才喜歡的他。

畢竟，在少年比她矮的時候，她已經喜歡上了對方。

出了門，她看見在寢室樓下等待的雲野，他穿著白T恤和休閒褲，抬眸見到尹雲禕，愣了片刻，才慢慢道：「挺好看的。」

尹雲禕揹著細鏈單肩包，雲野很少直接誇她好看，她一時間無所適從，轉移話題道：

「我們去哪裡玩？」

「回高中看看。」雲野甩了甩手裡的車鑰匙。

高中部還和幾年前一樣老舊，沒有翻新過。

將尹雲禕帶回教室後，雲野便藉口去洗手間離開了一段時間。

黃昏的光線投滿整個教室，尹雲禕坐在桌上，輕踢了下雙腿，看著講臺上的黑板，這麼多年過去，已經換成了新的。

一陣聲音打破了寧靜。

她看見一架無人機從班級門口探進，慢悠悠地飛到她的面前，上面夾著一張明信片。

尹雲禕：

有件事情，想讓雲野告訴妳。

高二（十五）班

尹雲禕的心跳漏了半拍。

她跟著這架無人機，慢慢走過他們曾一起走過的教室、走廊，停在籃球場上。

籃球場重新刷了白線和油漆，嶄新的地面，但卻依舊讓她回憶起那無數個日夜，少年在場地上奔跑，投籃後會輕喘著氣，汗珠隨著身體的移動落在地面，讓她回憶起——現在她才知道的，那並不是偶然投向她的目光。

雲野身上密密的汗，地上瑩白的香薰蠟燭中央有一朵櫻花乾花，擺成了她名字的首字母，尹雲禕忽然想起來，自己中學時期的筆袋就是印著櫻花的。

難怪後來所有的禮物，雲野都用了櫻花的包裝紙或卡片。

尹雲禕看著這個場景，接住那個無人機，將卡片取下來。

還未等雲野開口，她笑了笑，柔聲道：「雲野，我喜歡你——」

「我想和你在一起。」

雲野的臺詞還沒說出口，他慢半拍地「啊」了聲，頓了頓：「我還沒開口。」

「我知道。」尹雲禕認真看著他：「好幾年前，我就喜歡你了，我先喜歡你的，所以，我想先讓你知道。」

在她發現自己已經需要抬頭仰望少年，或者更早，當她發現自己會不自覺地將目光留給他的時候。

雲野手插口袋裡，片刻，才少年氣地笑道：「那妳說錯了。」

好幾年前，在妳喜歡上我的時候，我也喜歡上妳了。

而且和妳一樣，我也一直，很喜歡妳。

番外二　願望

1

登記結婚後，雲厘和傅識則搬進了新家，花了差不多一個月的時間，兩人線上線下採購，終於布置好整個屋子。

雲厘洗完澡，看見傅識則放在桌上的兩張票，是學校預留給教職員的演出票。

登記沒多久，雲厘還沒適應身分的轉變。

盯著上面鮮明的「家屬票」三個字，她不住偷笑。

難得產生了極強的炫耀欲望，雲厘拍了照片，打開社群寫了半天，一想到一堆人會回覆，她又悻悻地退出，直接打開和雲野的聊天欄：『雲野，你看，我老公學校給的。』

雲野：『？』

雲厘：『你不覺得，很羨慕嗎？』

覺得她無聊，雲野乾脆沒回她訊息。

浴室水聲停了後，傅識則用毛巾擦著頭髮，走到客廳，瞥見雲厘抱著兩張票笑咪咪的，也忍不住彎彎唇：「給妳的。」

雲厘端詳著這幾張票，「我就是你的家屬了。」

「嗯。」傅識則坐到她身旁，依戀地攬住她：「幫家屬擦擦頭髮。」

雲厘擦拭著他耳邊的水珠，男人唇角微微上揚，近距離能看清他瓷白的皮膚，甚至眼窩的形狀都直直刻進她心裡。

她瞥了票上的字樣一眼，總覺得不可思議，年少時仰慕的對象，在某一天，猝不及防地成為了她最愛的人。

手機響了，傅識則隨手拿起來接聽，他輕「嗯」了兩聲。

在他旁邊，雲厘聽見電話裡男人粗獷的笑聲：『傅老師啊，我們幾個老師今天在外頭吃飯喝酒啊，要不要來湊個熱鬧？』

傅識則頓了下：「我問下我太太。」

他抬睫，望向雲厘，語氣平和：「同事喊我吃飯，可以去嗎？」

雲厘沒想太多，他剛入職，受到邀約很正常。雖然已經八九點了，她還是通情達理地點點頭。

傅識則重新將手機放在耳旁。

雲厘輕擦著他的髮，聽到他低低地笑著，語氣坦然：「我太太想我在家裡陪她，下次吧。」

『理解理解，你家裡那位管得比較嚴，這我們都知道。但傅老師啊，我們作為男人，還是要爭取家庭地位的啊。』

傅識則：「我問問我太太的想法。」

雲厘：「……」

讓雲厘揹了鍋，傅識則絲毫沒有愧疚，感受到髮上的力度減弱，他聲音低啞，帶點若有似無的笑意：「怎麼了？」

「上次群組有個老師說你妻管嚴……」雲厘一開始還奇怪，畢竟她和他們幾乎沒有接觸，這下子總算明白那些調侃是怎麼回事。

傅識則頷首，碎碎的髮落在眼前：「我不是嗎？」

眼前的人一副病弱的模樣，鎖骨的紋路清晰，眸子還有點濕潤。

他每次都用這一招。

偏偏雲厘還無可奈何，對著這個人完全生不起氣來。她用力擦了擦他的頭髮，像是在懲罰他的行為，沒好氣地說道：「哪有人會說自己是妻管嚴的。」

傅識則長長地輕呢喃了聲，抬手伸向發側，手指穿過她的指縫，扣住。

他將下巴靠在她的肩膀，聲線繾綣：「那我承認——」

「在我這裡，妳可以說一不二。」

看演出當天，雲厘特地打扮了一番，在梳妝檯前編髮時，傅識則輕按住她的肩膀，站在她身後。

纖長的手指緩慢地幫她編著頭髮，每一個動作都極為小心，生怕弄疼了她。

編好後，他從螺鈿盒中拿出以前那對瑩白珍珠耳墜，臉湊到她面前，鼻尖輕擦著她的臉頰，仔細地幫她戴上。

拉近的距離讓雲厘心一跳，她盯著傅識則清冷蒼白的臉頰，還有那下垂的眼眸，臉色泛紅地輕推開他。

「我自己戴……」

等一下還要出門呢。

傅識則輕笑一聲，直接道：「不行。」

雲厘還以為會發生什麼，傅識則卻只是幫她戴好耳環，在她耳廓處吻了吻。

她鬆了口氣，另一方面又有些失落，起身，幫他整理了下衣領，問道：「要打領帶嗎？」

傅識則徵求她的意見：「妳決定。」

雲厘上下打量著他的著裝，白襯衫西裝褲，她故意解開她的第一顆鈕釦，笑了笑：「不打了，這樣的話感覺在和高中生談戀愛。」

傅識則煞風景道：「我十二歲讀高一。」

「……」

雲厘仔細想了想，和十二歲的高中生談戀愛。

嗯，是太過禽獸了。

出門時，傅識則根據她的著裝，拿鞋時順便將她的拿出來放在地面上，這是他日常的習慣。

雲厘慢吞吞地穿上鞋子，兩人坐電梯到車庫，傅識則幫她拉開副駕駛的門，他身形筆挺，白襯衫與白膚色襯得五官更為清晰。

到演出現場後，雲厘挽住他的手臂，隨他安靜入了場。

他們兩個是現場少有打扮得比較正式的一對。

為一次約會穿著正式，雲厘絲毫未覺得不妥。

畢竟，戀愛時精心打扮，為每一次約會賦予儀式感，追求浪漫與心動。

結婚後，也一樣可以浪漫。

她在傅識則的手心畫了個愛心，感受到他發熱掌心出了薄薄的一層汗。

她想——結婚後，也一樣可以心動。

2

雲厘拖了整整半年，才將婚紗店的探店影片上傳到E站。更新完後，她伸了個懶腰，起身走到客廳。

傅識則正坐在陽臺的白椅上。

房子裝潢時，他們將大陽臺改造成了花園陽臺，擺滿了盆栽和藤蔓，放了小圓桌和兩張椅子，陽光好的時候他們會一起在日光底下看書。

他穿著件絲綢睡衣，釦子卻沒扣幾顆，聽到聲音，視線從書本移開，濃密漆黑的睫毛上抬，輕聲問她：「好了？」

「嗯。」雲厘自然地坐到他腿上，勾住他的脖子，笑道：「你是不是等很久了？」

「沒有。」傅識則順勢攬住她的腰。

雲厘盯著他的薄唇，忍不住蜻蜓點水般碰了下，還欲蓋彌彰道：「補償你的。」

傅識則若有所思，隨即說道：「剛才記錯了，等了很久。」

他的臉靠近她：「一個不夠。」

「……」

雲厘正在為晚上的直播化妝，從梳妝鏡中留意到在床頭看書的傅識則拿起手機，皺眉點了點後，又放回原位。

她停下手裡的動作，轉身用手搭著椅子，問他：「怎麼了？」

傅識則：「和人吵架了。」

雲厘難以想像他和人吵架的模樣，頓了半天才問他：「什麼人？」

傅識則懶洋洋地翻著書，隨口應道：「喜歡妳的人。」

這一句話讓雲厘一陣緊張，她在腦中快速排查了一遍最近接觸的男生，確定沒和什麼人有曖昧接觸後，才問他：「誰啊？」

「留言給妳的人。」

聽到這個答覆，雲厘頓了幾秒，提醒他：「留言的人也可能是女孩子。」

她又想像了一下這個畫面，忍不住笑出了聲：「你吃女孩子的醋。」

「……」

被她這麼一笑，傅識則也覺得自己的行為有些幼稚，他沉吟不語。

調侃完他，雲厘提道：「我今晚會直播，你要不要入鏡？」

感覺在雲厘的言辭中，他就像個未長大的孩子，和別人吵架輸了後，雲厘不得不買顆糖來哄他。

傅識則無言地搖搖頭，拿起書無聲地窩在角落裡。

直播前，雲厘看了下留言，才明白傅識則說的「吵架」是什麼意思。

在她更新了探店影片後，留言區都充斥著「老婆」這個字眼。有人說道：『老婆老婆是不是要結婚了？』

efe：『嗯，和我結婚。』

稍微關注雲厘久一點的粉絲都知道efe這個帳號的存在，一堆人紛紛回覆他癡心妄想異想天開白日做夢。

雲厘往下拉，傅識則並沒有回覆，他說的吵架，更像是被一堆人嘲笑。

這本是留言區的常態，粉絲們互相開玩笑，但此刻，雲厘有種傅識則受了極大委屈的感覺。

考慮著怎麼為他正名，雲厘魂不守舍地點開直播間，觀看的粉絲量很快破萬。

和粉絲聊了幾句，直播間有人說：『剛才鹹魚後面是有個男人走過嗎？』

一句話驚起千層浪，其他人紛紛附和，雲厘覺得奇怪，往後側方看了一眼，傅識則還坐在沙發那邊，一動也不動地看著書。

她的視線移回到鏡頭前，有些困惑：「你們看錯了，雖然……」

一個身影慢悠悠地從她身後走過，書本還不小心掉在地上，粉絲直接搶麥尖叫：『真的是男人！』

『嗚嗚嗚我的老婆被人拱了。』

『女人都是騙子，還我老婆。』

『不早戀了，取關了。』

傅識則瞥見這些留言，歪著頭，看向無語的雲厘。

他平靜道：「老婆，書掉了。」

男人的臉出現在畫面中時，直播間出現幾秒的沉寂。

『媽的，有點好嗑是怎麼回事！』

在直播間「無意」轉了一圈，傅識則走到廚房，倒了杯牛奶給雲厘，在等微波爐加熱牛奶的時候，手機震了下。

通知欄提示『閒雲滴答醬回覆了您，快去看看吧。』

那則一堆回覆他癡心妄想的留言下面，出現兩個明顯的標誌，代表ＰＯ主的回覆。

閒雲滴答醬：『嗯……確實和他結婚了。』

閒雲滴答醬：『從今以後就是他一個人的老婆了>>。』

3

婚後第一次和傅東升、陳今平見面，雲厘唇動了半天，才小聲說道：「爸爸，媽媽。」

傅識則從未用過這麼軟糯的聲音喚他們，陳今平和傅東升的心瞬間化了一半。

雲厘乖巧可愛，又親近他們，滿足了兩個老人對於子女情感上的需求。

陳今平經常會買東西給他們，直接寄到家裡，但幾乎都是雲厘用的，比如護膚品化妝品項鍊一類。

傅識則回家吃飯時也沒有和父母親近的念頭，在傅東升兩人看來就是個活脫脫的叛逆期少年。

再加上傅識則要趕一個基金的申請時間，傅東升喊他出門，自己的兒子都言簡意賅地拒絕。

辦公室裡，傅識則剛寫完一個文件。他打開手機，有數十則未讀訊息，都是家庭小群組裡的。他微蹙眉，以為家裡出了什麼事。

爸：『兒子你看，厘厘在和你爸爸媽媽放風箏哦。』

爸：『兒子你看，我們拍了今天第一張合照哦。』

爸：『兒子，厘厘說這是她原創的菜，我們兩人是第一個品嚐的哦。』

爸：『兒子，厘厘說要親自為我做生日蛋糕哦。』

傅識則敲了敲螢幕：『爸，幾歲生日？』

爸：『？』

爸：『你老婆都記得你爸六十二了，怎麼做兒子的。』

媽：『就是就是。』

傅識則：『哦，不說還以為是六歲。』

另一邊，被傅識則小嘲了一番，傅東升睜大那雙和他七八分像的眼睛，望向雲厘，嘆了口氣道：「我這個兒子脾氣實在太差了，希望妳不要介意。」

雲厘：「……」

傅東升生日的時候，人在南蕪。雲厘和傅識則特地坐飛機回了南蕪，幫他慶生。

即將首次見到傅識則龐大的家族，雲厘惴惴不安。到北山楓林後，她花了大半天的時間為傅東升做了個蛋糕，便回房間來回踱步。

傅識則躺在床上，散漫道：「不用緊張。」

「可是……」雲厘苦不堪言，「不是說有三十多個人？」

這還是雲厘第一次參加如此大型的家庭聚會，越接近吃飯時間，她越是侷促，恨不得插上一對翅膀飛回西伏。

見雲厘如此緊張，傅識則眉眼微鬆：「等一下和我待在一起。」

她駐足，直勾勾看了他幾秒。

傅識則將手機放一邊，想起什麼似的，慢慢地吐出兩個字：「不對。」

他微微支起身子，半跪在床上，俯身往前，將雲厘拉到自己身邊：「現在就可以待在一起。」

兩人下樓沒多久，傅識則便被一堆小孩子圍住。雖然他不苟言笑，但因為經常帶著小輩們玩機器人，在家裡極受歡迎。

孩子們心思純真，不像成人一樣能敏銳地捕捉他對外的疏遠。被他們纏得厲害，傅識則的眉間舒展開，無奈地望向雲厘。

恰好瞥見夏從聲他們，雲厘打算過去打聲招呼，便任由傅識則被孩子堆簇擁著上樓。

走過去的途中，一位年近五十的女人親切地拉住她：「妳就是則則的老婆，妳叫厘厘對吧？」

雲厘猶豫了下，喊了聲：「阿姨您好。」

女人眯起眼笑，眼尾的皺紋不減語氣中的歡樂：「別這麼喊，識則是我堂弟呢，喊我姐姐就行了，顯得年輕。」

「……」

雲厘頭昏腦漲，她見到年紀大的，都會本能地喊出叔叔阿姨。

卻發現，這些人他媽的都是自己的同輩。

而年齡相仿的，幾乎都是自己的小輩。

殺傷力最大的事情發生在和夏從聲聊天的時候。

夏從聲去年結了婚，此時懷裡正抱著她的孩子。

她朝雲厘眨眨眼，半開玩笑道：「舅媽。」

和她熟些，雲厘笑了笑：「妳別揶揄我了。」

小娃娃舉起手指，咿咿呀呀了半天，夏從聲柔聲道：「這是舅姥姥。」

語畢，親暱地將孩子往雲厘的方向推了推：「她還挺喜歡妳的，要抱抱嗎？」

雲厘點點頭，有些緊張地抱過繈褓裡的嬰兒，夏從聲還在哄孩子：「現在舅姥姥在抱你哦，喜不喜歡舅姥姥？」

好一陣子，雲厘才意識到……舅姥姥？

她才二十四歲，就已經是姥姥了？

晚宴結束後，雲厘回房間，和傅識則提起這件事，聽她鬱鬱地說著自己已經是姥姥輩的人了，傅識則失笑，低頭幫她摘掉首飾。

見他無動於衷，雲厘嘆了口氣，托住他的下巴，盯著這張挑不出毛病的臉，訥訥道：「還好你長了一張二十四歲的臉。」

傅識則忽然將她橫抱起，雲厘愣了下，勾住他的脖子：「怎麼了？」

他垂眸，一副善解人意的模樣說道：「讓妳檢查一下，身體是不是也二十四的。」

4

晚宴那天見到傅正初的時候，傅正初興致勃勃邀請雲厘他們一起去學校打球。遲到了幾年的打球約定。

雲厘爽快地答應了。

臨近打球的那天，恰好E站幫雲厘推薦了影片，是羽毛球新手搞笑集錦。雲厘一開始笑道肚子疼，但沒多久，臉便拉下來。

她彷彿能想像到時候自己也是這個樣子。

想起到時候傅識則和傅正初都會在場，雲厘心中泛起了極強的求生欲。

傅識則在學校加班，他的球拍也都放在學校。雲厘對著電腦螢幕擺著姿勢，手裡空蕩蕩的，便在屋子裡轉了一圈，尋找球拍的替代物品。

雲野下了晚自習後，收拾完書包去接尹雲禕，手機震了下，他解鎖打開，很快彈出幾則訊息。

姐：『（影片）。』

姐：『你看看我動作標不標準。』

雲野點開影片，看見雲厘拿著一支木鍋鏟，對著他，一下一下地揮拍。

雲野：「……」

揮了一上午的木鍋鏟，雲厘覺得自己的動作應該稍微標準點了，不至於太出糗。

打球當天，雲厘開車到學校帶上傅識則，他已經換上了帶著藍色印花的白色羽毛球服、球鞋和長襪，揹著個羽毛球包。

「傅正初剛才說……」

傅識則鑽到副駕駛座上的時候，雲厘的聲音戛然而止。

男人看起來極為青蔥，像個大學剛畢業的學生，黑眸上抬時帶點凜冽的氣息。她怔怔地看了好一陣子，才啟動了車子。

傅識則扣上安全帶，懶洋洋地問她：「說什麼了？」

雲厘半天沒反應過來，也完全忘記了方才說的話，幾乎是順著本能回答道：「真好看。」

傅識則：？

雲厘彎起眉眼，看向他：「你真好看。」

被她如此沉迷的目光注視著，傅識則勾勾唇，手指往前方撥了撥：「別看我了，看路。」

到球館後，傅正初已經在等了。幾人熱了身，便上場打了幾球。

雲厘和傅識則在一側，傅正初在對側，她極為小心地打著每個球，但動作直接暴露了她是純新手。

傅正初也不在意，餵給她中等高度和球速很慢的球。

成功打了幾十個球，雲厘產生了點錯覺，得意地拉拉傅識則的衣角：「你覺不覺你老婆，很有天賦？」

傅識則勾住她的手指，輕「嗯」了一聲。

「我數了下，我接了三十多個球。」她的眼睛像在發光，看得出心情很好，傅識則放下球拍，側著頭，耐心地聽著她自吹自擂。

對面的傅正初看了半天，輕咳了兩聲。

「那個……」察覺到兩人投來的視線，傅正初不好意思地笑道：「我們今天是來打球的吧？」

再讓他看他們談戀愛，他能被溺死。

雲厘呆了呆，鬆開傅識則的衣角，後者默了片刻，漫不經心道：「應該是吧。」

傅正初：「……」

他們在場上沒多久，旁邊一個落單的老師想加入他們的場地，湊成雙打。學校裡的場地不用給場地費，所以有其他老師和學生拚場時通常不會拒絕。

傅正初遲疑了下，看向傅識則：「要不然就一起打吧？」

傅識則直白道：「我太太是初學者，不介意的話就一起打。」

言下之意，大家都是打來玩的，別扣殺她，尤其別扣在她身上。

蹭場的老師笑嘻嘻道：「一起打吧，我平時和其他老師打專業的比賽比較多，現在打打娛樂局也好。」

對方一到來便有些趾高氣揚，傅識則當沒聽到。

簡單打了幾球熱身後，他們開始了娛樂比賽。

傅識則放了些水，對面還是因為蹭場老師的失誤而連連失分。他有些沉不住氣了，便開始往雲厘附近打球。

雲厘被動地接，但都接不到，比分沒多久便被追平。

聽著那個老師在對面大聲地報比分，而都是因為她才失分，雲厘瞬間有些沮喪，方才的自信瞬間消失殆盡。

見她低垂著臉，傅識則拉著她的手腕到前場：「沒事，妳站在這。」

他在她身邊低聲道：「接不到的球，妳就蹲下。」

即便四周都是嘈雜的揮拍和擊球聲，伴有人聲嘈雜的叫喚聲，雲厘卻依舊能分辨出他柔和的聲音：「不用擔心，也不用回頭，我在妳身後，我都能接到。」

蹭場的老師發現吊前場並不可行，便改變了策略，只要雲厘把球打得高點，便直接扣殺在她附近，中間有一個扣殺，球砸到雲厘的身上。

傅識則走到雲厘身前，檢查了下，那球殺得不重，但就在他眼皮底下。

雲厘不在意道：「我沒什麼事。」

她有些懊惱地看向他：「我拖累你了。」

蹭場的老師是打了幾年野球的，傅識則和傅正初都是從小受過專業的羽毛球訓練，中途傅正初轉去學其他球類，傅識則一打二壓力並不大。

傅識則並不在意輸贏，一開始打球比較客氣，幾乎很少重殺。出了剛才這一齣之後，但凡有機會他便往蹭場的老師身上扣殺。

傅正初也頻繁「不小心」將球挑得特別高，幫他製造了許多跳殺的機會。

打著打著，蹭場的老師自己也感覺到，似乎變成了三打一。

一局結束，蹭場的老師察覺到傅識則的攻擊性，他漆黑的眸子毫無情緒，語氣淡漠，視他如同死物：「還打嗎？」

他心底害怕，不敢厚著臉皮待下去。

雲厘在場上像活在另一個時空，她或多或少意識到傅識則極為反常。趁傅識則去幫她買水的時候，問傅正初：「你剛才是故意把球打得很高的嗎？」

傅正初擦著額上的汗，「嗯」了兩聲。

「這樣會不會不太好？」

留意到傅識則的目光，傅正初咽了咽口水，畢竟還是他點頭讓這個老師加入的，他表忠心道：「欺負我舅媽，他活該。」

雲厘腦子裡還想著方才球場上的事情。她不是好勝心強的人，只不過……不想讓傅識則丟臉。

她猶豫片刻，問道：「傅正初，我想問一下，為什麼你的動作那麼優雅啊？」

揮拍的動作流暢自然，卻又能打出爆發力極強的球。

傅正初被誇，有些飄飄然，立馬拿起拍告訴雲厘怎麼架拍、倒拍和引拍，她側著頭聽他講，一隻球拍突然橫在他們中間。

順著拍柄望過去，傅識則正在喝水，喉結上下移動著，喝了一半的水直接遞給雲厘。

他語氣自然，極度理所當然。

「我自己教。」

他的老婆，他自己教。

回家後，雲厘先去洗澡，她想起先前和傅正初他們一起去的犬舍，臨走前，她和傅識則分別寫了個自己的心願。

她的心願已經實現了。

傅識則的卻好像沒什麼動靜。

吹完頭髮後，她坐回床上，傅識則剛洗完澡，倚在她身邊看書。雲厘盯著傅識則這無欲無求的模樣，心底產生一絲疑惑。

雲厘原以為，他的願望會是——和她結婚之類的。

難道他的願望還沒實現嗎？

糾結了半天，在睡覺前，她裝作剛想起這件事：「你還記得我們之前去的那家犬舍嗎？」

傅識則翻了翻書，側過頭，等她的下文。

「當時我們不是寫了願望，約好了等實現了，再一起回去。」雲厘淡定道，「你的願望還沒實現嗎？」

傅識則沒正面回答，指尖捲了捲她的髮，問她：「妳的呢？」

雲厘：「實現了。」

「什麼願望？」傅識則湊近她，抬眼，纖細的睫毛刮在她臉上：「和我有關？」

「嗯……」

「那明天去吧。」傅識則順著她的話說道，雲厘頓了頓，他闔上書，看了眼時間，將檯燈調成極低的亮度。

光線昏暗，雲厘睏意襲來。

傅識則幫她將被子拉高了點，迷迷糊糊中，雲厘感覺到他的吻落在額上，還有他輕輕的幾個字。

「好夢，厘厘。」

隔日，雲厘比傅識則先醒來，他將她圈在自己的懷內。她小小掙扎了一下，聽到他迷糊地輕喃了一聲，便放輕了動作，小心地將他的手挪開。

在客廳裡待了一下，雲厘瞥見桌上的藥箱，昨天拿氣霧劑的時候沒放回去。藥箱還敞開著，裡面放著幾盒醫生開給傅識則的安眠藥。

他已經許久沒吃過了。

雲厘想了想，又悄無聲息地回了房間，鑽回他的懷裡。

吃過午飯後，傅識則便驅車帶著雲厘到犬舍附近。店內的裝潢沒有太大變化，心願牆上密布著便條紙，能看出已經蓋了厚厚幾層。

雲厘一時間想不起來貼在哪個位置，她在心願牆前停頓片刻。

正打算和傅識則說自己忘了，他的手卻從她右耳旁穿過，撥開了幾張便利貼，露出她可愛的字體。

他將那個位置記得一清二楚。

他貼在她身後，雲厘能感覺到他襯衫底下的溫度，順著他的手指，看清楚自己寫的那幾個字——『傅識則，當我老婆！』

「……」

雲厘原以為自己寫的是要和傅識則結婚，有些尷尬。

身後傳來傅識則低啞的笑聲，他打趣地在她耳邊問道：「這麼大的野心嗎？」

「那願望不算實現了。」雲厘想不起自己當時是抱著什麼心態寫下的，問傅識則：「你的在哪？」

傅識則拉過她的手指，移動到一張便條紙上，上面行雲流水般寫著幾個字——『實現厘厘的願望。』

所以，只有當她的願望實現了，他的願望才會實現。

雲厘愣了幾秒，從旁邊拿起筆，在自己的那張便利貼上塗改了幾下，傅識則懶懶道：「為什麼改？」

雲厘慢吞吞道：「我也想實現你的願望。」她裝作無奈地嘆了口氣：「誰讓我的老婆現在是我的老公了呢。」

傅識則看向那張便利貼。

恰好有一隻柯基在雲厘的腿邊蹭來蹭去，她蹲下，揉著柯基的脖子，垂頭看向她的時候，他的心重重地起伏了下，再度回憶起那個畫面，秋末冬始，她凍得臉頰發紅，望向他的眸中點綴著熠熠星光。

他有幸成為，那個等待他的女孩的丈夫。

擼狗擼得差不多了，傅識則拿起外套給雲厘，敞開放到她手邊，雲厘熟練地鑽進去，小聲道：「這裡人多。」

傅識則歪歪頭：「那回去幫妳穿。」

「……」

兩人已經走到門口了，雲厘意猶未盡，回過頭問他：「能不能再寫一個願望，等實現了，我們再回來。」

傅識則點點頭，她小步跑回去，認真地拿起紙筆，寫好後找了個小角落貼上。

雲厘滿意地看著那張隱藏起來的便條紙，回過頭，傅識則還站在原處，墨黑的瞳仁凝視著她，雲厘晃了晃筆，問他：「你不寫嗎？」

「不了。」傅識則拉過她的手，「回家吧。」

雲厘蹙眉：「為什麼？」

傅識則捏緊她的手心，唇角微微上揚：「我唯一的願望就是——」

在以後的日子裡，那個在寒風中等待的女孩，她的願望，能夠一一實現。

如果貪心一點。

那麼，他只希望，實現那些願望的人，是他。

那大概，他就是那個，陪她一輩子的人了。

——《折月亮》番外完——

——《折月亮》全文完——

高寶書版集團
gobooks.com.tw

YH 125
折月亮（下）

作　　者　竹　已
責任編輯　吳培禎
封面設計　虫羊氏
內頁排版　賴姵均
企　　劃　何嘉雯

發 行 人　朱凱蕾
出　　版　英屬維京群島商高寶國際有限公司台灣分公司
　　　　　Global Group Holdings, Ltd.
地　　址　台北市內湖區洲子街88號3樓
網　　址　gobooks.com.tw
電　　話　(02) 27992788
電　　郵　readers@gobooks.com.tw（讀者服務部）
傳　　真　出版部(02) 27990909　行銷部 (02) 27993088
郵政劃撥　19394552
戶　　名　英屬維京群島商高寶國際有限公司台灣分公司
發　　行　英屬維京群島商高寶國際有限公司台灣分公司
初　　版　2023年2月

本著作物《折月亮》，作者：竹已，由北京晉江原創網絡科技有限公司授權出版。

國家圖書館出版品預行編目(CIP)資料

折月亮/竹已著. -- 初版. -- 臺北市：英屬維京群島商高寶國際有限公司臺灣分公司, 2023.02
冊；　公分. --

ISBN 978-986-506-654-3(上冊：平裝). --
ISBN 978-986-506-655-0(中冊：平裝). --
ISBN 978-986-506-656-7(下冊：平裝). --
ISBN 978-986-506-657-4(全套：平裝)

857.7　　112000638